LES DAMES DU MARDI

DU MÊME AUTEUR

ROMANS

La Carriole, Editions Phébus, 1995 (Prix Gironde 1995)
Le Jas des terres longues, Editions du Comptoir, Paris, 1997
Le Bois des Malines, Presses de la Cité, 1999
Fugue italienne, Editions Jean-Claude Lattès, 2000
Les Roses rouges de décembre, Presses de la Cité, 2001
Le Bâtisseur de chapelles, Presses de la Cité, 2001
Louise de Mirabeau, la marquise rebelle, Editions Anne Carrière, 2002
Le Moulin de Siagne, Presses de la Cité, 2003 ; coll. Trésors de France, 2014
Un parfum de rose, Presses de la Cité, 2004 ; coll. Trésors de France, 2017
La Symphonie des loups, Presses de la Cité, 2005 ; coll. Trésors de France, 2013
Gaspard de Besse, brigand de France, héros de Provence, Editions du Rocher, 2005
La Cour de récré, Presses de la Cité, 2006 ; coll. Trésors de France, 2015
Les Hauts de Cabrières, Presses de la Cité, 2007
Le Roman de Nice, Editions du Rocher, 2009
La Chênaie de Seignerolle, Presses de la Cité, 2009
La Source de Saint-Germain, Calmann-Lévy, 2010
Le Roman des Provences, Editions du Rocher, 2011
Le Maître du diamant noir, Calmann-Lévy, 2012
Le Voyage de Lorenzo, Un autre regard-Prestance, 2012
Les Clés de l'Ermitage, Editions Main d'œuvre, 2012 (Version anglaise : *Where Rivers Meet*. Version espagnole : *La llave del camino*, Editions Main d'œuvre, 2012)
Le Souper de l'abbesse, Presses de la Cité, 2013
La Chapelle de Kallisté, Editions Main d'œuvre, 2013 (Version anglaise : *Kallisté*. Version espagnole : *La capilla de Kalisté*, Editions Main d'œuvre, 2013)
Le Château de Cragne, Editions Main d'œuvre, 2014 (Version anglaise : *Cragne Castle*. Version espagnole : *El castillo*, Editions Main d'œuvre, 2014)
L'Ivresse des anges, Calmann-Lévy, 2014
Le Judas du diable, Presses de la Cité, 2017
L'Auberge du gué, Calmann-Lévy, 2018 (Prix Nice Baie des Anges 2018)
Gaston des vignes, Calmann-Lévy, 2019

(suite en fin d'ouvrage)

Jean Siccardi

LES DAMES DU MARDI

Roman

Terres de France

PRESSES DE LA CITÉ

92, avenue de France – 75013 Paris
ISBN 978-2-258-14807-9
Dépôt légal : janvier 2020

Presses de la Cité | un département **place des éditeurs**

place des éditeurs

Ces pierres éclatées, ces roches dénudées parcourues par le vent et par la tourmente gardent l'écho perdu des pas, des voix de nos émigrants, hommes, femmes, enfants qui se rendaient en France pour chercher ce travail, ce pain que leur terre natale ne leur avait pas donné.

Texte gravé sur la stèle
du col de Cerise, route empruntée
par les Piémontais émigrants

PREMIÈRE PARTIE

Le voyage à Nice

1907

Crevée la vache qui donnait le fromage,
Morte la femme en mettant au monde un fils
Les traites impayées chez le notaire
Un soir, tu te trouveras à l'auberge
Et d'un grand coup de poing tu frapperas sur la table,
Tu blasphémeras : « Putain d'Italie ! On s'en va ! »

Poète anonyme de Vérone

Les Piémontais en Provence,
Romain H. Rainero,
Editions Serre, 2001

1

L'histoire de Victor Cousin débute en 1907 à Barbaresco, un village perdu des Alpes piémontaises où la pauvreté étendait un linceul de larmes. La famille Lombardo était atteinte par ce mal incurable. Détresse et misère se conjuguaient en un ultime credo. Les campagnes mouraient comme peau de chagrin. Les maigres récoltes pourrissaient. Les bêtes dépérissaient. La souffrance et la famine donnaient aux ruelles grises de pluie un air de sourde mélancolie. Les âmes s'envolaient les unes après les autres. Plus rien ne les rattachait à leur pays natal. Hameaux et fermes se refermaient sur leur passé comme des tombes scellées, oubliant le don divin de vivre. Fuir le malheur ne dépendait que d'une frontière à franchir en prenant tous les risques possibles. Le col de Cerise, le col de Tende, le Gélas dressaient devant eux des éminences infranchissables, de véritables monstres dégoulinant de boue. Et pourtant... Ils ne pouvaient se résoudre à leur piètre condition. La rage d'une injustice ancestrale remontait du plus profond d'eux. Ils se surprenaient à parler tout haut, les yeux levés vers le ciel, maudissaient le Créateur, vilipendaient le curé lorsque à la grand-messe, devant de rares veuves éplorées et d'innocents enfants, il prêchait les mensonges des évangiles. Des promesses, que des promesses ! Les processions, les messes, les bénédictions ne servaient à rien. Qui croire ? A qui se vouer ?

Paolo Lombardo ressentait le poids de la fatalité. Telle une peau morte abandonnée sur une chaise paillée, face à l'âtre, il se noyait dans les cendres rougeoyantes. Sa poitrine l'empêchait de respirer. Parfois sa bouche ravalait un juron. La plaine coincée entre les vallées hurlait sa tristesse. Les jours défilaient, mornes et pesants. Les brumes ne s'évaporaient plus. La nature se recroquevillait dans un lourd sacrifice. Paolo dormait peu, ne différenciait plus l'aube du crépuscule. Il s'enfonçait dans une profonde amertume. Le mal parcourait sa carcasse.

— Je crève à petit feu !

Puis, dans un soupir déchirant :

— Nous aussi on a le droit de vivre.

Maria prit la main de son homme. Des larmes coulaient sur ses joues. La douceur de ses doigts ne le réconforta pas. Elle ne l'avait jamais perçu dans un tel état. Certes elle s'accommodait de son caractère fier, sans concession, tenait son rôle de femme italienne comme sa mère le lui avait enseigné. L'époux commande et décide, il en était ainsi.

— Nos terres ! D'immenses cimetières. Les récoltes se gâtent. Les bêtes ont la maladie et je reste comme un pantin à me morfondre, sans force, le crâne vide !

Sa voix emportait un écho de détresse.

— Si tu m'avais fait un enfant, nous aurions une raison de rester dans cette baraque !

Il ruminait sa profonde amertume, les yeux dans le vague, la tête ailleurs. Maria lui jeta un regard d'incompréhension. Elle n'osa ni un geste, ni une parole, et fixait son mari. Elle ne lui pardonnerait jamais cette insulte.

— Demain on fout le camp ! mâchonna-t-il.

— Ici ou ailleurs… quelle importance ! Pour nous, l'enfer n'a pas de frontières, marmonna l'épouse.

Paolo cloua les volets. Il monta un mur de parpaings devant la porte, conduisit les chèvres à l'étable du voisin. Il s'éloigna de la barrière ; un adieu, un départ sans retour. Son âme se détachait de cette habitation témoin de leur mariage. Le toit en ardoise érodé par la neige et le vent, le potager, la table grignotée par les intempéries, la rivière gelée… le banc sous la fenêtre resterait vide. Un décor d'illusions… Il tournait la page d'un bout de vie. C'était maintenant ou jamais. Il lui fallait le courage de couper définitivement ses racines, d'affronter sa propre vérité. Une pluie fine trempait ses cheveux. Il attaqua la piste du coteau. Maria, un baluchon au bras, suivait Paolo parce qu'il avait décidé qu'elle devait le suivre. Une musette en bandoulière avec quelques vivres, une boîte d'allumettes, un canif et une couverture constituaient son seul bagage. Il serrait dans la poche de sa culotte leurs économies. Maria fixait la nuque de son mari. Il ressemblait à un arbre cuirassé par la foudre. Elle ne pouvait le perdre. Ce curieux duo fuyait sa propre douleur. Paolo redressait son torse au fur et à mesure que Barbaresco s'effaçait dans son dos, certain que le bonheur s'éveillerait au-delà des Alpes, vers le sud, là où la mer berce les rivages chauds, où il faut un chapeau car le soleil rend fou. Il allait droit devant, tel un Don Quichotte pressé, accélérait le pas, vidait son cerveau d'une rancœur tenace, ne marquait aucune pause, pestait contre la société, qui ne protégeait pas les démunis, contre les sornettes des conseilleurs, contre l'Etat qui les plumait. Il obéissait à une insupportable colère, coupait à travers les herbages, franchissait les buttes. Maria ravalait son épuisement.

Quinze kilomètres sans un repos, sans un coup à boire, sans un faux pas.

— Je t'en supplie, Paolo, arrête-toi !

— Moins on traîne, plus vite on arrivera !

— Mais où ? hurla Maria.

Lasse, elle s'assit sur un muret.

— Continue seul, moi je reste ici ! hurla-t-elle.

Paolo regarda, étonné, son épouse. Il se débarrassa de son sac et vint la réconforter. Le brouillard descendait de l'ubac. La vallée se couvrait d'une chape grisâtre. Des corneilles criaillaient, ajoutant un air lugubre au malheur.

— Bientôt la pluie, murmura Paolo.

Ils continuèrent sur une bonne centaine de mètres. Une forêt épaisse remontait vers le nord. Ils franchirent un pont de bois et repérèrent un abri de chasseurs. Ils rassemblèrent une couche de paille et étalèrent la couverture. Ils tremblaient de fatigue. Maria ôta ses godillots et resta cassée en deux, le front sur les genoux. Des brindilles, de l'herbe roussie, des pignes, Paolo alluma un feu et s'allongea près d'elle. La chaleur les réchauffa. Le sang circula dans tous leurs membres et picota le bout des doigts. Les flammes s'évanouissaient en fumée et dégageaient une odeur de bois vert. Des ombres dessinaient des formes baroques sur les cloisons de planches. La joue de Maria glissa contre le torse de son époux. Elle s'abandonnait à un monde bouleversant.

A l'aube, lorsqu'ils ouvrirent les paupières, les vêtements trempés, ils grelottaient. Les rumeurs de vie montaient jusqu'à eux. Les nuages s'enroulaient en vagues lointaines. Un soleil discret s'infiltrait entre les branchages pelés. Paolo chauffa l'eau de la gourde dans la braise encore rougeoyante et laissa infuser une poignée de feuilles de tilleul. Ils burent cette tisane improvisée, boutonnèrent leurs vestes et dévisagèrent les cimes. Il leur fallait passer au-delà et franchir un horizon hostile.

— L'enfer avant l'éclaircie, apprécia Paolo.

Les rivières Gesso et Stura érodaient les flancs de Cuneo. Ils marchèrent des jours entiers, comptant leurs pas pour occuper leurs esprits. Le prêtre de l'église Santa Croce proche de Vinadio leur offrit le couvert, des provisions, une couche pour la nuit, leur permit une toilette sommaire, leur donna des vêtements propres récupérés parmi les dons de ses paroissiens. Maria ne sut comment le remercier.

— Il passe tant de pauvres gens qui veulent aller en France par ce col ! Le pire des Alpes ! Ils s'égarent, parfois avec des enfants en bas âge, expliqua-t-il.

Il établit sur une feuille de papier l'itinéraire qui menait vers Nice et souligna les asiles où ils seraient accueillis avec chaleur. Paolo devina un léger sourire sur les lèvres de sa femme.

— Au sommet, vous trouverez l'hospice Sainte-Anne. Le moine Roberto vous accueillera et vous pourrez vous reposer. Vingt ans de sacerdoce au cœur des Alpes neigeuses ! Un saint ! On peut prier pour qu'il reste en bonne santé.

Sur ces paroles bienfaitrices, ils quittèrent le religieux et contournèrent la ville par le château de Racconigi, moucheté d'une multitude de nids de cigognes. Sa tour de garde pointait ses créneaux vers un azur limpide. Le tempo s'allégea. De vagabonds, ils se muaient en voyageurs. Les pacages s'étendaient à perte de vue. Châtaigniers et noyers entouraient des bâtisses à un seul niveau, aux persiennes de bois, aux croix sculptées sur le linteau. De minuscules cabanons abritaient araires, outils et bêtes de somme.

Paolo observait les versants poudrés aux neiges éternelles. Une voix intérieure lui ordonnait d'attaquer la montée. Après le col de Cerise, la liberté, la délivrance. Il se désaltéra à une fontaine moussue, s'aspergea le visage. Maria mouilla son mouchoir et essuya son front. Les hameaux s'alignaient sur des falaises biseautées évidées, dont les brisants se révulsaient en aplombs verticaux. Eboulis et plates-formes se mêlaient dans un désordre burlesque. La montagne venait à eux comme une immense muraille terne. Ils traversèrent un tunnel, fixant le point lumineux qui grandissait au fur et à mesure de l'avancée. Paolo chassa les chauves-souris qui virevoltaient sur son crâne, remonta le col de sa veste et enfouit les mains au fond de ses poches. Maria s'enroula autour du cou une écharpe de laine. Des empreintes de lièvres, des plumes de perdrix se perdaient au cœur des tapis de feuilles noircies.

Le soir dressait son berceau de craintes et d'angoisses. Ils se protégèrent de la bise. Maria déballa le pain, découpa un bout de tomme. Ils mâchaient avec lenteur, appréciant le goût des aliments. Ils ne pouvaient compter que sur eux-mêmes. Ils n'étaient que des grains de sable dans l'immensité, bercés par le vent roulant. Ils ne devaient pas s'endormir. Le froid aurait vite fait de les pétrifier. Ils se racontaient des anecdotes qui leur faisaient du bien, s'inventaient un paradis. Parfois les yeux de Maria rougissaient.

— Nous avons fui comme des voleurs de poules ! pesta-t-elle.

Barbaresco était si loin. On pouvait mourir de ses rêves… Elle savait se contenter de peu si son mari était heureux. Ses parents n'étaient pas fortunés, avaient trimé dur, sans se plaindre. Ils étaient morts en honnêtes chrétiens, respectés dans la commune. Ce qui n'était pas le cas des Lombardo. Le père de Paolo s'était toujours opposé à leur union et n'avait pas assisté à la bénédiction du mariage. « Un pauvre avec une pauvresse, ça ne fait jamais bon ménage ! Avec la gueule qu'il a, mon fils peut se trouver *una signora* de la ville qui saura l'entretenir ! » râlait-il. La mère ne le contredisait pas. Elle n'avait pas son mot à dire.

Ils suivirent à la lettre les indications du religieux de Santa Croce. Le parcours se fit plus brutal. Leurs gorges brûlaient. Les crêtes s'éloignaient à chaque enjambée. La douleur des grimpeurs devenait insupportable. Des monolithes encombraient le passage. Ils prenaient garde à ne pas se perdre sur des pistes de traverse. Tous les chemins se ressemblaient. Des couloirs composés de dalles reposèrent leurs mollets. Ils gravirent un immense cairn. Leurs doigts gonflaient, entaillés par des arêtes. Leurs doigts de pieds gelaient. Ils serraient les dents. Ils glissèrent sur une sente gravillonnée bordée d'une neige éternelle. Une croix marquait le sommet. Ils avaient vaincu le col de Cerise. A main droite se présentait l'hospice. Tout en bas les rivières de la Tinée et de la Vésubie se découvraient. Maria tomba à plat ventre sur l'herbe rase. La cloche de Sainte-Anne annonçait que l'orage montait de la vallée au galop et que le jour tombait.

2

Le père Roberto examina le couple de la trogne aux pieds avec compassion. Devant lui, des jeunes gens qui restaient debout par pure politesse ou par miracle. Le garçon robuste, au visage entêté, en imposait par sa stature. La fille, plus fragile, ressemblait à une madone sculptée dans un marbre pur. Les cernes entamaient les joues creusées par l'épuisement. Il sourit et se signa.

— Paolo et Maria Lombardo, balbutièrent-ils. Le prêtre de Santa Croce nous…

— Je vous attendais !

Il fallait une volonté à toute épreuve pour arriver par ce temps de froidure à l'hospice. Combien s'étaient perdus dans les chaînons au nord ? Prisonniers du jour blanc, ils ne distinguaient plus les reliefs acérés comme des lames de rasoir et les précipices. Il leur était impossible d'avancer ou de reculer. Une plaque de schiste qui décrochait et l'on se retrouvait face à l'ultime instant où les issues du paradis ou de l'enfer s'entrouvrent. Il se douta de leur méconnaissance des cimes. Le courage de ces inconscients qui se risquaient sur le col à la mauvaise saison ne l'étonna qu'à moitié. Il y avait tant de désespérés qui fuyaient le Piémont, tentaient une aventure au-delà de leurs forces et se réfugiaient à Sainte-Anne, quand ils y parvenaient ! Les oreilles de Maria bourdonnaient. Tout se brouillait devant elle. Elle ne ressentait plus son corps ni ses jambes. Un moment silencieux, Roberto posa deux questions qui lui brûlaient les lèvres :

— Quel âge avez-vous ?

— Maria, vingt ans, et moi un an de plus.

— Mariés ?

— Depuis deux ans.

— Pratiquants ?

Maria fit un hochement de tête qui exprimait une extrême lassitude. La voix du prêtre ne lui parvenait plus.

— Selon les saisons, nous avons plus ou moins de temps disponible pour nous rendre à l'église... avança Paolo.

Une tenture cousue de bric et de broc partageait l'unique pièce rectangulaire et voûtée en deux parties. L'une servait de dortoir commun avec une suite de paillasses collées les unes aux autres étalées sur des châssis en bois, l'autre de réfectoire et de cuisine. Une flambée éclatante se dressait dans l'âtre en blocs de granit moucheté. La soupe ronronnait dans une énorme marmite noircie par la flamme. Un fumet rédempteur s'infiltrait entre les bardeaux de mélèze. Ils ôtèrent les vêtements trempés. Roberto posa sur leurs épaules une couverture et tira d'une armoire du rechange qui humait la cendre.

— Ce soir nous ne sommes que quatre. Au printemps et en été, j'ai une bonne dizaine d'hôtes avec des bambini dans un sale état !

Il se tourna vers la cheminée.

— Je vous présente Aldo, de Saint-Dalmas, un guide qui connaît les passages et les subtilités de la montagne comme pas deux et vous évite ainsi les mauvaises rencontres. L'hiver, il reste à Sainte-Anne et l'on se tient compagnie car le Tout-Puissant s'absente de longs mois et ne répond plus à mes prières… Il n'apprécie ni la neige, ni le froid, ni la tourmente. Il préfère la torpeur du mont des Oliviers… Aldo me rend tant de services : la réserve de bois, les éboulements, l'aménagement des sentes défoncées par la glace. Il me parle, me raconte, invente. Ses récits dégagent une spiritualité merveilleuse et témoignent de l'authenticité des sommets. Il comble la solitude du lieu.

Un rustique, débraillé, la barbe avantageuse, se leva d'une banquette rafistolée. Il souleva sa casquette en signe de bonjour. Des poils grisonnants et râpeux entamaient sa figure. De profondes rides creusaient un front buriné. Des veines saillantes parcouraient le dos de ses paluches aussi larges que des battoirs. Ses lèvres épaisses et rubicondes portaient les taches du jus de chique. Il siffla. Un bastardoun, la crinière en bataille, le pelage roux et emmêlé, les bajoues dégoulinantes de bave, renifla Paolo et Maria puis s'aplatit aux pieds du maître, le regard tendu vers lui.

— Mon gros, c'est eux qu'on doit descendre dans la vallée.

Aldo, les yeux plissés et malins, se lança dans un commentaire qui intrigua les Lombardo. Roberto leur servit un grand bol de tisane sucrée en attendant le repas du soir. Ils avalèrent le breuvage brûlant par petites lampées.

— J'ai averti le père de votre visite. Depuis la falaise je vous ai aperçus. Vous avez passé le tunnel et vous ne pouviez vous rendre qu'ici. Dans ce coin, même les murailles ont des yeux ! Entre les contrebandiers, les déserteurs qui fuient les militaires transalpins ou français, il en passe, du monde ! Il y a aussi les détrousseurs, les chauffeurs, les *banditi*, les pires ! Ils n'ont plus rien à perdre, ils volent et tuent. Si la *guardia* ou les chasseurs alpins les capturent, pas de procès ! On les pend sur place ! Je ne les pleure pas, ce ne sont pas des gus de chez nous. Certains perdent le sens de l'orientation et reviennent sur leurs pas ! La catastrophe ! Ils crèvent de froid, s'écrasent dans les ravines. On les repêche le ventre gonflé comme les crapauds.

Il avala un fond de gnôle, se racla la gorge et cracha dans les braises.

Impossible d'interrompre Aldo. Il appelait les buses par leur prénom, ponctuait ses exploits de rires gras et de toussotements.

— Saleté de pipe ! Le tabac italien ne mérite pas qu'on le fume ! De la paille rance !

Aldo, une des plus fines « lames » de la contrée, donnait aux invités une gigantesque leçon de débrouillardise.

— Pourquoi n'avez-vous pas pris la route de Tende ?

— Pas de papiers, expliqua Paolo.

— Roberto pourra peut-être régler ce problème. On les récolte sur les cadavres qui ont dévissé avec bêtes et bagages. Vous en aurez besoin. Les gendarmes ne sont pas tendres avec les émigrés. Reconduite illico à la frontière avec une amende impossible à payer.

Maria s'accrocha au bras de son mari. Le gardien de Sainte-Anne fit grise mine. Il se trouvait dépourvu de ces laissez-passer. La saison avait été maigre. Il devait attendre le printemps que la neige fonde.

Ils avalèrent goulûment la soupe en se brûlant le palais. Roberto proposa ensuite du chou et des tranches de lard. Ils devenaient écarlates et transpiraient à grosses gouttes. Le père dégageait un puissant charisme, rayonnait d'intelligence, exprimait une vitalité bucolique. Maria piqua du nez dans son assiette. Paolo vacillait sur le banc. Le prêtre les conduisit à une couche proche de la cheminée.

Inutile de les bercer. Deux jours durant, dans les bras l'un de l'autre, ils dormirent d'un sommeil réparateur. Paolo se réveilla en premier, puis Maria. Ils restèrent sous l'édredon de plumes, les yeux au plafond, écoutant les bruits qui provenaient de l'autre côté du rideau. Ils humèrent l'odeur de tabac gris de la pipe d'Aldo puis celle du café qui bouillait sur le bord de la cuisinière. Maria dans une étreinte amoureuse se colla contre son mari.

— Me réveiller à tes côtés, c'est si bon.

Ils apparurent sous les rires des hôtes de l'hospice, tout défaits, les cheveux embroussaillés, l'air pataud. Ils présentèrent de plates excuses.

— L'altitude vous a ensuqués... rigola le guide.

Les lèvres barbouillées de confiture de myrte, Maria avalait de larges tranches de pain grillé. Un Christ pendouillait face à elle. Roberto lui conseilla de mâcher et de ne pas être goulue. C'était toujours un plaisir de voir une personne qui dévorait à pleines dents l'œuvre d'une nature foisonnante.

Aldo bourra sa pipe et se tourna vers l'âtre. Le religieux, le menton sur ses poings, ferma les paupières et entama une longue confession maintes fois avouée.

— Pourquoi suis-je ici, loin du monde, parfois je me le demande. J'ai suivi le séminaire contraint et forcé car mes parents n'avaient pas de quoi me payer des études. Mon père était forgeron à Saint-Dalmas, ma mère faisait des exploits pour nourrir la famille. Après mes études, le montagnard que je suis a décidé de s'isoler de tous ces païens indécrottables qui pullulent dans la vallée, où jalousie, méchanceté, sarcasmes sont la nourriture quotidienne. Alors, je me suis réfugié tout près de l'Eternel sur cette *terra di corte*[1], cette terre de cour, territoire de la couronne d'épines. J'ai suivi les chants de ces montagnes. Parfois l'absence et la tristesse me rongent l'esprit, l'attente précède la mélancolie, mais Aldo est là !

Une lointaine nostalgie se dessina sur ses traits.

Aldo posa sur les chenets un demi-tronc, repoussa la cendre contre la plaque en fonte et souffla avec le boufadou[2] sur les braises. Les flammèches pétaient dans le conduit.

— Ma destinée, reprit Roberto, siège entre ces cimes situées aux quatre points cardinaux. Nous sommes au centre de la croix du Christ, le cœur de l'univers. J'ai juré à ce refuge une fidélité sans bornes. Je n'ai pas eu le choix. La création de notre Maître est unique. Les étoiles reflètent les visages familiers des saints, les anges veillent sur les glaciers, la tunique de la Pietà couvre d'un voile bleu l'horizon. Ecouter, comprendre, aimer, telle est notre prière quotidienne. « O notre Père, O toi qui dans le ciel habites, Vienne vers nous la paix

---

1. La terre de cour possède des droits privilégiés. *Précis sur les droits de pâturage de la terre de cour,* Auguste Musso, Nice, 1892.

2. Canne creuse.

de ton règne et la joie. Que loués soient ton nom ainsi que ta puissance[1] ! »

Roberto se confiait dans un interminable monologue. Ses rides soulignées par d'épais sourcils dessinaient une joie intérieure. Il ajouta :

— Ça fait du bien de discourir…

— Aldo ne vous écoute-t-il pas ? s'étonna Maria.

— Il serait capable de répéter mes confidences aux chèvres.

Ils repoussèrent leur départ de Sainte-Anne. Roberto attendait qu'ils prennent leur décision. Un matin où les nuages de l'est montaient par lourdes vagues brunâtres, Aldo s'impatienta. La grosse neige tomberait bientôt et ils resteraient bloqués durant plusieurs semaines. En plus le dimanche était un jour propice autant du côté piémontais que du comté de Nice.

— Le jour du Seigneur ! Les gueuletons familiaux arrangent bien des situations… Les autorités se goinfrent et ne sont pas là pour nous chercher des poux dans la tignasse.

Le couple fit quelques pas sur le parterre devant Sainte-Anne. Une multitude de lacs se déversaient en cascades fécondant les sources de la Tinée et de la Vésubie. Les massifs, chaînons, aiguilles s'étalaient dans un gigantisme minéral et créaient la magie de la contemplation. Roberto interrompit leurs rêveries.

---

1. Dante, *La Divine Comédie*, chant XI.

— J'ai l'impression d'être face au mausolée d'une sainte relique. Une légende couve dans les entrailles de ces aiguilles.

Autour de la table, devant un vin chaud additionné de miel et de cannelle, le religieux leur conta l'histoire de Valdeblore avec des mots simples et la délicatesse du cœur :

— Saint-Dalmas était gouverné par un seigneur barbare, puissant, qui maltraitait son épouse. Celle-ci ne pouvant plus supporter son martyre décida un jour de fuir très loin afin que nul ne la retrouve. Elle se réfugia dans la grotte de la Frema. Affamée, touchée par un froid intense, des femmes lui apportèrent vivres, habits, couvertures. Elle décida de poursuivre son périple vers la Lombardie, chez des cousins. Mal chaussée, mal vêtue, blessée aux chevilles, elle s'arrêta à la falaise de Pepouiri – Pied pourri. La gangrène la rongeait. A bout de forces, lasse et épuisée, elle se coucha dans le creux d'un arbre et abandonna son âme au Christ. La neige lui offrit un linceul immaculé. Elle monta au paradis. Les gens de la vallée ne trouvèrent son corps, parfaitement conservé, qu'au printemps suivant. Cette montagne s'appelle désormais la Frema Morte, la Femme Morte. Quant au mari, il eut un accident de cheval et resta paralysé dans un fauteuil pour le restant de ses jours.

— Bien fait ! s'écria Maria.

Surpris par son exclamation, ils se tournèrent vers elle. L'épouse de Paolo s'empourpra.

Le gardien de Sainte-Anne leur prépara un sac à bretelles que l'on attache dans le dos : nourriture, gnôle, sans oublier un missel ainsi qu'un plan de la ville de Nice, et glissa de l'argent prélevé sur une dépouille.

— Le passeur vous conduira sur le port, à Notre-Dame-de-Lympia. Vous demanderez Rina, une religieuse sacristine. Vous serez en de bonnes mains.

Roberto serra fort dans ses bras Paolo et Maria. Aldo avait sorti la mule de l'étable, chargé le bât de sacs et de caisses qu'il couvrit d'une bâche et sangla.

— On doit être en bas avant la nuit !

Il renvoya le chien qui collait à ses basques et emprunta une combe abrupte qui piquait droit vers les éboulis.

3

La mule ouvrait le passage. Aldo lui tenait la queue, tirait pour qu'elle ralentisse, lâchait dans les raidillons. Elle traçait droit, guidée par les œillères. Des centaines d'allers-retours lui avaient permis de jauger les difficultés et la façon de s'économiser. Aldo la complimentait, lui susurrait des mots d'amour. Cependant il se méfiait de ses réactions brutales si un obstacle imprévu se dressait devant elle ou si elle percevait les hurlements lointains d'une meute de loups. Alors, dans les passages critiques, il la bridait avec des rênes courtes.

— Marguerite est la seule femelle en qui j'ai confiance mais, comme toutes les demoiselles, elle a ses humeurs. L'odeur si particulière des prédateurs, des traces de régurgitation, les bouffées d'un mâle en rut… Mademoiselle est imprévisible…

Puis, il se mit à chanter avec une voix de ténor qui emplit la vallée :

Faut-il saigner la montagne
Pour faire passer le sang de l'étranger
Faut-il vieillir sur les routes
Pour goûter aux fruits de l'amitié...

Paolo et Maria posaient leurs semelles dans les empreintes d'Aldo. Les pierres fines roulaient sous les semelles. Les torrents furieux affouillaient les berges, créant ainsi un défilé grandiose. La Vésubie s'appropriait un territoire arraché aux flancs des montagnes et poursuivait une œuvre de ravinement. Après l'arche ogivale du Castel d'Irougn, un tas de ruines bouffé par le lierre et les ronces, Aldo stoppa.

— Nous avons accompli le plus dur, le reste c'est du gâteau.

Il s'adressa à Maria :

— Alors ma petite dame, les mollets tiennent le choc !

Elle ignora le rustre. Aldo délesta la mule. Le poil était trempé. Une fine mousse dégoulinait de ses naseaux. Elle s'abreuva à un bac creusé à l'herminette dans un tronc. Il passa la gourde de vin rouge à son passager. Ils burent à petites goulées. Puis il mâchouilla, cracha une salive jaunâtre, gratta le culot de sa pipe, tapa les cendres au creux de sa paume, roula la mixture avec de la salive jusqu'à ce qu'elle devienne une boule bien ronde et se la colla derrière l'oreille afin qu'elle sèche. La curiosité démangeait Paolo qui depuis Sainte-Anne voyait la croupe de Marguerite se dandiner sous une charge conséquente. Il demanda à Aldo quel était ce chargement si lourd et imposant. Le complice de Roberto ne parut pas très loquace puis finit par avouer :

— Notre bazar… glané sur des équipages qui se perdent ou sont abandonnés par des passeurs lorsqu'ils ont les douaniers aux fesses ou bien sur ceux qui ont dévissé et que l'on retrouve au bas des falaises. Avec le père nous avons établi un petit commerce. Nous revendons cette marchandise à Boniface qui nous paie rubis sur l'ongle. Un moyen de se faire un peu d'argent et de faire bouillir la marmite. Nous n'allons pas perdre du sel, de la graine, du tabac à priser ou à rouler, des tissus, de la poudre à cartouche, des armes, de l'essence en bidons d'acier… enfin tout ce qu'un malfrat peut passer et que la douane aimerait récupérer. Comment croyez-vous que Roberto puisse entretenir Sainte-Anne, aider les malheureux, les nourrir, les vêtir, leur trouver des filières pour franchir les Alpes en toute tranquillité ?

Aldo se révélait un sacré lascar. Que penser de Roberto ? Un rêveur ? Un érudit ? Un pasteur ou un homme, tout simplement, qui appliquait les règles naturelles d'un milieu complexe et occulte. Son raisonnement ne tombait pas dans les oreilles d'un sourd. Paolo n'en perdait pas une miette. A quoi ça servait de trimer comme un abruti alors qu'avec un peu d'audace et un brin de malice… Il chassa les idées saugrenues qui lui trottaient dans l'esprit.

Les gendarmes, la prison, la honte de ne plus se regarder en face... Maria se faisait toute petite et se demandait dans quel traquenard elle était tombée. Etait-ce le même Aldo qu'elle avait rencontré à l'hospice ? Jusqu'ici elle avait tenu bon et espérait que leur décision précipitée ne se résumerait pas à un échec cuisant ! Ils ne pourraient plus revenir en arrière.

Aldo, le menton haut, le torse gonflé tel un coq, ne prenait pas de risques et se savait protégé. Le père Roberto étendait son auréole au-delà de son domaine. Les deux compères connaissaient tous les fonctionnaires italiens ou français par leurs prénoms et les abritaient par gros temps lorsqu'ils pistaient vers le col. Un refroidissement était si vite arrivé. Avec leur pèlerine, leur parapluie ridicule, leur sac de couchage en peau, comment pouvaient-ils résister aux tourmentes ? Du café bien brûlant, un bon feu, une goutte de grappa, ils passaient la nuit tranquille et évitaient de se geler. Le saint-bernard en avait sauvé des militaires perdus dans des impasses neigeuses et des séracs. L'hospice Sainte-Anne du col de Cerise était devenu une institution d'utilité montagnarde.

— Il est temps de nous remettre en route avant que l'obscurité tombe et que Marguerite refuse d'avancer.

Le parcours se révélait moins pentu. Des dalles de schiste pavaient naturellement la sente. Un clocher pointait d'un édredon de brume compacte. Les toits s'enroulaient en escargot. Un pays inconnu émergeait d'un long silence et d'un insolite abandon.

— Où allons-nous ?

— Chez Boniface... Le plus grand des colporteurs des Alpes. Un vrai de vrai. De nos jours, c'est un homme d'affaires avisé. Nous passerons la nuit chez lui. Il nous prêtera une couche et nous remplira la gamelle. Ne le traitez pas de trafiquant ! Pour lui, c'est la pire insulte ! En échange des marchandises que je lui livre, il vous descendra à Nice jusqu'à Notre-Dame-de-Lympia. Le malheur des uns fait le bonheur des autres... Ne soyons pas hypocrites...

Les premières fois que Boniface passa le col de Cerise, avec sa hotte et son étal de revendeur, il faisait tellement pitié que Roberto le nourrissait et lui achetait de la bimbeloterie pour l'encourager. Maigre comme un *estoquefich*, il se nourrissait de regardelles[1]. Il était de Valdieri et franchissait le col pour éviter de payer les taxes car à la douane il laissait plus de la moitié de ses bénéfices. Alors il prit la résolution de ne plus se faire dépouiller par les agents du fisc et multiplia les voyages par des layons improbables. Au fil des années, il dompta la montagne. Un été, il arriva chez Roberto avec une mule. Ce fut le début de son incroyable ascension. Mieux vêtu, il présentait bien. Il s'installa à Saint-Martin-de-Vésubie, acquit une carriole et exposait

1. Se nourrir de regardelles : ne manger que du regard.

son attirail sur les marchés locaux. Il vendait ce que les différents détaillants ne proposaient pas. On lui passait des commandes particulières. Il parcourait des centaines de lieues, agrandissait son secteur. Il connaissait toutes les servantes, les agriculteurs, les domestiques, les artisans. Il proposait même des crédits avec intérêts et doubla son activité avec celle de marieur. Les paysans faisaient appel à ses services lorsque leurs filles ne trouvaient pas de courtisans. A chaque noce, le novi glissait un billet dans l'escarcelle de l'entremetteur. Le bas de laine de Boniface gonflait au point qu'il plaça son argent à la banque. Il n'éprouva plus le besoin de faire autant de route, employa un démarcheur et se réserva uniquement le négoce sur Nice et Vintimille où il se rendait avec sa camionnette utilitaire Martini. Boniface devint un personnage important et fut pressenti à un rôle municipal. Il refusa car, pensait-il, les meilleures affaires se font dans la plus totale discrétion.

Boniface les accueillit avec une immense satisfaction. Maria était aussi pâle que les narcisses dans les fossés. L'hôte comprit aussitôt la situation et lui servit un bol de bouillon brûlant. Elle se coucha sans un bonsoir, avec son manteau, ses chaussures, et laissa les hommes converser entre eux. Chaque nuit passée était arrachée à la fatalité, un combat contre l'impossible. Elle se demandait ce que le lendemain lui réserverait. La confiance en son mari s'effritait. Elle désirait exorciser le mal insidieux qui la rongeait et la soumettait à l'autorité de son époux. Que de faiblesses avouées se diluaient dans sa condition de paysanne.

Le lendemain, avant que l'aube ne pointe, Boniface avança la voiture dans la cour et fit chauffer le moteur. L'essence empestait l'air glacé. Il chargea la marchandise. Aldo repartit à Sainte-Anne avec Marguerite aussi chargée qu'à l'aller. Paolo réveilla Maria. Elle se laissa aller dans ses bras. Il l'allongea sur la banquette arrière, l'enroula dans une couverture chaude. Elle continua ainsi sa nuit. Se réveillerait-elle au sein de la terre promise ? Des rêves, de doux rêves, des rêves insipides se bousculaient. Elle éprouvait de la répulsion pour un si long périple qui en fait ne menait nulle part si ce n'est à une plus grande servitude. Là-bas à Nice, elle serait seule dans une terrible tempête. Qu'adviendrait-il ? Serait-elle assez forte pour affronter la folie d'une ville immense, grouillante, ensorceleuse ? Elle n'était qu'une Piémontaise et ne connaissait que Barbaresco. Le coup de tête de Paolo n'était-il qu'une fuite en avant ? Le bonheur, le plaisir, la gaieté sont l'apanage des riches. Les pauvres n'ont le droit que de trimer. Il en était ainsi depuis l'aube des temps !

Deux ou trois coups d'accélérateur, Boniface souleva le capot, écouta religieusement le ronronnement des pistons et des bielles, ajouta de l'huile, vérifia le réservoir d'eau. La puissance mécanique se révélait dans toute sa force. Les chevaux rugissaient.

Boniface graissa quelques pignons, passa un coup de chiffon sur les tubulures en cuivre. Il chargea à l'arrière une réserve de carburant, une mallette à outils ainsi que les fournitures qu'il devait livrer aux négociants de Nice.

— En route, dit-il. Accrochez-vous ! Dans six heures au plus tard, si aucune panne ne nous contraint à bricoler, nous serons à destination.

Ils traversèrent à faible allure la rue principale de Saint-Martin. Les lanternes se balançaient de chaque côté des pare-chocs, perçaient l'obscurité diaphane. Sous la pâleur lunaire se déroulait un fantastique bestiaire accroché aux faîtières. Les façades se serraient les unes contre les autres. Des escaliers en bois menaient aux basses portes. Un caniveau central, puant, louvoyait entre les calades voûtées. Des ombres fugaces s'esquissaient dans les recoins. Les ruelles se ressemblaient, mystérieuses, équivoques. Les impasses se recoupaient en un interminable lacis pavé. Boniface se signa et baisa la médaille de la Vierge qu'il portait autour du cou. La place, la fontaine aux becs en bronze… Ils croisèrent de rares passants matinaux. Un corniaud famélique fouillait des détritus. Cette enclave ressemblait étrangement à Barbaresco. Dieu ne s'était pas cassé la tête… Un pont à une seule arche jeté sur la Vésubie rétrécissait le passage. Les roues crissèrent. Une émanation de roussi se dégagea. Le conducteur bougonna. Les essieux frôlaient le parapet. La manœuvre exécutée, il ménagea la machine.

A la sortie du bourg, Boniface accéléra. Le moteur d'acier avalait les côtes. Aucun obstacle ne résistait au monstre infernal. Les cadrans de température d'eau et d'huile ne donnaient pas de signe de surchauffe. Le compteur indiquait quarante kilomètres à l'heure. Paolo se crispait et s'accrochait des deux mains au siège. La Martini serrait dans les virages et épousait fidèlement les épingles à cheveux. Le regard dardé sur la route, la casquette enfoncée jusqu'aux oreilles, les mains gantées de cuir, Boniface tenait fermement le volant en noyer, se levait sur les pédales lors d'un dévers trop brutal. Son buste épousait le profil de la route, bitumée parfois. L'engin n'était pas commode à manier. Le chauffeur ne forçait pas le changement de vitesse et ralentissait pour éprouver les freins. Un sentiment de virilité accentuait la sensation confuse de s'envoler. Une longue ligne droite se profila. Il accéléra. Le pot d'échappement largua une épaisse fumée. Une vision de brume enserra le capot et les portières. L'automobile glissait. Les secousses cadencées, le roulement, le frottement des pneus sur la chaussée abrutissaient Paolo qui ne résistait pas à la torpeur. Ses pupilles ne distinguaient qu'un flou d'images mélangé aux tourbillons de la brise. Les défilés se refermaient en leur sommet. Les entablements de roche édifiaient des murailles empilées les unes sur les autres. Des arbres nains faufilaient leurs racines dans les interstices des parois. Un bourdonnement continu apportait une atmosphère léthargique.

Boniface stoppa la Martini dans un large arrondi à la croisée du lieu dit Saint-Jean-la-Rivière afin que le moteur refroidisse. Il alluma un long et fin cigare, avala une gorgée de café encore tiède et en proposa à Paolo. Maria somnolait toujours. La couverture recouvrait sa tête. Elle vomissait ce voyage insupportable, disparaissait de cette civilisation déchaînée. Un cauchemar ! Le souvenir de Barbaresco revenait par intermittence. Ils avaient abandonné une maison de famille léguée le jour de leur mariage, l'écurie, le troupeau, la campagne. Un crime impardonnable ! Certes ils ne roulaient pas sur l'or et s'étaient unis entre cousins afin de réunir les terres des deux familles. Cela ne les avait pas empêchés de vivre en honnêtes chrétiens, de prier la Vierge Marie, d'égrener le chapelet, de fêter Noël, de danser lors des fêtes votives. Ils avaient un toit, du bois pour la cuisinière, des provisions de légumes secs, payaient leurs impôts ! Paolo était courageux et trimait comme une brute. Que pouvait-on leur reprocher ? Les paysans devaient se contenter du jour présent. Leur destin était gravé sur le soc de leur charrue.

Paolo but à une source. Chaque gorgée irriguait la sécheresse de sa gorge. Ses gestes étaient lents. Il n'avait plus l'impression de fuir. Il retrouvait une sorte de calme lointain. Il s'assit aux côtés de Boniface sur une roche plate. En aval la Vésubie se jetait dans le Var. De fins rayons transperçaient le voile de l'aube couleur perle. La senteur musquée des herbes sauvages couvrait l'humidité de la vallée. L'esprit de Paolo s'éclairait à la naissance d'un nouveau monde. L'étroite ceinture de la Vésubie s'évasait en un ruban lamé qui exposait une émouvante déraison. Il imaginait déjà sa vie à Nice, la Méditerranée, les rues remplies d'une foule colorée. Il avait besoin de soleil, de chants, de musiques, de paysages chauds. Il désirait que sa femme soit heureuse. Il deviendrait un citadin avec un costume au pantalon parfaitement repassé et un ourlet qui remonterait sur ses chaussures cirées. Il achèterait une bicyclette. Le dimanche, ils se promèneraient sur le bord de mer. Ils baguenauderaient devant les magasins. Il lui chuchoterait des compliments exquis. Elle lui ferait un fils, bien gaillard, qui après de longues études deviendrait instituteur. Une revanche sur la destinée !

— Ton esprit est à Nice ? souffla Boniface.

Il mâchonnait le petit bout de cigarillo collé au coin de ses lèvres.

— D'où venez-vous ?

— D'un village de misère...

— Pourquoi êtes-vous partis ?

— Pour fuir la fatalité et le malheur...

— La survie, prononça le colporteur.

Boniface se lança dans un discours maintes fois prononcé aux réfugiés qu'il convoyait.

— Que peux-tu trouver d'intéressant à cette ville ? Tu regretteras ton patelin. Tes compatriotes s'entassent sous les ponts du Paillon ou occupent les caves des bas-fonds de la vieille ville, exercent les boulots les plus dégradants, sont pris à partie par les indigènes, quand ils ne sont pas bastonnés et leurs filles réduites à la prostitution pour manger et élever les mioches ! On ne voudra pas scolariser tes enfants ! Les adolescents tirent des charretons cent fois plus lourds qu'eux ! Le pauvre Garibaldi doit se retourner dans sa tombe. A Marseille, ils balancent tes congénères dans le Vieux-Port et les tuent à coups de rames. Ils appellent ça les Vêpres siciliennes !

Sa figure se rembrunit.

— Mon pauvre… se désola-t-il.

— Roberto nous a promis que Rina nous aiderait, rumina Paolo.

— Roberto, toujours Roberto… l'apôtre du col de Cerise ne voit le mal nulle part. Pour lui tout est beau, les êtres humains sont sans taches, généreux, magnanimes. Ils vous tendent la main sans retour, vous logent, vous nourrissent…

Le bonhomme sombra dans un mutisme qui en disait long. Il se dirigea vers la camionnette, tâta le capot refroidi, jeta un œil à l'arrière. Maria ne bougeait pas. Au fil de la route, Boniface tenta de dédramatiser sa colère et de raisonner Paolo. Il savait que là où il amenait le couple, rien ne serait facile. Mais ces têtes de bois avaient pris leur décision. Paolo n'osait plus tourner le regard vers lui. Maria s'assit, le visage sans expression. Elle remonta ses cheveux sous son bonnet et s'enroula dans la couverture.

— Où sommes-nous ? demanda-t-elle.

— Au croisement de la Vésubie et du Var, répondit Boniface. Un pont et la route file droite.

La vallée du Var s'ouvrit, tranchée par des eaux qui s'affrontaient, dans de formidables remous. Sur la rive gauche, la ligne des collines filait délicatement vers une embouchure démesurée à quatre branches. Le soleil en maître absolu déversait une tiédeur langoureuse. Paolo, ébloui par un paysage merveilleusement éclairé, mit la tête à la portière et avala les souffles. Les fragrances de résine l'enivraient. Des pastels coloraient des mamelons arrondis comme des seins de nourrice. Des villages perchés sur leurs tétons ponctuaient le mouvement des reliefs. Des tilleuls protégeaient lentement l'invisible.

— On ne peut pas être malheureux ici ! s'exclama Paolo.

Maria baissa le regard sur la nuque de son mari. Après tout, même si elle le maudissait en ce moment critique, il était son seul soutien.

La sauvagerie ordonnée de ce pays changeait de couleurs à l'avancée de la journée. Des voiles de poussière roulaient, emportés par les courants d'air. Des restanques d'oliviers dessinaient le flanc méridional. Des bâtisses fortifiées, aux ouvertures étroites prolongées par un balcon avec une treille, tournaient le dos au mistral.

Des cloches tintèrent mollement.

4

Deux étapes avant d'arriver à Nice. Les arrêts sur le bas-côté soulageaient la mécanique mise à rude épreuve. La Martini était une dame que l'on respecte. Ils longèrent la strada del Litorale ou lou camin dei Anglés[1]. La Méditerranée battait les plages de galets avec un bruit de succion. Un voile de satin enveloppait les contours harmonieux de la baie des Anges. Maria glanait un mirage qui bouleversait ses mauvaises pensées. Elle s'abandonnait aux caresses iodées et aux effluves d'orangers. L'air marin la revigorait. Ses joues rosissaient. Le mouvement de la foule élégante, des écuyers, des amazones, des victorias qui se promenaient entre les haies de l'allée cavalière, la fascinait. Une palette de reflets, du mauve au vermillon, du pastel aux lueurs vives, s'esquissait sur un horizon distrait. Un

1. La Promenade, puis la promenade des Anglais sous le second Empire.

surprenant édifice de verre et d'acier, une perspective emblématique de style oriental et mauresque, aux coupoles et minarets, aux fenêtres arrondies ornées de carreaux multicolores, illuminées d'éclats de bronze, se dressait sur des pilotis en ferraille dans la mer face à la baie des Anges. Des bulbes à flèches jouxtaient des tourelles d'inégales hauteurs. Au sommet d'un dôme translucide, une sirène en zinc, estampée d'or, armée d'un trident invitait les badauds et les noctambules à des attractions enchanteresses.

— La jetée-promenade, un casino, théâtre, restaurant… le rendez-vous nocturne de la belle société niçoise, des hivernants, des banquiers, des industriels et des riches *tourists*, expliqua Boniface. Cette cathédrale d'agnostiques fréquentée par une majorité d'étrangers est consacrée au culte de la volupté et du plaisir. Dans cet Eldorado mythique, il ne fait jamais nuit. Cette ville, majesté piémontaise, fille de Savoie et de Sardaigne, appartient aux Niçois. Il vous faut gagner votre place et ne pas vous faire croquer par une faune étrangère d'Anglais, de Germaniques, de Russes qui ne se fréquentent qu'avec prudence. Cabarets, théâtres, casinos sont ouverts en permanence ! Nice n'est qu'une chimère, un mirage qui brûle les ailes des audacieux.

Maria écoutait d'une oreille distraite les propos du conducteur. Cette réalité n'était pas pour les gens de sa condition. Paolo risquait de tomber de haut. Elle ne serait pas là pour le ramasser !

— Le jardinier et poète Théodore de Banville écrivait : « Nice est une déesse vivante, sortie des flots d'écume sous un baiser de soleil. On vient à Nice pour une semaine et on y reste toute la vie[1]. » Pourquoi pas... La richesse de ce donneur de leçons lui épargnait de voir plus loin que le bout de ses bottines.

— Vous nous foutez la trouille ! s'inquiéta Paolo.

— Je souhaite vous éviter des ennuis.

Une longue courbe épousait les rochers de Rauba Capeù[2]. La digue, les quais qui se languissaient des navires, Notre-Dame-de-Lympia, une série d'immeubles au crépi rose tendre, un lacis de ruelles qui s'entrecoupaient dans une complexe toile d'araignée... ils arrivaient au bout de leur périple. Maria appuya son front contre les cheveux de son mari. Des larmes mouillaient ses yeux. Boniface gara la voiture face à l'église.

— Terminus, annonça-t-il.

Il glissa dans la poche de Paolo un billet.

— Vous en aurez besoin plus que moi.

La Martini s'éloigna et disparut dans l'obscurité. Un vol de pigeons effrayé par la pétarade du moteur rasa la casquette de Paolo. Le silence couvrit le quai.

1. *La Mer de Nice, lettres à un ami,* Poulet-Malassis et de Broise, Paris, 1861.

2. « Vole Chapeau » en niçois.

Le phare illuminait par intermittence les eaux moirées des bassins d'accostage. Des hommes fumaient sur des tas de cordes. Des pointus, barcasses ventrues aux longs mâts, se balançaient au rythme des vaguelettes. Les femmes, aux seins lourds, vêtues en noir de la tête aux pieds, ravaudaient les filets de pêche à la lueur de braseros. Maria se serra contre son mari. Elle avait besoin de sa protection. Ils restèrent un long moment immobile devant le large escalier de Notre-Dame-de-Lympia. Des réverbères à gaz papillonnaient telles des lucioles sur les trottoirs carrelés. Une musette efflanquée à l'épaule, des chaussures crottées, des habits râpés, ils ne pouvaient prétendre à l'aisance qu'exigeait cette ville. Des colonnades gigantesques de style néoclassique soutenaient un fronton en triangle, inspiré de l'architecture grecque et romaine. Le monument ressemblait étrangement à la chiesa Gran Madre di Dio édifiée à Turin. La statue de l'Immaculée Conception régnait sur les marins, les dockers et le petit peuple de Lympia. Ils gravirent le perron, marche après marche. Leurs cœurs battaient la chamade. Quel avenir se dessinait derrière la grande porte ? Une odeur d'encens, de cire chaude, de renfermé, de recueillement les enveloppa. Maria trempa ses doigts dans le bénitier et fit trois signes de croix.

Une minuscule lampe rouge brillait à côté du tabernacle. Ils s'habituèrent à l'obscurité et distinguèrent l'ampleur de l'édifice. La hauteur des voûtes, les candélabres monumentaux, les ornements dorés… A Barbaresco, le lieu de culte n'était qu'une enceinte en pierre froide avec pour toute décoration un Christ en croix et une Vierge si pauvre, si maigre que les pratiquants étaient obligés de lui glisser une offrande. Paolo ôta son couvre-chef. Ils s'avancèrent vers l'autel. Les bougies frissonnaient. Une silhouette se découpa près des stalles. Elle ne paraissait pas s'occuper du couple qui attendait au milieu de l'allée. Paolo et Maria ne savaient pas s'ils devaient demander la sœur Rina ou bien rebrousser chemin. Que faire, où aller dans ces rues hostiles peuplées d'inconnus ? Les jambes de Paolo tremblaient. La sacristine, une maigrelette énergique, esquissa une génuflexion en direction d'une imposante croix. Un Christ indulgent posait son regard sur la nonne. Elle se retourna vers eux.

— Nous sommes…

— Ceux que j'attendais depuis ce matin.

— Rina ? prononça timidement Maria.

— Vous devez avoir faim et vous avez besoin de vous reposer. Le père Alexandre ne va pas tarder. Nous irons manger au presbytère, juste à côté de l'église.

Rina ferma les doubles portes avec une clé énorme qu'elle attacha au trousseau suspendu à sa taille et serré par un cordon de lin écru. Elle les conduisit à la sacristie puis dans une seconde pièce aménagée en dortoir. Un harmonium au soufflet éventré, un matelas sur un tapis de cordes tressées, des draps rêches, une couverture, un dessus-de-lit en coton délavé, une chaise, un évier, une cuvette, un broc en métal émaillé, un morceau de savon et une petite glace composaient le nécessaire de l'asile. Maria remarqua le peigne en os disposé sur le marbre. Des vêtements décents étaient suspendus à un clou. Un mur de livres religieux pesait sur des étagères. Une gravure de la Cène punaisée se soulevait avec le courant d'air.

— Merci, Roberto, bredouilla Paolo.

Maria égrena son chapelet, la petite croix de métal blanc appuyée contre ses lèvres. Le père Alexandre les reçut avec bienveillance. Son visage était étouffé par une barbe rousse, un léger duvet de la même couleur couvrait un crâne presque lisse. Des ongles en deuil exhibaient une certaine négligence. Une soutane un peu courte, au-dessus des chevilles, exposait des chaussettes tricotées en laine et des chaussures aux semelles de crêpe. Il les entraîna à la table, récita le bénédicité en leur tenant la main. D'un large geste il les invita à s'asseoir. Ils grignotèrent des olives, des oignons, du pain trempé dans l'huile, de quoi caler l'estomac en attendant le lendemain. Il ne posa pas les sempiternelles questions sur les raisons de leur départ, ce qu'ils cherchaient en s'expatriant, bien au contraire. Il s'exprimait par des mots justes et un raisonnement singulier. Sa chaleur les comblait.

— Vous résiderez entre l'église et votre chambrette le plus discrètement possible, le temps que nous prenions les dispositions nécessaires à votre installation. Nous dînerons ensemble, ainsi je vous informerai de l'avancée de nos tractations. Vous assisterez aux messes, cela me fera deux clients en plus ! Mes ouailles se font rares et mon église est désertée. La Vierge me le reproche chaque jour un peu plus. Je prêche dans le vide ! Les bourgeois fréquentent la cathédrale Sainte-Réparate[1], histoire de montrer costumes, robes, fanfreluches à la mode ! Ils ont oublié que Dieu dans sa grande miséricorde leur a ouvert ses portes. Heureusement que les débardeurs et les ouvriers italiens sont de fervents croyants, sinon Notre-Dame résonnerait uniquement de ma voix. Je me sentirais si seul…

Il hocha la tête, le visage empreint d'une incroyable sincérité.

— Et moi, suis-je transparente ? grogna Rina. Je ne sers qu'au ménage et à la soupe !

— Comme j'envie Roberto ! Nous étions au séminaire ensemble ! Lui a choisi les cimes au plus près de Dieu et moi je me suis ensoutané dans la servitude d'une cité de blasés qui ne respectent même plus leur prochain !

Les jours s'écoulaient à Notre-Dame-de-Lympia. Le couple aidait Rina à l'entretien de l'église et aux tâches diverses qu'Alexandre ne pouvait effectuer

1. Protectrice de Nice.

car l'âge pesait sur ses épaules voûtées. Ils lavaient au savon noir les dalles, ciraient les boiseries, récupéraient les bouts de chandelle, les fondaient et reconstituaient dans un moule des cierges presque neufs. De temps en temps, Paolo glissait le nez dehors et scrutait le débarcadère grouillant d'activité. Il respectait scrupuleusement les consignes du père. Le port grouillait de douaniers qui n'appréciaient ni la nouveauté ni l'insolite, encore moins les gueules caractéristiques des réfugiés piémontais. Ils se doutaient bien des aides prohibées du curé, mais ils devaient traverser la rue et ce n'était plus leur secteur. Alors, ils fermaient les yeux. Le sang italien coulait aussi dans leurs veines... Alexandre rentrait tard dans la soirée, fourbu, délaçait ses godillots, trempait les pieds dans une cuvette d'eau chaude additionnée de gros sel que la sœur avait préparée.

— Alors Rina, ta journée ?

— Laborieuse... Et vous, mon père ?

— De bonnes touches, mais pour l'instant pas de joie inutile...

Ce langage sibyllin égarait le couple qui n'osait pas approfondir l'échange. Néanmoins, ils étaient en de bonnes mains. Maria et Paolo assistaient aux messes quotidiennes célébrées à la chapelle de la Vierge. L'office du dimanche matin, le « propre », occupait l'ensemble de l'église. On ouvrait les grandes portes. Les pêcheurs en costume sombre, chemise blanche et cravate s'installaient sur les bancs. Un Toscan aux longues bacchantes noires qui remontaient sur les favoris tirait d'un cartable en cuir mou des partitions, s'installait sur la banquette de l'orgue, faisait craquer ses phalanges et attendait le moment critique. Le musicien impressionnait Maria. Elle n'osait soutenir son regard sévère sous des sourcils noirs. En semaine, il s'agissait de l'office des pauvres, l'« ordinaire », argumentait Alexandre. L'autel de Marie était faiblement éclairé, parfois fleuri, les burettes prêtes, le calice voilé devant le tabernacle, le seau d'eau bénite et le goupillon disposés sur la dernière marche en marbre pour l'*Asperges me*... Alexandre, dans sa chasuble en forme de boîte à violon[1], se signait. Rina, la tête couverte d'une cornette, sonnait les trois coups : la messe commençait.

— *Introïbo ad altare Dei*...

La voix du prêtre, articulée, s'adressait à l'au-delà, prenait soudain une résonance mate, tout à fait étrange. Il s'adressait au Seigneur. Quand il se penchait sur le calice à la consécration, il prononçait :

— *Hoc est enim corpus meum*...

Des gestes précis ponctuaient les offrandes. Les fidèles reprenaient les versets dans une bouillie verbale. Alexandre les excusait en se moquant, car, disait-il, elles n'ont jamais appris les textes et la

1. Ornement ancien. L'ornement moderne s'inspire du manteau grec antique : la chlamyde.

plupart sont édentées. Maria occupait toujours le premier rang. Paolo debout dans le fond, au service des paroissiennes, distribuait les missels, les aidait à s'asseoir ou à se relever, s'occupait de la quête. L'office achevé, il ouvrait un battant de la porte et saluait ce petit peuple qui s'éparpillait aux alentours. Maria et Paolo devinrent des familiers indispensables aux offices.

Paolo espérait l'annonce qui le libérerait de sa pénitence, désirait la froidure ensoleillée qui gonflerait ses poumons d'air salé et se fondre dans le dédale pavé des quartiers populaires. Il s'inventait une maison pas trop grande avec un jardinet, des fleurs, des chambres, des meubles modernes, un coin de cheminée où s'asseoir, ôter ses godillots et se dire : « Chez moi, il fait bon... » Les amis viendraient le visiter. Il trinquerait avec les voisins. Les parfums des repas mitonnés par Maria lui titilleraient les narines. Le soir, ultime faveur après une dure journée de labeur, il aimerait son épouse à plus soif. Le feu entreprendrait ses lèvres. Sa robe glisserait le long de ses bras et ses jambes. La masse de ses cheveux noués en chignon tomberait sur ses reins. Il admirerait avec convoitise la courbure de ses hanches, les mouvements de ses seins. Il respirerait le parfum intime et réservé de sa femme et abuserait de son plaisir démesuré sans aucune crainte de refus. Il était son homme, son mari, et ne désirait qu'une vie sans contrainte où la joie d'exister avec ses qualités et ses défauts était essentielle.

L'atmosphère de l'église devenait si lourde ! Paolo traînait sa dégaine entre la sacristie et le lieu de culte, arpentait la nef principale, se faufilait entre les bancs. Les vitraux burinés par les embruns, les tableaux sombres, décolorés jalonnaient un dédale ambigu. Aucun geste d'humeur ni de mots déplacés. Un silence terrible résonnait dans ses tympans. Il sursautait au moindre grincement du portique, au vent qui s'infiltrait par le clocher, roulait de l'abside au balcon, chassait les moineaux égarés dans les cintres. Le monde extérieur lui devenait étranger. Les couleurs, les paysages infinis, l'horizon sans limite, le sentiment intense d'évasion, les gémissements de son cœur lui échappaient. L'édifice lui insufflait une nostalgie aveugle. Les idoles statufiées le scrutaient. Alors, il grimpait par une échelle de bois dans les tours et dévisageait le site. La Fidelissima proclamait Tête de Fer le duc Emmanuel-Philibert[1], fredonnait la musique des venelles étroites aux toits ocre, aux terrasses fleuries, aux innombrables clochers jalonnés de mystères. La ville se blottissait dans un creuset entouré de sept collines ni trop hautes, ni trop sèches, piquetées

1. Duc de Savoie, prince du Piémont, comte de Nice, sauvé par les Niçois, épousera Marguerite de Berry, fille de François Ier, sœur d'Henri II, roi de France.

d'œillets. Elle cachait sa splendeur dans les courants limpides de la baie des Anges. Toutes les lignes d'horizon convergeaient vers les Alpes, unissaient les cimes enneigées et la Méditerranée. A midi, de la butte du château, le canon dirigé vers le large tonnait douze coups qui annonçaient la mi-journée. Le port sombrait dans une quiétude profonde. Plus rien ne bougeait sauf les mouettes et les goélands qui tournoyaient sur les barcasses au mouillage.

Une pâle copie de *La Madone des palefreniers*[1] masquée par un pilier du transept attirait son regard. Paolo restait de longues minutes devant cette représentation sans en comprendre les desseins. L'Enfant Jésus, lui expliqua Alexandre, aide sa mère à écraser la tête du serpent, symbole du mal. Ce geste d'inspiration divine triomphe des ténèbres, du péché, de l'hérésie. Paolo ne saisissait pas la subtilité de la peinture. Le Christ était incapable d'une telle action. Il avait engendré la nature, les hommes, les animaux ! Pourquoi détruirait-il sa création ?

Les sermons du vicaire de Barbaresco rentrés par une oreille et ressortis aussitôt par l'autre ne l'aidaient pas. Il accompagnait Maria à la messe dominicale uniquement pour faire plaisir à sa belle-famille. Quant à ses parents, par tradition, ils ne fréquentaient pas les offices. « Du temps perdu, râlait

1. Tableau du Caravage, galerie Borghèse, Rome.

son père. Giuseppe-Maria Garibaldi[1], le héros des deux mondes, me l'a enseigné. Les *curati,* leurs prudes servantes et les saintes-nitouches qui les entourent ne profèrent que des sornettes ! Il faut s'en méfier. Ils ne se complaisent que dans le péché et l'interdit. Pendant que tu perds ton temps en habits du dimanche et que tu attrapes la crève, les bêtes gueulent famine. »

Le soutien et les conseils de Rina insufflaient à Maria un brin de confiance. « Ici, si on sait s'y prendre et ne pas se laisser monter sur les godillots, la vie est supportable… » conseillait la sœur. Maria s'habituait aux rituels de l'église. Repas, messes, ménage, confidences, les journées défilaient vite. Paolo se demanda si elle ne se détachait pas de lui. La nuit, blottis dans leur couche, elle lui interdisait de la caresser et de l'aimer. Elle prétextait qu'ils demeuraient dans un lieu saint. On pourrait les entendre ! Le divin n'apprécierait pas leurs corps nus sous les voûtes sacrées. Paolo ruminait, se tournait sur le côté, tentait d'oublier l'affront et de s'endormir. La convoitise de la toucher, de caresser sa peau devenait un calvaire. Maria était froide, exaspérante. Il ne savait plus comment la saisir et redoutait ses réactions. Lorsque son désir devenait insupportable, il se levait, arpentait les dalles glacées

1. Garibaldi possédait plusieurs surnoms : Joseph, Beppino, Peppino, en niçois Pepin.

de la nef et se perdait dans des supputations qui trahissaient sa volonté de poursuivre son chemin. Pourtant le pater familias la liait jusqu'à son dernier souffle à lui. Elle lui devait sa chair et sa reconnaissance. Elle l'avait juré sur la Bible lors de leur union et devant témoins. Rina ne lui mettrait-elle pas des idées bizarres dans son petit cerveau ?

Une fin d'après-midi, après l'Angélus, Alexandre les convia au presbytère. Il revenait d'une épuisante escapade. Il s'humecta la figure, ôta ses chaussures empoussiérées et massa ses pieds gonflés.

— Mes enfants, mes jambes ne me portent plus !

Maria et Paolo restaient suspendus aux lèvres du curé. Rina apporta du vin pétillant, des ganses[1] et alluma le feu dans la cheminée. Alexandre avala d'un trait un verre, se resservit et engloutit le second. Il alluma un mégot déniché au fond d'une poche, émit une profonde respiration :

— Mes enfants, votre dernière nuit ici ! Demain, dès la première heure, Rina s'occupera de vous. Vous ne vous cacherez plus.

Il posa deux doigts sur le front de Paolo et de Maria, traça un signe de croix et prononça une prière en latin.

1. Pâtes à beignets frites.

5

Ils furent éblouis par la clarté qui tapait sur le portique et les marches de marbre blanc. La renaissance ! Paolo retrouvait les sensations émoussées durant l'enfermement à Notre-Dame-de-Lympia. Les reflets vert argenté du ciel et de la mer transperçaient ses paupières.

— Le port de Nice, balbutia Paolo. La Maison Gustavin, là où est né Garibaldi au premier étage au-dessus de la boulangerie ! Il jouait sur la *Santa Reparata*, la tartane de Domenico, son paternel ! Grâce à ce héros, l'Italie est unifiée. Il est mort comme tous les géants dans l'indifférence, loin de sa ville natale, sur l'île de Caprera…

— Vous aurez le temps de rêver une fois chez vous ! enjoignit Rina. Nous éviterons la cabane douanière. Si ces messieurs sont mal lunés, nous risquons des complications…

Rina descendit les marches deux par deux, entraînant Maria. Paolo se laissa distancer. Son sang brûlait dans ses veines. Rien n'était médiocre ou pâle. Les cris étaient chantants ; leurs échos assourdissants et moqueurs. Les immeubles plus hauts, les avenues plus larges, les impasses plus noueuses bordées d'étroits escaliers, l'ombre plus épaisse et volatile que celle des forêts alpines... Un univers de contrastes violents qu'il fallait apprivoiser. Les notes d'un piano à bretelles, aiguës et entraînantes, accompagnées d'un tambourin, lui donnèrent l'envie de sautiller et de danser. Rina tirait Maria par la manche. Le trio s'enfila dans les premières ruelles d'un îlot vétuste, le *Babazouk* ou la *Bourgada*, un dédale de passages étranglés, de clochers baroques enduits d'ocre ou de rouge. Paolo traînait devant les échoppes, transporté dans un univers cosmopolite et turbulent aux accents ritals ou niçois, parfois français, qui se mélangeaient en un curieux patois. Il désirait tout embrasser, tout comprendre, tout saisir. Des groupes chahutaient à voix haute. Les terrasses empiétaient sur les pavés. Paolo titubait dans un macrocosme rugissant, enfiévré, déambulait dans le secret de la cité, piétinait, avançait, ne s'arrêtait jamais, entraîné ou poussé par une foule ininterrompue qui engorgeait les moindres recoins. Il ne pouvait plus reculer. Il tenait désormais en main son destin. D'étranger, il devenait inconnu.

— On se dépêche ! s'énerva Rina.

Le début de la rue du Malonat était encadré par

deux estaminets concurrents. Le premier abritait les carbonaristes d'essence napolitaine et sicilienne, le second des résidents de souche niçoise ou piémontaise. Les clients se regardaient en chiens de faïence, prêts au moindre incident, au coup de poing ou aux rixes à l'arme blanche. Une haine ancestrale animait ces groupuscules. Ils s'invectivaient mais en avaient oublié les raisons profondes. La vieille ville : leur domaine réservé. La maréchaussée n'y pénétrait pas. Le cœur de Nice battait et saignait entre les quais, la mer et les quartiers besogneux.

— L'ancien domaine des pêcheurs, expliqua Rina. Ils ont déserté ces faubourgs peu sûrs et trop loin des grèves. Ils résident à l'anse Saint-Lambert, les Pounchetta, dans des maisonnettes roses à un étage, devant le marché aux fleurs, non loin de la chapelle de la Miséricorde.

A leur passage, des femmes sortirent devant leur logis. Elles ne portaient pas sur leurs visages l'enthousiasme d'une existence décente et heureuse. Des gamins criaient le nom de Rina et s'approchaient d'elle pour l'embrasser.

— Ces pauvres diables sont nos protégés. Ils ont franchi avant vous la frontière à la recherche d'un improbable paradis. Et voilà à présent ces *manaciòu*, ces mendiants, venus la plupart d'Ombrie ou de Campanie, accrochés au rocher protecteur du château. Ils survivent tant bien que mal. Nettoyage, coltinage, terrassement, chiffonniers, porteurs, vendeurs de balais, chapacans[1]... Ils essaient de sortir la tête de l'eau. Les Niçois ne leur font pas de cadeaux !

Elle pointa de l'index le ciel.

— Pourquoi les hommes fuient-ils leur pays ?

« Rampe la vieille Nice, grise, tortueuse, lépreuse, et vouée à une prochaine démolition ! » écrivait le chroniqueur Charles Monselet en 1868.

La rue du Malonat en escaliers pavés ne désavouait pas cette opinion et grimpait à l'assaut des flancs de l'antique colline du château. Les Niçois considéraient cette artère malfamée comme une enclave crasseuse. Les immeubles délabrés se côtoyaient. L'humidité persistante rongeait des façades décrépies. Les commerces faisaient défaut. En plein jour on ne s'y risquait pas sauf si l'on était adoubé par quelques gaillards qui imposaient leur loi. Les déchets flottaient dans les rigoles, les chiens faméliques erraient, une puanteur tenace s'incrustait dans les pores... Maria eut un haut-le-cœur. Le dégoût ! La nausée imbibait d'amertume le fond de sa gorge. Un mouchoir sur le nez, elle constatait l'étendue de sa désillusion. Une vision de l'enfer ! Ni joie ni rire n'animaient un ghetto où s'entassaient les déracinés que l'on n'acceptait pas. Des enfants loqueteux, hâves, assis sur les seuils, ne respiraient que l'abandon. Leurs yeux noirs, inertes,

1. Attrapeurs de chiens errants.

se posaient sur une humanité qui les haïssait et les rendait esclaves. La mendicité, la rapine devenaient leur seule activité. Certains sortaient la tête du cloaque. Pour d'autres, crever comme un rat d'égout était une issue respectable.

— Chez ces malheureux, expliqua Rina, trois catégories : ceux que l'on a aidés, qui ont la volonté de s'en sortir, ceux qui pensent que nous n'en avons pas assez fait pour eux, qui se laissent aller, ne savent que gémir, et les malins qui ont compris comment fonctionne la basse-ville. Ils maîtrisent toutes les ficelles, règnent comme des seigneurs, établissent leur police, assurent les marchands de leur protection contre un tribut journalier...

Barbaresco s'esquissa au fond des pupilles de Maria. La plaine traversée par une rivière tortueuse, les sommets enneigés parsemés d'une brume éternellement légère. La terre qu'il fallait supplier à chaque saison d'offrir une récolte suffisante. Les agriculteurs invoquaient lors des processions le soleil afin qu'il ne brûle pas les céréales, que l'automne retienne les pluies démentielles, que le ciel d'hiver les épargne de la grosse neige. Au printemps, les suppliques étaient accordées. La douceur pansait les excès de la nature. Il leur fallait tout recommencer, rebâtir. Une existence simple et difficile... Tel était le pays des Lombardo, celui de ses parents, de ses cousins, de ses amis, de son histoire. Un creuset qu'elle ne partagerait désormais qu'en regrets. Rina pressait le pas. Maria se laissait traîner. Son corps ne répondait plus. Elle se mordait l'intérieur des joues pour ne pas hurler. Ses jambes refusaient un pas de plus. Sa fragile résistance se délitait en une profonde incompréhension, un long cauchemar. Son crâne résonnait vide. « La vie l'a décidé ainsi. Je n'y peux rien. Je souffre trop », se répétait-elle inlassablement. Un brouhaha hostile montait des venelles adjacentes. Maria étouffait. Sa poitrine se serrait. La sueur inonda son front. Son dos se glaça. On ne dévisageait qu'elle. Un châtiment cruel et injuste la clouait au pilori. Elle serrait, cachées dans son corsage, quelques économies, leur unique fortune. Rina s'arrêta devant un porche voûté, presque un tunnel, aux pierres calcinées par des brûlots dans des tonneaux métalliques. Le numéro 21 était peint en rouge sur un pilier. Elle se retourna, les poings sur les hanches, et chercha Paolo qui flânait, causait avec des passants, n'économisait pas ses gestes, capable de se lier au premier regard avec des roublards. Le petit monde qu'il croisait lui semblait si chaleureux ! Il serrait des mains, tapait sur les épaules. Ses phrases se terminaient toujours par : *aperitivo* ou *a presto*. Il lançait des sourires à la volée, soutenait des œillades en coin aux jolies brunettes qu'il croisait. Le quartier l'avait déjà adopté.

— Il est déjà chez lui, se moqua Rina.

Maria se décomposait.

— Les habitants de la rue du Malonat, malgré leur réputation, sont amicaux et serviables, assura la sœur.

Paolo, la mine hilare d'un enfant gâté, revivait.

— *Tutti del paese !* s'exclama-t-il. *Sono bene qui !*

Ils découvrirent une courette soignée, bordée de géraniums. Une tonnelle de vigne vierge s'agrippait péniblement à des montants en ferraille puis courait sur un linteau. Du linge pendait aux balcons et frissonnait à la brise. Un carré de ciel se découpait et appartenait uniquement aux occupants de cet îlot. Un cerceau appuyé contre les battants d'une remise, des boules en bois dans les recoins, un semblant de vie enfantine ornait le décor.

— Cet espace appartient aux locataires, expliqua Rina. Il est protégé de la rue. Quand vient la nuit, vous poussez les grilles du porche et personne ne viendra. Une famille avec une fillette occupe le second étage de l'immeuble voisin. Ils sont arrivés au printemps dernier. Ils ne sortent presque jamais. La mère est si fragile… Elle ne me semble pas en bonne santé. Je leur ai proposé plusieurs fois de se rendre à l'hôpital, ils refusent…

Maria perçut les notes d'un piano désaccordé. Une voix qui fredonnait une tarentelle.

— L'organiste de notre église, Rodomonte Caprini, précisa la religieuse. Ce célibataire habite en face de votre logement. Sa musique accompagnera vos journées et parfois vos soirées. Il paraît qu'il a connu le maître Arturo Toscanini.

La bâtisse aux plâtres et aux intérieurs rafraîchis était différente de celles donnant directement sur la rue Malonat. La propreté était de mise. Maria se sentit soudain mieux. Le rose revenait sur ses joues. L'abîme qu'elle redoutait s'éloignait. Elle trouvait au numéro 21 une sorte de répit. Après tout, ils pourraient être heureux ici ! Elle se promit de se ressaisir et de séduire à nouveau Paolo qui sous ses airs débonnaires paraissait affecté par son attitude. Une courette, des fleurs, des chansons… Pourquoi pas ?

— Les habitations ne sont pas toutes de cette qualité, se désola Rina. La vôtre et celle de Rodomonte Caprini appartiennent au diocèse. Nous nous efforçons avec l'aide de votre communauté de les restaurer et de les entretenir. Un chantier interminable ! Mais grâce à de jeunes costauds volontaires et du Seigneur, nous avançons…

Ils emménagèrent au rez-de-chaussée. Une cuisine avec un poêle à bois, une table, un buffet, une cafetière, un paquet de bougies, des torchons, une pendulette et une cloche à fromage grillagée assuraient le nécessaire. Au bout d'un couloir, la chambre équipée d'une armoire en bois blanc, d'une commode, d'un sommier, d'un matelas, d'une couverture… un broc en faïence sur le coffre, une cuvette, un crucifix taillé dans la fourche d'un platane en complétait l'agencement.

— Nous ne pouvons accepter… bredouilla Maria.

— L'évêque avec sa bénédiction nous a autorisés à inspecter les caves de l'évêché. Des donations entassées depuis des lustres ! Alors, avec ce trésor, nous équipons les appartements de nos réfugiés. Certes ce n'est pas moderne, mais utile.

Soudain on tapa à la porte. Les voisins de l'immeuble d'en face, venus en nombre, les saluèrent, leur souhaitèrent la bienvenue, déposèrent sur des tréteaux des plats en sauce, de la polenta, des miches. Une *nonna* alluma le feu et mit de l'eau à bouillir. Rodomonte en costume rayé, chemise blanche et cravate se pointa avec des fleurs et son accordéon.

— Pour vous, belle dame, déclina-t-il avec le ton ensorceleur d'un Italien du Sud.

Il lui baisa le bout des doigts. Maria, gênée, ne savait pas vers qui se tourner. Ses joues devinrent pivoine. Rodomonte lui chuchota :

— Dimanche à la grande messe, j'interpréterai une cantate que j'ai composée lorsque je vous ai aperçue pour la première fois. Votre tristesse vous rendait si belle...

Le compliment fut brutal. Ce brun ténébreux lui dérobait son âme. Aucun homme n'avait prononcé pour elle de telles paroles. Elle n'osait plus regarder son mari. Un drôle de sentiment la traversa. Paolo, bouche bée, s'efforçait d'articuler des remerciements. La fête des pauvres, mais la fête quand même ! Ce midi, au 21 de la rue du Malonat, après les douze coups de canon, une fraternité tenace naissait au cœur des riverains. On buvait, se congratulait, prenait des nouvelles du pays, jetait les soucis et le dénuement aux oubliettes. La musique résonnait dans la courette. Par un carreau, Maria aperçut les cheveux châtains d'une fillette au second étage. Maria et Paolo ne se sentaient plus seuls. Maria oubliait sa confusion et le désarroi de son arrivée.

6

Maria et Paolo ne se remettaient pas de l'extraordinaire accueil reçu. Lorsqu'ils empruntaient la rue du Malonat, on leur donnait le bonjour. Même le pire des rustres opinait du menton ou soulevait d'un doigt le galurin. Maria retrouvait un semblant de sourire et chantonnait des ritournelles piémontaises. Paolo débordait de gentillesse et d'attentions. Elle ne pouvait plus le maudire. Elle l'avait épousé par amour avec toutes les promesses que cela engendre. Mais un cousin reste un cousin, même éloigné.

Les rues illuminées par les lanternes suspendues, les bougies multicolores, les lampes à pétrole bariolées accrochées aux balcons, le Babazouk semblait perpétuellement en fête. Chaque îlot organisait ses agapes et se caractérisait par une corporation active : Pairolièra, la rue des chaudronniers, Merzaria, celle des fileurs, Zabataria, des cordonniers, Barileria, où s'affairent les tonneliers, Fustaria, les menuisiers et les ébénistes... Les pêcheurs et les marins représentaient la confrérie la plus puissante qui régissait la halle aux poissons et la place Saint-François. Guinguettes, coupe-gorge, bouges de la Carrièra Mascoïnat récupéraient les filous et les malandrins de la pire espèce. On jouait aux osselets, à la paume, à la *moura.* On guettait l'imprudent qui s'aventurait dans ces repaires, surtout en période de carnaval où les hommes se travestissaient en femmes et réciproquement. On sortait des coffres des oripeaux invraisemblables. Curés, abbés, moines participaient activement. Les charivaris, cérémonies burlesques menées par un concert de calebasses, crécelles, tambourins harponnaient les mauvais coucheurs, les radins et les notables. A la fin de la dernière soirée, sur la plage, le Caramantran s'embrasait et montait au ciel, emportant les péchés niçois de l'année. Autour du bûcher purificateur, une farandole endiablée annonçait un perpétuel recommencement. Les journaux autonomistes fleurissaient avec des titres qui ne prêtaient pas à confusion. Nul doute que l'apprentissage de la république se traduisait en nissart. Les représentants de l'Etat s'arrachaient les cheveux : comment unifier une population si hétéroclite et enseigner les bases essentielles des idées françaises.

Rina visitait régulièrement le couple jeune, naïf et attendrissant. Maria et Paolo s'accommodaient à la vie citadine. La vieille ville insondable ne s'entrouvrait que grâce à de solides relations. Ils exploraient chaque jour un peu plus leur territoire jusqu'aux limites de la cité sans toutefois s'aventurer sur la rive droite du Paillon où s'étendait la ville neuve. Leur condition ne leur permettait pas de flâner sur les boulevards ni de s'offrir un repas dans un restaurant bordant la baie des Anges.

— Un jour nous traverserons le pont, dit Paolo à Maria.

Il désigna une large avenue où se tortillait le tramway électrique.

— Il ne nous reste que quelques sous, de quoi tenir moins d'une semaine, répondit-elle.

Elle n'enviait pas la belle société souvent oisive et profiteuse. Certes, dans la ville nouvelle, la villégiature des riches résidents étrangers devait être plus aisée. Maria considérait que l'argent ne prêtait pas au respect, mais quand on est démuni... Les princes jetaient les billets sur les tapis verts des casinos, abusaient de plaisirs étourdissants et vénaux. Ils fréquentaient les endroits où il fallait être vu. Les perruches pavoisées et les demi-mondaines en mal d'aventures fréquentaient les salons de thé feutrés et ne grattaient pas le fond de leurs poches pour trouver le sou qui comblerait les estomacs vides. Les enfants du Babazouk glanaient dans les détritus des grands hôtels leur pitance quand ils n'étaient pas chassés par les concierges à coups de trique. Si Dieu se mirait dans une glace, la honte l'envahirait ! clamaient les émigrés.

Paolo, les sourcils froncés, divaguait face aux

reflets d'une rivière nommée pompeusement « le fleuve » par les Niçois. Par endroits, le Paillon, un véritable collecteur d'égouts, débitait une eau grasse, marron et puante. « Ce torrent furieux », écrivait Théodore de Banville, « qui par parenthèse n'existe pas... » était enclin à des crues imprévisibles et violentes. Les lavandières, les genoux dans des baquets en bois, les manches relevées au-dessus des coudes, tapaient les draps à coups de battoir, les essoraient en les tordant dans tous les sens puis les étalaient sur les rives de galets fins. Chacune possédait sa place qu'elle louait à un « demi-sel » chargé de leur protection. Des tapineuses se faufilaient à l'ombre des recoins sous l'œil des marlous installés à la terrasse d'une gargote. Maria n'osait perturber son mari. Il fit quelques pas et d'un ton calme déclara :

— Nous avons tort de ne compter que sur Rina.

— Que veux-tu faire ?

— Je trouverai bien un emploi à ma mesure ! Je suis costaud, pas idiot, débrouillard.

Maria se réjouit. Enfin son mari se comportait comme elle le souhaitait ! L'avenir se présentait enfin un peu mieux. La volonté de Paolo de surmonter les difficultés était de bon augure. Il était vraiment un Lombardo, un homme qui ne se laissait pas impressionner par les obstacles.

Ils participèrent avec leurs voisins à la fête votive de la Vierge du Malonat. Paolo était un des quatre porteurs qui soutenaient le brancard où trônait l'élue vénérée. La Madone protégeait le quartier. L'appartement du 21 convenait parfaitement au couple. Maria excellait dans la décoration. Les meubles de récupération retrouvaient une nouvelle fonction. Paolo s'attelait au ponçage et à la peinture. Maria se montrait amoureuse, parfois perturbée par les accords et les refrains susurrés de Rodomonte Caprini. Une paix agréable les envahissait. Ensemble il ne pouvait rien leur arriver. Ils faisaient corps comme aux premiers instants de leur union. La fillette du second étage leur adressait de grands sourires, fredonnait des chansonnettes enfantines qui illuminaient la courette. Maria tenta de la complimenter sur sa voix cristalline.

— Mon père veut que je ne parle à personne, répondit-elle.

— Pourquoi ?

— Je ne lui ai jamais demandé…

— Si c'est un secret entre toi et moi…

L'enfant fit un tour en poussant son cerceau avec une baguette et s'arrêta devant la fenêtre du rez-de-chaussée. Elle posa son index sur ses lèvres et retroussa son nez en une adorable grimace.

— Je m'appelle Blanche.

— Tu n'as pas d'amie ?

La gamine fit une moue désintéressée.

— Tu ne vas pas à l'école ?

Un signe négatif de la tête.

— Mon papa m'apprend ce qu'il faut savoir…

— Et ta maman ?

L'indiscrétion de cette dame l'importuna. Ses yeux magnifiquement bleus exprimaient une tristesse cachée. Une larme glissa sur sa joue. Pourquoi toutes ces questions embarrassantes ?

— J'ai désobéi, murmura-t-elle.

Elle disparut dans son entrée. Maria tenta de la retenir et d'en savoir un peu plus, mais en vain.

Certains après-midi, Maria et Paolo se baladaient sur le front de mer, déchiffraient les plaques de cuivre vissées sur les halls des immeubles bordant le port. Les sociétés de commerce déployaient des affiches bariolées qui vantaient les mérites de villes aux noms étranges : Constantinople, Port-Saïd, Colombo, Pondichéry, Saigon... Ils observaient la manœuvre des lourds navires à l'accostage. Le vapeur *Constantine*, venu d'Algérie, débarquait d'énormes pièces de vin, des tonneaux d'huile cerclés de tresses de paille. Les douaniers inscrivaient sur leurs registres le poids et les numéros des ballots de tabac. Etroitement surveillée, la marchandise était livrée à la manufacture. Les « Carmen » et les « Cigalusa » fabriquaient des cigarettes et des cigares aux senteurs tropicales et aux diamètres prestigieux : scaferlatis, picaduros, voltigeurs, diplomates confectionnés à la main et roulés sur les cuisses... Le nec plus ultra pour la belle société locale et parisienne. Le métier se passait par tradition de mère en fille. Les directeurs de l'usine n'avaient pas leur mot à dire. Des cours du soir étaient organisés pour l'apprentissage du français. La forte natalité avait exigé la création d'une maternité financée par l'entreprise. Ce modèle social interloqua les autres patrons qui ne comprenaient pas que l'on s'intéressât à ces serfs des temps modernes, surtout à des femelles ! La main-d'œuvre était présente pour bosser, non pour être dorlotée. Les dockers faisaient valoir leur force aux yeux des demoiselles en empilant les sacs de riz sur leurs épaules. Le torse baigné de sueur, ils tiraient de l'eau, à l'aide d'une ficelle, une bouteille d'anisette et se rafraîchissaient. Les négociants en vareuse bleue discutaient la vente des lots avec les commanditaires. A l'embarcadère de la compagnie Fraissinet, une longue file de voyageurs patientait au bas des passerelles d'un steamer en partance pour Ajaccio et Bastia. Nice était une escale importante sur les lignes de la Méditerranée. Un va-et-vient incessant, le grincement des grues, les hurlements des portefaix, les grossièretés des poissonnières, Paolo et Maria s'étourdissaient de ce spectacle vivant. Au quai des Douanes, dans un fouillis de vergues entrecroisées, étaient amarrés les grands voiliers en provenance de l'empire russe. Plus loin les yachts de plaisance ou d'excursion à destination de Gênes ou de Monaco, avec les ponts briqués, les cabines de bois verni, les cuivres astiqués, les équipages aux tenues immaculées, semblaient sortir d'une exposition. Tout au bout, face au phare, des cabanes en bois, le repaire des pêcheurs et des pirates.

Au crépuscule, Maria et Paolo, bras dessus, bras dessous, ivres d'air marin, ravis et affamés, faisaient un détour par la rue Droite, se rassasiaient du fumet des plaques de socca, la farine de pois chiches cuite à l'huile d'olive et poivrée, se signaient devant la cathédrale Sainte-Réparate, écoutaient au pied du campanile de l'église du Gesù les lamentations d'une mandoline et la complainte éraillée d'un chanteur des rues : *Es de l'ome la lumière / La coumpagna dai sieù giou / La deessa de la terra / Per chu naisse, vieù la flou*[1].

Puis ils rentraient d'un pas nonchalant au 21 de la rue du Malonat.

Blanche lentement s'apprivoisait. Elle guettait le couple par la fenêtre et leur adressait un bonsoir avec une bise au creux de sa paume, qui s'envolait dans la brise du soir. La main de Maria se glissa dans celle de son époux et la serra longuement. Il sentit ses lèvres sur sa joue lui donnant le baiser le plus doux de son existence.

Paolo démarcha les commerçants, artisans, façonniers, vanta son courage au labeur. De petits boulots à la journée lui assuraient une maigre

1. « Elle est de l'homme la lumière / La compagne de ses jours / La déesse de la terre / Pour qui naît et vit la fleur », *Nissa la vieilla, la frema*, de Menica Rondelly, chansonnier et journaliste de langue niçoise (1854-1935).

subsistance. Il distribuait les paniers de poissons aux restaurants et au *chapa*[1], livrait la glace et les tonneaux de vin, aidait les *pignatas*[2] sur les quais du Paillon, entreprenait les tâches les plus ingrates qui ne trouvaient pas de volontaires. Il déboulait dans les ruelles, un chargement en équilibre sur le râble. Une pièce trouée par livraison. A la fin de la journée, il rentrait au 21, épuisé, déposait sa fortune sur la table.

« Un sou est un sou ! » disait-il.

Maria rangeait le pécule dans un pot en faïence au fond du placard. Paolo avalait une assiette de soupe, une tranche de pain et se couchait exténué après un bonsoir. Maria le rejoignait et se blottissait très fort contre lui. Son activité incessante fit qu'en peu de temps les boutiquiers du Babazouk ne purent l'ignorer et s'attachèrent ses services. Paolo détonnait parmi la faune grouillante du secteur. Toujours propre malgré des vêtements râpés, rasé au savon de Marseille, le regard noir, la fine moustache, les cheveux coiffés en arrière, la taille élancée, dominant la foule d'une tête, il charmait vendeuses, ouvrières, petites mains. Paolo par-ci, Paolo par-là… Il jouissait d'une réputation qu'il faisait semblant de négliger. Cette humilité ne laissait pas indifférentes ses admiratrices. « N'oublie pas ta femme trop longtemps au fond du magasin en sa

1. Marché aux poissons.

2. Marchands ambulants d'articles de bazar ou de vaisselle.

présence ! » bougonnaient les mercantis. « Quand on est jeune, on peut tout se permettre », répliquaient les patronnes.

Au fil des rencontres et des demandes, il fut embauché à l'atelier d'embouteillage du moulin à huile Sasserno. Il étonna ses employeurs et grimpa en peu de semaines les échelons. Nommé chef d'atelier puis contremaître, rémunéré à la quinzaine, il se démenait afin de défendre son statut. D'un bout à l'autre de la fabrique il distillait les ordres. Les employés aux meules cylindriques et aux pressoirs à vis guignaient de travers ce rital qui se prenait pour un chef et les incitait à ne pas ralentir la cadence.

— Retourne d'où tu viens ! crachaient-ils.

— Qui es-tu pour nous donner des ordres ?

— Je suis paysan et piémontais ! Pas de ces Napolitains voleurs de poules, ni un filou de Romain ! Je garde la tête haute, ma fierté, et je nourris ma famille sans rien devoir à personne ! Mes enfants iront à l'école et parleront le français !

Paolo se moquait des railleries de ses compatriotes émigrés aussi démunis que lui. Il souhaitait un salaire décent afin de prouver à Maria, Rina et Alexandre qu'ils avaient eu raison de lui faire confiance. En fin de compte, ses subordonnés s'activaient au point que le rendement dépassait les souhaits du patron de l'entreprise. Il proposa une nouvelle organisation plus efficace et obtint aussi une augmentation à la pièce pour l'ensemble des employés, qui le regardèrent différemment. Ce jeune loup savait discuter avec les supérieurs et prouvait son aptitude au commandement. A la fin de ses heures, il vérifiait les entrepôts, la disposition de la matière à écraser, la propreté des scourtins, des cuves de décantation, des tréteaux d'emballage, l'usure des courroies des centrifugeuses. L'inspection achevée, il fermait le rideau métallique et déposait les clés dans un casier prévu à cet effet. Il se sentait responsable de l'huilerie comme s'il en était le propriétaire. Sur le chemin du retour, il évitait les troquets où des condisciples l'invitaient à trinquer.

Une attitude, un geste, une exclamation, un parfum lui donnaient la chair de poule. Il devenait un découvreur de sens. La cité l'envoûtait. Elle se vivait pleinement, surgissait du fond des siècles. Cette province italienne collait à la peau. Nizza offrait tant de nostalgie que l'on ne pouvait que lui appartenir. Des hautes cimes alpestres aux rives de la Méditerranée, du lit glauque du Var à la sanguinolente vallée de la Roya, de la baie des Anges à San Remo, des gorges du Cians aux collines de mimosas, l'âme de la contrée vibrait sous les plis d'un seul étendard, celui du comté, celui de la liberté pour triompher et entrevoir la sainte vérité.

7

Paolo, l'esprit rempli d'un certain orgueil, rentrait au 21 de sa rue, satisfait de sa journée. Il percevait les rires de sa femme et de Blanche. A présent, ses parents l'autorisaient à fréquenter la dame du rez-de-chaussée. Lorsqu'il passait le seuil de l'entrée, la petite enfilait son manteau et disparaissait comme un moineau tombé du nid. Il ne la retenait pas. Quelle fierté éprouvait-il lorsqu'il tendait à Maria une enveloppe avec des billets. Elle plissait les paupières avec un contentement non dissimulé et lui confiait tendrement : « *Lou souléu douna d'esclarcità finda darrié li nebla.* Le soleil brille même derrière les nuages. » Sa gaieté enchantait leur logis ; de belles couleurs, des formes arrondies, une élégance naturelle... Jour après jour elle se transformait. Un vrai bonheur était en train de naître.

— L'air marin te fait un bien fou... complimentait-il.

Le visage bien dessiné, la nuque dégagée surmontée

d'un chignon serré, un col droit, brodé esquissait les lignes de son cou et de ses épaules. Une vraie Italienne du Nord, avec les formes là où il fallait, une poitrine aussi ronde et tendue que des miches croquantes sortant du four, des reins creusés dignes d'une statue turinoise, des cuisses fermes... cette beauté était sienne. Maria haussait les épaules et rougissait lorsqu'il passait de longs moments silencieux à la scruter.

— Tu es si désirable, lui confiait-il.

Elle ressentait dans son corps que quelque chose se tramait. Une minuscule lumière grandissait. Elle espérait mais il était trop tôt pour avouer le miracle qui s'opérait. On ne sait jamais ce que le Seigneur réserve. Maria le priait chaque dimanche et le soir aux vêpres. Elle observait son mari autrement, un créateur, un protecteur, un cœur gonflé de sève qui allait s'ouvrir et partager leur avenir. Il devenait le miroir qui tracerait un itinéraire particulier sur lequel elle se reposerait. Sa vie désormais n'était plus un songe. Naissait dans son esprit un sentiment de délivrance.

Elle devenait profondément femme.

Maria trouva un travail par l'intermédiaire de Rina, qui se préoccupait toujours du couple. Le docteur Jauffrey, spécialiste des maladies coloniales à l'hôpital Pasteur, un veuf, pilier de l'église Lympia, était en quête d'une femme de ménage de préférence chrétienne, pratiquante, discrète. La sacristine sauta sur l'occasion. Ainsi, Maria franchit le pont Vieux avant Paolo et se fondit par les avenues des quartiers neufs sur les hauteurs huppées de Cimiez. Après une bonne heure de marche, elle traversa le jardin du praticien où poussaient des plantes exotiques bardées d'épines aux allures d'hippocampe, des palmiers, des citronniers et des buissons indéfinissables. Tout ici paraissait démesuré, mystérieux : la porte avec ses deux mains en bronze, la cloche aussi grosse que celle de Barbaresco, les vitraux décorant de hautes fenêtres cernées par un lierre épais… Alors qu'elle saisissait la chaînette, le docteur Jauffrey apparut sur le seuil de marbre. La barbe noire, les yeux aiguisés d'alchimiste, des lunettes rondes cerclées d'acier, le teint mat, les lèvres si fines, il portait l'odeur persistante de l'éther sur les vêtements d'une sobre élégance…

— Maria Lombardo, prononça-t-il.

Elle n'osait pas répondre. Sa gorge était sèche.

— Fais-je si peur ?

Il dévisagea la figure effarouchée, l'invita à rentrer dans la demeure et la débarrassa de son manteau. Le docteur posa sa pipe dans un cendrier en verre et ils firent plus ample connaissance autour d'un café italien, précisa-t-il. Ensuite, ils visitèrent les caves, le grenier, la buanderie, la cuisine, les chambres et les pièces attenantes avec lavabo, eau courante et baignoire. Maria était éblouie par l'intérieur digne d'un château : les escaliers tournants en bois des îles, les rampes de cuivre rutilantes striant de lueurs éclatantes la douce pénombre d'un hall de réception dallé de larges carreaux en damier noir et blanc. Deux éléphants en céramique montaient la garde.

— Mademoiselle, vous êtes ici chez vous. Veillez à ce que personne ne pénètre dans le parc, encore moins dans la maison.

Il lui donna un trousseau de clés, enfila sa redingote, ses gants, mit son chapeau, la salua avec déférence et disparut aussitôt sans autre consigne. Maria resta plantée dans le hall sous les portraits sévères des ancêtres. Une inspiration ancestrale se posait sur la fragile bonne. Les objets qui l'entouraient s'éveillaient et leurs reflets lui appartenaient un peu. Des raies multicolores se mouvaient, des formes baroques maquillées, des silhouettes biscornues, masquées, dansaient au rythme du carillon de l'horloge.

Au fil des matinées, Paolo et Maria quittaient ensemble leur logis pour se rendre au travail. Ils se séparaient avec de fougueux baisers, lui vers le port, elle en direction des hauteurs de la cité. Elle prit l'ascendant sur les tâches à accomplir. La grandeur de la résidence exigeait une organisation particulière qu'elle résolut sans mal. Elle s'aventurait dans la bibliothèque, contemplait les livres aux couvertures en cuir, caressait les tranches, ressentait une douceur infinie. Le savoir était à portée de sa main. Puis elle flânait dans le parc et saisissait les chants d'un orient lointain. Les fleurs lui apportaient un rêve infini. Elle se perdait dans les allées, caressait son ventre, se transformait, se dépouillait de sa peau d'émigrée et s'envolait. Le grincement du portail, le claquement du loquet de la boîte aux lettres la ramenaient au présent. Elle sursautait, enlevait son tablier, ajustait sa coiffure, allait chercher les enveloppes de toutes tailles et les déposait par ordre de grandeur sur le bureau du docteur. Les journées défilaient si vite. Maria prenait goût à son emploi. Elle était maîtresse d'une résidence qui ne lui appartenait pas, s'abstenait de parler italien ou piémontais, utilisait avec des expressions maladroites le français, négligeait le patois qu'elle trouvait vulgaire.

Elle regagnait son domicile à quatre heures de l'après-midi lorsque la cloche de Sainte-Réparate basculait sa lourde masse de bronze sur son battant. Elle ne s'écartait pas de son itinéraire habituel jusqu'au pont qui enjambait le Paillon, suivait les calèches ou les automobiles, admirait les porches aux colonnes de marbre, s'étonnait des mouettes qui tourbillonnaient sur les toits. Avant de rentrer au 21, elle faisait quelques courses avec son argent. Le docteur Jauffrey était satisfait de son employée qui laissait de merveilleuses touches féminines dans les pièces. Sa villa n'était plus délaissée. Un jour, alors que Maria lui apportait son courrier, il s'approcha d'elle les sourcils froncés, la prit par les épaules.

— Petite demoiselle, votre ventre est bien rond,

lui dit-il d'un ton sans reproche. Vous portez haut. Ce sera un garçon !

Fort de ses certitudes, le docteur regagna son fauteuil de cuir marron, ajusta ses lorgnons, et replongea dans ses dossiers.

Une existence laborieuse s'installa dans le couple. Les petites tracasseries du quotidien se résolvaient sans heurts. Paolo découvrait les rondeurs de son épouse. Ce corps harmonieux épousait son ravissement. Le rêve n'était plus un rêve mais une création où les sangs se mélangeaient en une alchimie innocente, tressaient des filaments inaltérables, jetaient sur l'humanité un regard futuriste, balayaient un passé désuet, relevaient du miracle et d'un lent processus amoureux. Paolo se signait devant les multiples chapelles du Babazouk et remerciait la Vierge. Une joie fantastique et spirituelle l'habitait. Il recueillait la reconnaissance de l'esprit divin même s'il doutait de son existence.

— *Un ragazzo... di buona famiglia,* ajouta-t-il.

— Parle français ou niçois, grondait Maria. Je ne veux pas ressembler à ces pouilleux de Calabrais ou de Siciliens qui mendient sur les boulevards !

Il ne l'écoutait pas, mélangeait toutes les langues, saupoudrées de grec, d'arabe ; un sabir aux accents locaux. Blanche passait les fins d'après-midi avec Maria. Lorsque le soleil baignait la façade, sa mère apparaissait à la fenêtre du deuxième et respirait le grand air du dehors. Elle saluait ses voisins d'un signe discret. Ses sourcils profonds soulignaient une déficience cruelle. Souvent, la voix du mari l'invitait à rentrer pour ne pas prendre froid.

— Ma mère s'appelle Rose, confia la fillette.

Ses yeux rougis ne pouvaient plus garder un secret si lourd à porter. Elle n'était qu'une enfant et subissait une flagrante injustice. Ses prières s'envolaient dans le néant. Nul espoir de bonheur ne lui était autorisé.

— Rose... soupira Maria. Un nom si doux...

— Nous n'avons pas d'argent pour le docteur, alors nous vivons au jour le jour en nous disant que chaque instant que nous passons ensemble est béni.

La solidarité dans le quartier tissait des liens qui unissaient ces traîne-misère dont certains, encore plus nécessiteux, s'entassaient dans les caves et les entresols. De profondes amitiés naissaient et créaient une histoire d'émotion, le fruit d'une collectivité qui ne s'inventait pas, issue de la profondeur des siècles et d'un humanisme religieux. Ils endossaient le costume des Niçois, rejetaient le rattachement du comté à la France en 1860 et s'insurgeaient d'une même voix : « Nous sommes une province annexée et non un pays conquis ! Les couleurs italiennes et niçoises remplaceront un jour le drapeau français. » Les réfugiés désiraient s'intégrer totalement dans ce pays d'accueil, empruntaient la culture, les traditions, sans rien bousculer, et se faisaient tout petits... Le soir, à la fraîche, ils sortaient les chaises pour le *pastrouil.* Les braillements, les rires, les discussions fusaient. Si un teigneux gueulait parce qu'il avait sommeil, alors discrètement, ils rentraient dans la cuisine du plus proche et, autour d'un café serré, continuaient leurs palabres. L'espérance d'un avenir meilleur leur assurait une humble prospérité.

8

Malgré ses rondeurs, Maria continuait ses activités chez le docteur. Le parcours qui menait à la villa était avalé d'un bon pas. Jauffrey surveillait de près la grossesse, lui conseillait de s'économiser, d'éviter les efforts violents, de ne pas s'escrimer sur les chambres du dernier étage et les escaliers. Il la considérait comme une patiente privilégiée, rendait toujours un diagnostic positif et rassurant. Au fil des semaines, Maria devint presque une amie indispensable. Le regard du docteur se posait avec plaisir sur cette jeune femme qui devinait ses besoins avant qu'il ne les exprime. Sa demeure, longtemps vide de rires et de chuchotements, revivait. Le docteur ne pouvait se passer d'une présence aussi rayonnante. Toujours d'excellente humeur, il se comportait comme un jeune homme plein d'entrain. « Une fée... Que Dieu la préserve... »

L'existence paraissait si simple et si paisible.

Maria s'ouvrit au docteur Jauffrey de son inquiétude pour cette famille cloîtrée au deuxième étage de son immeuble.

— Rose, la mère, ne sort jamais. Son époux, plongé dans une mélancolie insurmontable, reste invisible d'après leur fille Blanche qui, malgré son jeune âge, supporte le poids de leur détresse. Rina est obligée de forcer leur porte pour entrevoir cette femme certainement mal en point.

Jauffrey, le nez dans ses papiers, lissa sa barbe et parut gêné de répondre à une telle demande émanant de sa bonne.

— La seule santé qui me préoccupe est la vôtre, chère jeune dame. N'oubliez pas que je suis un médecin spécialiste réputé exerçant à l'hôpital et non un thérapeute de la ville qui rend son diagnostic entre une tasse de thé et des petits-fours…

Son front se rida. Il alluma sa pipe nerveusement avec plusieurs allumettes et grommela quelques insanités. Maria jugea qu'elle avait froissé son orgueil de praticien et commis une faute irréparable, mais elle était conçue de ce bois sec qui ne cède jamais. Elle ne pensait qu'à Blanche, la petite sauvage perdue dans une jungle inextricable. Elle s'arma de courage et tenta le tout pour le tout, tant pis pour ce qui se passerait. Sa conscience serait apaisée.

— Si j'insiste…

— Emmenez-moi cette troupe à l'hôpital, je verrai ce que je pourrai faire, en espérant qu'ils ont des papiers en règle.

— Ils ne bougeront pas de chez eux, ils ont trop peur.

Jauffrey fit un bond de son siège et pointa la porte du doigt. Maria s'éclipsa dans le parc. Le docteur était-il mal luné, contrarié par son travail ? Elle ne comprenait pas sa réaction. Ses yeux rougirent. Elle se dirigea machinalement vers la boîte aux lettres. Le facteur était déjà passé, plus tôt que d'habitude. Elle n'avait pas le cœur à plaisanter. Elle posa le courrier sur la tablette du hall ainsi que son tablier et s'en alla en claquant la porte.

— Injuste ! ruminait-elle du fond de sa gorge.

Elle se sentit lasse, un funambule traversant un vide immense, et se mit à discourir à haute voix sans se soucier des passants. Sa tête s'embrouillait. Une pâleur extraordinaire maquillait son visage. Elle se reposa sur un banc baigné par l'ombre d'un immense platane. Elle ferma les paupières et fit le noir autour d'elle. De légers balancements accompagnaient une musique si triste. Elle se battait contre les mauvais souvenirs. Elle n'était qu'un insecte à l'agonie. Les passants allaient et venaient devant elle comme des feux follets insaisissables. Elle se parla doucement en penchant la figure de côté, leva le front vers le ciel, pleurant de haine et de défi. Lentement elle retrouva le calme. Le soir tombait sur les toits. Les réverbères à gaz étaient allumés par les employés de la régie municipale. Maria se reprocha cet état d'égarement et caressa son ventre.

— Faut pas que je me tourne les sangs, tu ne le mérites pas.

Maria automate suivit son chemin jusqu'au 21 de la rue du Malonat. Paolo n'était pas encore rentré. Elle ne prépara pas le dîner. Elle avait un peu froid, remplit le poêle de charbon, attisa les braises, gagna la chambre et s'endormit comme une masse, abrutie par ce monde si violent qui annihilait ses illusions. Elle coulait dans des gouffres profonds et s'échoua sur une grève mordorée de chaleur. Ses paupières clignaient sans s'ouvrir vraiment. Elle ressurgit dans un demi-sommeil, compta les heures égrenées par la pendule et capta les bruits de son logement. Les chuchotements de deux personnes tranchaient le silence. Elle reconnut la voix de Paolo. Quant à la seconde, elle n'avait rien à faire en ce lieu. Elle eut le désir de s'en moquer et de replonger dans les limbes mais sa curiosité fut plus forte. Elle essaya de remettre ses idées en ordre, défroissa sa robe, arrangea son chignon avec deux peignes et se dirigea vers la cuisine. Face à face, attablés devant une bouteille de vin, son mari et le docteur Jauffrey parlaient le plus bas possible.

— Docteur ? s'exclama-t-elle.

— Lui-même ! répondit-il la mine réjouie. Je passais par la rue du Malonat quand j'ai aperçu dans la cour du 21 de la lumière, alors je me suis dit : « Si j'allais trinquer avec ton mari… Tu m'en as tellement parlé et je ne le connais pas… »

Elle se sentit gênée, n'osa pas dévisager l'invité de Paolo, trempa les lèvres dans le verre de son mari et lança un regard plein de reproches. Le docteur ne la prit pas au sérieux.

— On ne voulait pas te déranger, ajouta Paolo. J'ai fait réchauffer la soupe, ajouté une grosse saucisse d'âne et des pommes de terre, si le docteur veut partager notre table…

Celui-ci acquiesça avec un grand sourire.

— Ton départ si brutal m'a affecté et je ne voulais pas perdre une personne en qui j'ai toute ma confiance. Je tiens à m'excuser de mon attitude. La mort de mon épouse m'a rendu parfois excessif. Alors je t'espère demain matin à la villa. Ce sera à la fois ton pardon et ma récompense.

— Rose, son mari et Blanche ? s'inquiéta Maria.

— Cela ne m'était plus arrivé depuis mon internat de faire une visite à domicile. Un vrai débutant ! Grimper ces satanés escaliers m'a rompu les jambes et les reins ! Ces exercices ne sont plus de mon âge. J'ai réussi quand même à me faire ouvrir non sans mal la porte. « Nous ne demandons rien à personne et nous n'avons pas d'argent. Laissez-nous en paix ! » m'a dit le pauvre hère avec méfiance. J'ai dû avancer ma fonction, ton nom et celui de Rina pour qu'enfin il m'autorise à pénétrer dans un bouge. Des poubelles entassées, une odeur insupportable et une jeune femme alitée sur une paillasse, la misère dans ce qu'elle comporte de plus sordide ! La petite était absente ou se cachait. J'ai ausculté avec difficulté cette dame. Rien de grave ne m'a sauté à l'esprit. Il faudrait des examens plus approfondis. J'en conclus que cette famille a besoin surtout de soutien et d'air pur. Quelques bonnes promenades sur le front de mer redonneront des couleurs à ce petit monde. Le plus délicat sera de les faire sortir de leur tanière. Ils ont peur ! De quoi, je m'en doute. Ils considèrent ceux qui les entourent comme des ennemis. Les maladies des nerfs sont les plus difficiles à soigner… Le malaise du siècle moderne où les plus grands spécialistes se cassent les dents.

— Que faire ? demanda Maria.

— Le temps ou la prière guériront leurs plaies intérieures, ajouta-t-il.

L'intrusion avait perturbé la vie de cette famille. Blanche se fit rare. La cour du 21 ne résonnait plus des rires et des jeux de la fillette. Une nuit, ils disparurent sans un au revoir.

La grossesse de Maria arrivait à son terme. Rodomonte Caprini ne s'intéressait plus à sa voisine. Des politesses d'usage, un signe de la tête, il montrait sa contrariété. Cette merveilleuse femme déformée par des rondeurs trop voyantes le déprimait. Maria était une fille destinée à l'amour et non pas une mère au foyer à la chair affaissée et fripée par les gestations. Il exécrait les mioches. A la grand-messe, il l'évitait.

La naissance de Vittorio dans la nuit de Noël bouleversa les habitants du quartier qui crurent au miracle. Ils apportèrent fleurs et cadeaux et dédièrent des prières au nouveau-né. Le docteur Jauffrey assisté de Rina parut satisfait du gaillard qui écartela Maria à l'instant du passage critique. Il estima qu'il pesait au moins quatre kilos. Le père Alexandre, dès la fin de la messe de minuit, accourut au 21 de la rue du Malonat et baptisa le nouveau-né.

— Vittorio, l'enfant de l'amour et de la chrétienté, est né le même jour que le Christ.

Lors de la messe du dimanche, il fit allusion à l'événement et acheva son homélie par cette parabole :

— L'injustice est vouée à l'oubli au profit d'un avenir plus glorieux. Le Christ l'a voulu ainsi.

Paolo déboucha une bouteille de vin de framboise pétillant. Ils trinquèrent au nourrisson, aux Lombardo, à l'avenir qui s'annonçait sous les meilleurs auspices.

— A la Francia ! A Nizza ! A Maria ! s'exclama-t-il.

L'euphorie passée, le nouveau père assurait son rôle avec responsabilité et sérieux tout en conservant une insouciance bonhomme. Il oublia les démarches de naturalisation, de régularisation administrative du couple ainsi que de son enfant. Rina n'était plus à leurs côtés pour leur rappeler leurs obligations. Les Lombardo ne possédaient comme identité que les certificats d'embauche. Peu importe, leur existence était bien ainsi. Ils étaient heureux.

— Les lois, c'est pour les trouillards qui rampent devant les riches, fanfaronnait-il. Ma liberté, je la gagne tous les jours par ma sueur !

Le logis de Rose et de Blanche fut récuré et loué à une famille turinoise, Quintilia et Marino Cagnasso. Deux garçons et une fillette prirent possession de la cour avec des accents de récréation. Rodomonte Caprini, toujours aussi acariâtre, bouclait volets et fenêtre pour s'abriter des cris et des rires, des jeux de balles en chiffon ou de carriole. Il étouffait dans son minuscule appartement. Les politesses échangées avec les nouveaux réfugiés se muèrent en une liaison fraternelle entre *paese*. Lors des longues soirées de printemps, Paolo sortait sur le seuil des chaises, des verres et une bouteille qu'ils dégustaient au crépuscule. Maria donnait le sein à Vittorio. Quintilia et Marino les rejoignaient après avoir couché les *bambini*. Les femmes n'interrompaient pas les conversations. Elles écoutaient les conteurs.

— Comment êtes-vous arrivés au 21 du Malonat ? demanda Paolo.

— En charrette et à pied, expliqua Marino. A Menton, j'ai risqué le tout pour le tout. Un passeur m'a proposé le pas des Français. Trop dangereux avec les gamins ! Alors j'ai pris la route du bord de mer. Au pont Saint-Louis, à la nuit tombée, nous avons enlevé nos chaussures pour passer sans bruit dans le dos des douaniers qui s'abritaient dans leur guérite. Par chance, pas de lune et il pleuviotait. Je portais les garçons. Quintilia traînait la fille.

Paolo lut dans les pupilles de Marino son appréhension face aux embûches qui se dressaient. Il n'existait plus chez lui, encore moins à Nice. L'exclusion, l'errance, la fragilité... Pourtant, le sol qu'il foulait lui ressemblait. Il recherchait la main tendue à laquelle il pourrait s'accrocher. La dignité, le respect, le travail étaient le socle inébranlable de tout Italien du Nord. Il ne devait pas se laisser abattre. Une question d'honneur !

— Pas de travail, pas d'argent. Nous sommes dans une galère noire, expliqua le Turinois.

Paolo et Maria revivaient leur voyage. L'existence n'était en fait qu'un babil incohérent. Un silence pieux troubla l'instant de partage. Rodomonte entrouvrit la persienne et épia de derrière le rideau les deux couples. Vittorio s'était endormi. Paolo apporta la lampe à pétrole et déboucha une seconde bouteille. Quintilia avait les yeux brillants. Une mine joyeuse s'esquissait dans la pénombre. Aucun d'eux n'avait le désir de rompre la veillée. Paolo plissa le front, mâchonna l'intérieur de sa joue et fit avec ses lèvres une série de grimaces, des signes qui ne trompèrent pas Maria.

— A Turin quel était ton métier ?

— Boulanger, répondit évasivement Marino.

Il fit la moue et continua :

— De la mauvaise farine. Parfois je trouvais des insectes et des souris crevés. Les clients ne payaient plus. Les dettes s'accumulaient. Le toit m'est tombé sur la *testa* lorsque les *ufficiales* ont débarqué et exigé le règlement immédiat des factures. Je ne pouvais pas ! La *guardia* a bouclé le magasin et saisi notre logement. La honte ! Les voisins nous observaient en ricanant. Quintilia, les mioches et moi à la rue ! Je suis sûr qu'ils nous ont dénoncés ! Une main devant, une autre derrière, sans aucun recours, nous avons longé le fleuve, tout droit, et nous ne nous sommes jamais arrêtés... Voilà l'histoire.

Paolo resta un moment noyé dans le silence.

— Demain matin, fais-toi beau. A la première heure, je te présenterai au patron de l'huilerie Sasserno dans laquelle je suis contremaître. Je ne te promets rien... mais pourquoi pas !

Quintilia proposa à Maria de garder Vittorio, ainsi elle pourrait reprendre ses activités chez le docteur Jauffrey.

— Des enfants, j'en ai l'habitude. Je laverai aussi le linge et ferai le ménage...

Marino n'en revenait pas. Il se jeta à genoux devant Paolo, leva les paumes vers le ciel et s'écria :

— Madonna, vous êtes des saints !

9

Le 21 de la rue du Malonat : un îlot de paix, à l'écart du tumulte de la vieille ville, protégé par la Vierge du quartier. Les Piémontais se réunissaient le dimanche après l'office. Ils dénouaient la cravate, ouvraient le col de chemise, remontaient les manches au-dessus des coudes. Le cuir des avant-bras et de la nuque tanné par le soleil prouvait la force de travail de ces gars. Chez les Italiens il n'y a pas de traîne-savates ! Les fenêtres étaient pavoisées des drapeaux niçois et italiens. On refaisait le monde, commentait les événements qui agitaient l'Italie, la Prusse et bientôt l'Europe entière. L'étonnement se lisait parfois sur des mines soucieuses.

— Qu'est-ce qui nous pend au nez ? râla un jeune Sarde arrivé depuis peu.

— Avant que les sauvages débarquent au 21, le Paillon débordera ! répondit un maçon aussi sec qu'un coup de trique.

— Et si nous sommes appelés à l'armée ?

— Comment veux-tu que l'on nous trouve, nous ne sommes plus ritals et pas encore français ! répliqua un doyen.

La matinée s'achevait dans les rires et les chamailleries. Lors des anniversaires ou des fêtes votives, de grandes tablées occupaient la cour. Chaque femme apportait un plat : polenta, lapin en civet piégé au collet sur la colline du château, petits oiseaux, pâtes à la sauce tomate. Des après-midi entières de fraternité unissaient cette communauté joyeuse. Les enfants mangeaient à part et Quintilia leur imposait une sieste. On chantait Verdi à tue-tête jusqu'au souper où l'on finissait les restes du repas de midi. Rodomonte Caprini se bouchait les oreilles mais ne se débusquait pas de son antre, pourtant le fumet des plats lui retournait l'estomac. La jalousie le bouffait.

— Que sa méchanceté l'étouffe ! lançait Paolo.

Les années s'écoulèrent dans le bien-être et la sérénité d'une existence humble, en tout merveilleuse.

Vittorio grandit jusqu'à l'âge de six ans dans cette atmosphère et considérait chaque convive comme un oncle ou une tante. Particulièrement casse-cou, il s'échappait de la garde de Quintilia, s'aventurait dans des amusements qui n'étaient pas de son âge. Des journées entières il parcourait les sentiers du château avec ses voisins guère plus vieux que lui, dévalait les traverses pentues en carriole, fouillait les masures abandonnées, pêchait au bord du Paillon, ne se laissait pas intimider, revenait égratigné par les chutes, les lèvres ouvertes, une *badole*[1] sur le front. Quintilia maquillait les plaies afin que Maria ne s'inquiète pas.

Le pays était secoué par d'étranges rumeurs. Les rues du Vieux-Nice demeuraient silencieuses. Alexandre réunit ses fidèles dans la sacristie. Il avait brossé sa soutane. Un ceinturon de cuir soutenait son ventre. Un béret serrait son crâne. Un mégot de cigarette maïs collé aux lèvres accentuait son air contrarié. La chapelle du Rosaire était trop exiguë pour contenir la foule qui se pressait dans la travée. Les femmes priaient à la chapelle de la Vierge.

— *Silenzio, silenzio,* entendait-on dans un brouhaha œcuménique.

Le curé, outré par l'indigence des politiques, rendit compte des derniers événements lus en première page du *Petit Niçois* : l'archiduc François-Ferdinand victime d'un attentat à Sarajevo, l'agitation en Serbie, l'Autriche qui déclare la guerre à cette dernière… et cette proclamation de Clemenceau dans le journal *L'Homme libre* : « C'est une force de savoir qu'on lutte pour l'existence même de la patrie. Nous sommes dans ce cas précisément, et ceux qui ont triomphé de nous avec tant de peine, quand nos armées étaient anéanties et que tous les

1. Bosse.

moyens d'action nous manquaient à la fois, vont apprendre ce que nous pouvons faire, quand il n'y a plus d'autre moyen que la victoire pour sauver notre pays. »

Alexandre commenta l'assassinat de Jaurès au restaurant du Croissant. Beaucoup restèrent bouche bée. Qui était ce Jaurès qui ne portait pas de nom italien ? Garibaldi, ils connaissaient, mais celui-là... L'orateur se lança alors dans une longue explication historique. A la fin de ses propos, ses ouailles assommées tentaient de reprendre leurs esprits. Leur avenir s'effritait comme les miettes d'un pain rassis. Une voix s'éleva dans l'assemblée.

— Qu'allons-nous devenir ?

— Il faut espérer que la sagesse et l'intelligence s'épanouissent enfin dans les cœurs des puissants de la vieille Europe. Au fond de moi, je n'y crois guère et je ne veux pas vous raconter des sornettes.

Il se signa et conclut par des mots en latin que nul ne comprit.

Ce soir-là, les conversations redoublèrent dans les bistrots. Ils s'en prenaient à la louve de Rome qui les avait reniés, au Kaiser, à sa prétention... Ils ne pouvaient choisir un camp. Paolo et Maria rentrèrent à la maison, incapables de comprendre ce qui arrivait. Les traits de fatigue et de désespoir se lisaient sur la face de l'homme. Maria était blême comme les reflets épars qui irisaient ses cheveux d'une étrange blancheur. Ses doigts caressaient distraitement la toile cirée jaune avec des gestes lents. Elle réveilla Vittorio, le prit sur ses genoux. La joue collée à la sienne, elle se balança inlassablement sur sa chaise en répétant :

— Quelle bêtise ! Quelle bêtise…

Le garçonnet se réfugiait dans l'innocence de son âge.

Une grande messe fut célébrée. Les femmes se prosternaient. Les vieux avaient endossé leurs plus beaux costumes. Une odeur de naphtaline se mêlait aux vapeurs de l'encens. Les mains se joignaient au rythme des cantiques. Les prie-Dieu craquaient sous le poids et les mouvements des dévots. Les yeux embués de Maria fixaient l'autel. Dieu était-il avec elle ? Le lendemain matin la vieille ville se réveilla avec la gueule de bois. Les murs étaient couverts des affiches de la mobilisation générale. Sept coups de canon tirés à midi du château ponctuèrent les annonces. Pas un cri, pas de rumeur, pas d'émotion. Les habitants du Babazouk étaient groggy sur place. Avec papiers ou sans papiers, les Italiens ne savaient pas quoi faire. Une table de recensement avait été installée place Saint-François. La Casa d'Italia, consulat général de Nice, aidait les fonctionnaires français à établir les listes d'enrôlement. Nul ne pouvait y échapper. Les militaires encerclaient le quartier. Les policiers visitaient maison après maison et conduisaient les récalcitrants directement au poste. Rodomonte Caprini, caché dans la soupente de l'immeuble, échappa aux réquisitions. Les vieilles, assises sur les seuils, hochaient la tête. Leurs regards semblaient dénoncer la grossière erreur de la guerre. Ces jeunes en bonne santé s'enrôlaient, mais savaient-ils pourquoi ? Le sang de l'ennemi avait la même couleur que le leur !

Maria, Vittorio et Paolo ne pouvaient se dérober à la fatalité. Ils s'étreignirent puis se déchirèrent. L'épouse laissa échapper un cri. Les yeux ronds du fils ne percevaient que de l'incompréhension. Le ciel était grisâtre, comme il sait l'être quand il refuse le soleil. Dieu n'était plus qu'un lambeau de malheur emporté par la lâcheté des barbares et des faibles d'esprit. A la sortie du porche, Paolo marqua une hésitation, s'engagea dans la rue du Malonat d'abord lentement puis à grandes enjambées. Il se jetait à corps perdu dans les ténèbres damnées.

Marino le suivait, une musette à l'épaule.

Des semaines sans nouvelles. Un éternel désespoir. Maria devenait une ombre sans passé. Elle n'avait de goût à rien, se perdait dans un immense vide. Elle délaissait ses occupations chez le docteur Jauffrey qui ne lui en tenait pas rigueur. Il lui rendait visite, l'accompagnait dans de longues promenades sur les boulevards en lui prenant le bras, tel un père avec sa fille, et lui parlait. Elle marchait sans voir ni entendre, la respiration forte et oppressée.

— Cette guerre est l'affaire de quelques semaines. Un beau matin ou un soir de pleine lune, Paolo débarquera au 21 en sifflotant, un bouquet de fleurs à la main. Vittorio courra vers lui en criant de joie, lui sautera dans les bras et tout rentrera dans l'ordre.

Ces paroles ne l'apaisaient pas. Elle suffoquait, tremblait, proche de l'hystérie.

— Seuls les morts reviennent de la guerre, bredouillait-elle.

La santé mentale de Maria se dégradait et préoccupait le médecin. Les remèdes ne donnaient aucun résultat. Il craignait le pire.

Maria divaguait de longues heures, devant le seuil de sa maison. Quintilia n'osait pas la déranger. La placette du Malonat devenait si monotone... Les gamins se retenaient de crier et allaient s'occuper dans d'autres ruelles avec de nouveaux copains. Le courageux Rodomonte Caprini ne sortait que le soir tombé par un portail qui ne donnait pas sur la cour. La tristesse torturait Maria qui se réfugiait à l'église, suivait les messes et les vêpres. Les recommandations de Rina et la bienveillance d'Alexandre l'aidaient à surmonter l'épreuve mais elle rechutait aussitôt. La nuit, elle arpentait son logis de long en large, dévisageait Vittorio. Il ressemblait tant à son père ! Elle s'endormait d'épuisement sur une chaise non loin du petit lit. Jour après jour, Maria ne répondait plus aux sollicitations de Quintilia ou aux encouragements de Rina. Elle n'était plus responsable de son destin. L'avenir ne voulait plus d'elle. Elle avait honte de sa pesante solitude, honte de la lassitude, honte de ne plus croire à ce qui pourrait relever du céleste. Elle devenait laide du dedans, pauvre du dehors, sombrait dans un tel état léthargique qu'elle négligeait son fils. Il s'éloigna de cette mère qui devenait un fantôme, qui ne prononçait plus aucune parole intelligible ; une étrangère fossilisée dans sa chair et ses souvenirs. Vittorio s'installa chez les Cagnasso, considéra ses camarades comme frères et sœur, trouva une seconde famille qui l'écoutait et tentait de répondre à ses interrogations.

— Pourquoi il est parti ?

— Marino aussi, répliquait la petite.

— Il accomplit son devoir, prononçait Quintilia sans trop y croire.

Alors Vittorio se réfugiait dans un coin, contre le bahut, se bouchait les oreilles et s'enfermait dans un mutisme profond. Aussi démunie que le gamin, que pouvait-elle répondre ? Comment expliquer l'ignominie de la guerre à des enfants ? Défier l'enfer, attiser le feu ? La folie de gouvernants en mal de notoriété qui se repaissent de l'odeur de la poudre ou bien qui pratiquent un jeu de soldats de plomb à grande échelle pour adolescents attardés ? Vittorio subissait le délire de princes désœuvrés, maniaques, imbus de leur pouvoir. Paolo et Marino étaient bien sur le front. Quand reviendraient-ils ? Leurs plus belles années ne leur appartenaient plus. Il en était de même pour des milliers d'appelés dans la force de l'âge qui s'entretuaient. Au fronton de la victoire, le drapeau était hissé sur les mensonges et la bêtise.

Des mains meurtrières déchiraient le ciel ; éternelles souillures que la haine et la vengeance !

10

Un matin de janvier 1915, le préposé aux postes glissa sous la porte une enveloppe. Maria scruta le rectangle de papier gris. Elle retint sa main qui se tendait vers la lettre dont l'adresse était inscrite d'une écriture ronde et précise. Sa respiration devint rapide. Ses jambes tremblaient. Son corps fut envahi de frissons. Elle décacheta la missive. Sur le papier froissé et taché, elle reconnut l'écriture maladroite et brouillonne de Paolo. Maria ferma les yeux. Le visage de son époux lui apparut avec son éternel sourire. Une petite flamme naquit dans son cœur. Il était vivant et lui apportait enfin de la joie.

Janvier 1915

Chers Maria et Vittorio,

Je ne peux me faire à l'idée que je vous ai quittés et me dire que je suis parti à la guerre. Si loin de vous l'existence me paraît impossible. Dans les rangs circule l'idée que ce ridicule conflit ne durera pas. J'espère qu'au printemps je serai de retour. On dort à peine. On joue aux cartes, à la moura, aux dés. On ne guette pas le bruit du canon. Des boches, nous n'avons pas encore vu la queue d'un. Est-ce une monstrueuse partie de cache-cache ? La nuit dernière nous avons entendu de l'autre côté de la colline un galop de chevaux et des bruits de caisson sur le chemin. Pas plus. L'ennui est total. Je me suis fait ami avec un instituteur du Nord. Il m'apprend à écrire et à lire le français. Il m'a fourni un cahier d'écolier. Bientôt je ne ferai plus aucune faute. Vous voyez je n'ai pas tout perdu !

Je vous embrasse. A bientôt.

Votre Paolo

Elle grimpa quatre à quatre les étages de la maison, serra très fort Vittorio et Quintilia qui avait aussi reçu un courrier de son mari. Elles dégustèrent une liqueur forte et se sentirent requinquées, presque euphoriques. Il suffisait de patienter et d'espérer. Maria se précipita à l'église Notre-Dame-de-Lympia et annonça à Rina et au père Alexandre la bonne nouvelle. Puis elle franchit le pont du Paillon, courut sur le grand boulevard, bouscula des promeneurs, pénétra dans la villa sans sonner et se jeta dans les bras du docteur Jauffrey. Il l'embrassa sur les tempes.

— Vois-tu, ma fille, il ne sert à rien de te mettre dans des états aussi lamentables…

Maria s'empressa de répondre à Paolo et lui adressa par l'intermédiaire de la poste aux armées un colis avec de la nourriture, une écharpe tricotée par ses soins, un dessin aux crayons de couleur de son fils et une photographie en pied avec une mention griffonnée au crayon gris : « Bientôt un homme ! »

Mars 1915

Chers Maria et Vittorio,

Une longue marche vers Machault. Les brodequins me faisaient souffrir. Ils ne sont pas encore cassés. Je les graisse avec de la couenne que me fournit un cuisinier. Le maréchal des logis m'a dit que lorsque je serai démobilisé, je les garderai. La popote n'est pas si mauvaise. Quand on a faim on apprécie tout ce que l'on a dans la gamelle. Je me porte comme je peux ; pour tout dire, pas trop mal. Parfois on se déplace. On ne sait pas pourquoi… Une sorte de mouvement d'horlogerie que seuls les chefs comprennent. Quelques coups de canon, au loin de la fumée, mais rien de grave. Je ne sais pas si un jour ils arriveront jusqu'à nous. Je ne suis pas pressé de les accueillir. Un nouveau lieutenant, un Piémontais installé à Chambéry, vient d'être nommé. Un brave type. Pourvu qu'on en finisse avant l'été, que je puisse être avec vous deux. Nous irons faire de longues promenades au bord de la mer. Je garde dans ma vareuse, sur mon cœur, ta lettre que je lis tous les soirs avant de m'endormir.

Je vous embrasse. A bientôt.

Votre Paolo

Maria renaissait. Les deux lettres lui avaient fait un bien fou. Elle se raisonnait lorsque le bourdon envahissait son esprit. Il suffisait d'attendre, lui répétait le docteur. « Occupe tes mains et ta tête et le temps défilera à la vitesse de la lumière. » Elle l'écoutait et débordait d'une énergie féroce. Jauffrey éprouvait une indulgence particulière pour ses sautes d'humeur et sa nervosité passagère. Il lui donna d'autres responsabilités et la présentait comme sa secrétaire. Elle était chargée de noter les rendez-vous et le suivait à l'hôpital. Une robe noire, stricte, retaillée par Quintilia, un liseré de dentelle au col, des chaussures fines de dame récupérées par Rina, un air grave sur un visage fin et profond, un carnet à la main, elle tenait son rang. L'été, l'automne, le début de l'hiver. Pas de courrier. Quintilia et Maria se soutenaient tant bien que mal. Elles dînaient ensemble. Les enfants endormis, elles échangeaient à voix basse à la lueur de la lampe à pétrole, évitaient de croiser leurs regards dans la crainte de déceler une intuition insupportable chez l'une ou chez l'autre. Maria déposait un baiser sur la joue de Vittorio.

Elles se quittaient jusqu'au lendemain. Le lâche Rodomonte Caprini avait saisi les habitudes des deux amies et se frottait les mains. Des femmes seules depuis des mois feraient bien son affaire... Il arpentait silencieusement la cour, saluait Maria avec un sourire béat et tentait de l'approcher avec des propos mielleux. Il déposait des bouquets devant sa porte. La tristesse la rendait encore plus désirable. Il pourrait la consoler, l'aider, partager son chagrin... Quintilia dans ces moments-là se penchait à la fenêtre, l'invectivait de tous les noms d'oiseaux : « Laisse-la tranquille, sinon je te dénonce à la police ! *Disertore ! Vigliacco*[1] *!* » Il ne se le faisait pas dire deux fois et regagnait à petits pas son antre en baissant la tête. L'organiste attendait que le calme revienne et recommençait son manège sans aucune pudeur.

Janvier 1916

Chers Maria et Vittorio,

Ma lettre tarde car on nous a interdit d'écrire. Une question de stratégie. Une deuxième année commence. Fini la paix et la tranquillité. A présent la terreur. Les cloches au loin sonnent en permanence le glas et l'incendie. Nous nous enterrons dans des boyaux de terre et de bois. Je défends ma peau telle une bête. Les tranchées ne

1. Déserteur, lâche.

sont qu'un immense ventre mou, sillonné par une gangue fétide qui m'aspire vivant dans ses profondeurs. Nous avançons, nous reculons, nous chargeons baïonnettes au canon, hirsutes, hurlant, sans aucun regard pour celui que l'on transperce. Les coups de feu succèdent aux coups de feu, les obus de 105 répondent à la mitraille. Ils soulèvent la poussière, l'eau, les entrailles, recouvrent d'une sépulture sommaire nos amis et nos ennemis. Les cadavres et les blessés s'entassent au bord des tranchées. Les anges sont complices des démons. Dieu ferait mieux de regarder cette boucherie pas très loin de son paradis et pour une fois agir ! Mais peut-être a-t-il peur de salir son aube immaculée ? Quelle dérision ! Nos rêves sont jalonnés de tromperies et d'hypocrisie. Ce n'est pas une lettre de désespoir que je t'écris, au contraire ! Il faut que je me vide de tout ça ! Je ruse, me débrouille et, ne vous faites pas de bile, je reviendrai vivant et en entier. L'instituteur continue les leçons et je progresse. Ne m'oubliez pas.

Je vous embrasse tous les deux.

Votre Paolo

Se résoudre à l'absence. Maria s'habituait à l'impuissance qui la rongeait. Elle ressentait dans ses pores les vibrations de Paolo. Sa sueur maculait sa poitrine. Son haleine se distillait dans son cou, sur sa gorge et ses seins. Ils partageaient tant de frissons. Paolo n'était pas mort. Son instinct ne la trompait pas. Franchira-t-il aujourd'hui le porche du 21 ou demain ? Certainement avant dimanche. Elle préparera une table de fête avec une nappe blanche, confectionnera un *panettone* garni de crème au chocolat, invitera Quintilia et débouchera une bouteille de vin doux.

Les lettres se firent de plus en plus rares. Maria recevait tous les trimestres une carte imprimée et tamponnée par l'armée, envoyée de la capitale. Les autorités militaires vantaient le courage du soldat, son dévouement à la patrie. La victoire était proche. Pas de signature, aucun mot de sa main. Un poids énorme enflait dans la poitrine de Maria. Le hurlement muet de la séparation. Attendre devenait un supplice infâme. Elle se grimait d'un masque de sincérité et ne voulait pas inquiéter Vittorio qui posait toujours les mêmes questions sur le retour du père. Quintilia possédait aussi sa part de douleur. Elle cachait son mal. Lorsque les deux femmes se regardaient, elles devinaient l'issue du drame.

Attendre n'était qu'une infâme illusion !

Ils avaient franchi tant d'obstacles et gagné le droit d'exister pleinement, libres ! A présent le corps de Maria se refroidissait. On lui répétait à chaque conversation : attendre ! Ils reviendront bientôt, plus gaillards, plus beaux, plus hommes ! La guerre forge les consciences et donne de la maturité ! Qui croire ? Le 21 de la rue du Malonat n'était qu'une passerelle branlante entre un bonheur détruit et l'absence éternelle. Attendre, se répétait-elle, la peur au ventre, sans lendemain, se contenter de chaque jour qui passe. Son cerveau devenait une boîte creuse où ne résonnaient plus les rires et les discours de son mari. Maria se muait en un spectre rouillé, un automate désarticulé qui a du mal à exécuter un geste sur une musique poussive.

Printemps, été, hiver 1916, début 1917... aucune nouvelle. Le facteur ignorait cette adresse. Des gens du quartier bien informés prétendaient que les Teutons affamés, à court de munitions et sans commandement, reculaient. Le Kaiser s'était enfui en Afrique, affirmaient-ils. Les désertions nombreuses entraînaient le repli des forces combattantes. On pouvait repasser les drapeaux, pavoiser les fenêtres de la vieille ville et préparer les banquets pour le retour des héros.

— Comment croire à ces jean-foutre et à leurs tissus de menteries ! Ces couards font les fiers-à-bras sur la place Rossetti les vendredis de marché. Leur veulerie les trahit. Eux ne sont pas partis ! Ils ne savent pas ce que nous endurons, comme l'autre abruti de Rodomonte ! Qu'est-ce qu'il s'imagine ? Que je vais m'allonger dans ses draps, écarter mes cuisses et accepter que ce porc pose ses sales pattes sur moi ! disait Maria à Quintilia.

Le fardeau devenait trop lourd, le silence insupportable et sans pitié.

Les gamins livrés à eux-mêmes sombraient dans

le désœuvrement, formaient des bandes sauvages qui écumaient la vieille ville selon des secteurs bien définis sur lesquels nul n'osait empiéter. Alexandre ne pouvait laisser cet état de fait empirer et créa une école dans l'enceinte de l'église Notre-Dame-de-Lympia. Vittorio se laissa embrigader ainsi que les rejetons de Quintilia. D'autres garçons et filles se retrouvaient tous les matins autour de la grande table de la sacristie transformée en salle de classe. Le prêtre avait déniché des livres, des cahiers, des crayons, des cartes de géographie, un tableau et même des sacoches qui faisaient office de cartables. Il enseignait la langue française, l'histoire, le calcul, les matières utiles pour se défendre au quotidien. Sa façon d'éduquer amusait les élèves, leur apprenait à vivre ensemble et forgeait ainsi un groupe indéfectible. Chaque matin, ils s'embarquaient pour un voyage extraordinaire. Il réservait une attention à chacun : un compliment ou une tape sur la nuque lors de grosses bêtises, une réprimande pour l'inattentif qui suivait le vol d'une mouche, une engueulade salée lors de grosses bêtises, des félicitations générales à la fin de la journée. Il connaissait mieux que quiconque ces marmots, les avait vus naître, grandir, les avait baptisés et cherchait en eux leurs émotions, leurs réticences, leurs joies. Il était le plus heureux devant les bouilles aux yeux écarquillés. Alexandre devenait un passeur de vie, un homme à qui l'on offrait sa confiance et qui respectait le droit de pensée de chacun. Il n'abordait ni la religion ni la guerre et pratiquait sans ses atours religieux. Rina s'occupait de la propreté corporelle, inspectait les mains, les ongles, les cheveux, examinait les oreilles, envoyait illico au lavabo ceux qui lui paraissaient douteux. Elle préparait les repas et les obligeait à une sieste avant de reprendre les leçons.

Alexandre déclencha une révolution dans le landerneau de l'académie locale et de la municipalité ! « De quoi se mêle ce corbeau ? L'école doit être laïque et neutre, c'est la loi ! Il mélange garçons et filles ! L'école du vice ! » Alexandre répondait de façon virulente à ces accusations : « Vous ne connaissez pas les enfants que j'éduque, que je protège, auxquels j'apporte un peu d'affection et de chaleur ! Vous n'acceptez pas dans vos belles écoles, dites de la République, de l'autre côté du Paillon, les mange-macaronis, les piantous, les gobis, les crapauds et j'en passe... Un jour proche, vous leur mangerez dans la main ! N'oubliez pas qu'il n'y a pas si longtemps le comté de Nice appartenait au royaume du Piémont ! Alors, on ne se bouffe pas le nez entre cousins ! » Qui aurait osé contrarier Alexandre, une figure qui avait fait plier l'évêché et que les édiles municipaux redoutaient ?

Vittorio montrait une assiduité étonnante et des dispositions particulières en calcul. Il devançait ses camarades. Sa logique et sa clairvoyance régalaient Alexandre qui apportait à ce bonhomme de neuf ans un apprentissage dépassant le cycle scolaire normal. L'enfant harcelait le maître d'interrogations, voulait tout savoir. Une soif d'apprendre, de dépasser les remparts du château et les ruelles du ghetto l'emplissait de satisfaction. Il arpentait le monde par les livres, se délivrait de la misère, oubliait sa pénible situation familiale. Il dévoilait une maturité exceptionnelle pour son âge et préférait demeurer seul dans cette classe de fortune plutôt que de s'amuser dans la cour du 21. Les planches de botanique, des départements, de sciences anatomiques, les ouvrages reliés des fables de La Fontaine, les romans de Jules Verne ou de Victor Hugo, l'énorme dictionnaire flanqué dans un angle de la table offraient un univers propice à l'étude.

« Tes camarades ? » s'étonnait Alexandre.

Vittorio haussait les épaules. Des étoiles virevoltaient dans ses pupilles. Il ne se détachait pas de ses observations.

— En ferai-je un prêtre ? confia Alexandre à Rina.

— Pas de fausses espérances ! Un enfant sauvage, une testa folle qui ne fera que ce qu'il veut ! répondit-elle ironiquement.

11

Un vendredi, trois employés municipaux, habillés de noir, se présentèrent à Maria. Elle comprit aussitôt. Ils se découvrirent et lui annoncèrent poliment avec une voix de circonstance que Paolo ne reviendrait plus.

— Je le savais depuis le premier jour… hurla Maria, les yeux rivés sur l'ombre du porche.

— La guerre est un gâchis, dit un gros suant l'anisette.

— Son corps, où est son corps !

Elle s'accrocha à la veste d'un des sbires.

— Je veux son corps !

Il la repoussa sans ménagement, rajusta son costume. Ils pénétrèrent dans l'immeuble de Quintilia et grimpèrent les trois étages. Un cri terrible troua la cour.

— Et Vittorio ? Où est Vittorio ? répétait Maria, prostrée.

Les larmes ciselaient un désespoir sans fin. Elle

se laissa confondre par la douleur. La plaie était béante.

La tête entre les mains, elle se balançait lentement au rythme de ses sourdes imprécations. Elle arpenta la cour jusqu'au soir. La cloche de Sainte-Réparate tinta huit ou neuf heures. Elle ne compta pas les coups. Elle avait besoin de son fils, de se reposer sur son petit homme, sur le miroir de son mari ! Elle fit un vague geste. Se détachait-il d'elle, indifférent à son supplice ? Il était si petit. Un ange ! Il n'avait que neuf ans. Paolo ne le protégerait plus. S'envolait-il vers sa liberté ? Plus aucun événement ne possédait d'importance. Elle glissait vers ce néant qui la conduisait irrémédiablement à Paolo foudroyé à côté d'inconnus dans la boue d'un trou d'obus ou dans la poussière d'un feu infernal. Il n'était plus qu'un corps sans souffle qui dormait, ne respirait plus, ne rêvait plus, ne parlerait plus. Son savoir, ses soupirs, ses secrets, son esprit pourrissaient. Une masse inerte inutile jonchait un sol de débris. Un gâchis irrémédiable rendait son repos impossible. Elle exigeait sa dépouille, même mutilée. Elle désirait le chérir encore, le garder pour elle. Paolo, sans repos ni silence, allongé dans un champ stérile et sale. Le linceul jaunâtre d'une terre glacée réconciliait-il les peuples ? Amis ou ennemis… quelle importance !

— A-t-il les yeux ouverts ? se demanda-t-elle.

Une horloge dont les aiguilles tournaient à l'envers déchirait sa peau. Elle prononça la prière des agonisants, la prière des abîmes, qui un jour les réunirait.

Maria s'allongea pudiquement sur le lit, conjurant les maléfices de la destinée. Elle remonta sur sa poitrine le duvet de plumes, souffla la lampe à pétrole. Le noir envahit la pièce. Le matelas épousa ses formes. Elle tendit le bras vers l'oreiller et caressa le vide ; le voyage d'une nuit dans l'exode des sanglots, des soupirs et de cruels regrets. Un rideau funeste se refermait. Le visage de Paolo se révéla puis se troubla. Etait-il vraiment disparu ? Son portrait contre sa poitrine, elle ne s'endormit point. Elle se releva sur les coudes et guetta les pas de sa chair. De profonds cauchemars sépia déversaient dans sa mémoire des bribes de leur voyage. A l'aube, elle se leva fatiguée, courbatue. La pièce était froide. Elle avait de la peine à marcher. Elle prépara le café bien fort comme aimait Paolo, rompit le pain, sortit du fromage, du beurre, installa deux bols puis s'assit à la table. Son regard pâle fixait la chaise vide. Paolo lui adressait des mots qu'elle ne saisissait pas. L'appelait-il ? Elle lui répondit par des paroles d'un autre monde accompagnées de légers tremblements. Elle s'agrippait à quelques arpents de lucidité, fuyait son passé et son présent.

Elle assistait à sa propre folie.

Vittorio s'installa avec autorité à la place du père et posa les poings sur la table. Dans ses yeux noirs brillait une volonté de combattre et de revanche sur le sort. Il avait plus de force et de conviction que les enfants de son âge. L'influence d'Alexandre se révélait efficace. Il devait être fier d'exister, fier de ses origines, ignorer les abrutis qui le rabaisseraient. Maria se sentait si faible. Elle souhaitait qu'il se blottisse entre ses bras, qu'il la console, qu'il partage sa peine. Il ne lui adressa aucun signe d'affection.

— J'ai faim, dit-il.

Il ajouta d'une voix qui étonna sa mère :

— Maintenant, je suis l'homme de la maison.

Maria ferma les paupières. En présence de Paolo, le roquet aurait pris une trempe mémorable. Il se repaissait de son cœur de mère et de ses sentiments.

— Ton père est parti, envolé loin d'ici... lâcha-t-elle.

— Il est mort. Marino aussi ! répondit Vittorio d'un ton brutal.

L'enfant n'était plus un enfant. La haine coulait de sa bouche. Il réalisait ce qu'était ce monde de brutes, de crapules, de fanatiques. Il proférait des insultes que seuls les adultes prononcent. Il n'avala pas son lait, ne toucha pas aux tartines. Il quitta la cuisine sans aucun geste de réconfort. Les bras de Maria restèrent vides. Le visage serré, les yeux tendus vers la porte, les traits de granit, Vittorio se défaisait d'une peau de nain et se lançait dans la confusion d'une société insensée qui l'éclaboussait.

Maria vacilla. Qu'attendait-elle de la guerre ? Des fleurs ? Des cadeaux ? Des lettres ? De la fierté ?

Un peu d'espoir ? Chaque heure perdue, chaque minute où on lui avait arraché Paolo portait un éternel remords. Il appartenait à la vie et non pas à la mort ! A présent son fils la quittait. Elle était déjà étrangère à ce monde et poussa un hurlement rauque, une colère qui monta du fond de sa gorge. Elle fixa le crucifix suspendu au-dessus du bahut puis prépara un petit sac avec son missel, un mouchoir, un foulard. D'un pas hésitant elle traversa la vieille ville en direction de l'église Notre-Dame-de-Lympia. Elle marqua plusieurs étapes. Ses membres ne la portaient pas. Son ventre la brûlait. L'obscurité de la nef lui fit du bien. Ni Rina ni le prêtre n'étaient présents. A genoux devant le Christ ruisselant de sang, elle joignit les mains :

— Mon Dieu, vous m'avez abandonnée ! s'écria-t-elle. Je ne veux aucun miracle, seulement le corps de Paolo !

Le Christ resta de marbre. La tête engoncée dans les épaules, les bras étirés presque arrachés, les jambes fracturées pliant sous le poids de son corps atrocement maigre, le thorax troué par la lance, il imposait sa vision du sacrifice. A ses pieds, la Vierge larmoyait. Elle ressemblait à une femme du peuple engourdie d'affliction. Les chapelles dégarnies par économie de chandelles, les tableaux barrés du crêpe noir apportaient une mise en scène saisissante. Alexandre apparut de la sacristie, un bénitier à la main. Une vieille habillée de noir s'installa au premier rang devant l'autel, puis une seconde, encore une autre. Le chœur était occupé d'une foule de femmes en deuil, des veuves qui la cernaient et se rapprochaient d'elle. Elle ne pouvait plus bouger. Les lueurs massives des chandeliers de bronze répandaient des éclairs aveuglants. Sa chair se glaçait lentement. Maria était derrière une grille aux barreaux rouillés. Le chant des ténèbres éclata dans sa tête, assourdissant. Les veuves hurlaient à l'unisson d'un cri aigu, oppressant. La vallée et les collines de Barbaresco s'éveillaient. Le troupeau paissait devant la maison. La houle lointaine des champs de blé irisait son esprit de vagues multicolores. L'ondée se posait délicatement sur le front de Paolo et humectait ses tempes. Un crépuscule d'encre effaça le décor. De longues traînées de brume barbouillaient un horizon de flammes. Vittorio lui échappait. Les ruelles sombres l'engloutissaient. Etait-il né ou n'était-ce qu'un mirage ? Un sang épais bouillait dans le ventre de la dévote. Elle se préparait à partir sans confession ni pardon. Sa poitrine lançait d'horribles douleurs. Ses membres se paralysaient. Ses doigts s'agrippèrent au dossier du prie-Dieu. Elle s'affala sur un tapis poussiéreux et mité. « Paolo » sortit de sa gorge. Son cœur s'emballa et se déchira.

Elle tendit ses paumes.

Maria et Paolo ne se quitteraient plus.

Le docteur Jauffrey délaissa son service à l'hôpital Pasteur, se reclut dans sa villa du boulevard de

Cimiez. Il s'attendait à voir surgir Maria de n'importe où : de la lumière filtrée par les persiennes, du drapé d'un rideau, du paysage d'un tableau… Il se rendit à l'évidence : sa voix, ses chansons, ses rires n'enchanteraient plus les pièces de cette demeure désormais abandonnée. « J'aurais dû me déclarer et lui offrir une vie différente… » Il s'assit dans le grand fauteuil en cuir et attendit. La pénombre emplit ses paupières. Le médecin si pragmatique, si précis dans son diagnostic ne trouvait plus ses repères. Une grande lassitude le prenait et le rendait vulnérable. Il découvrait l'absence, le désert, les empreintes d'un édifice disparu, les souvenirs gravés dans la tapisserie, les espoirs balayés par l'inutile guerre. Le chagrin infiltrait sa chair telles des blessures intimes. Au fond de son cœur ne régnait que la solitude. Aucune folie ne pouvait justifier la disparition de Maria. Dépouillé d'une partie de son être, il scrutait la double entrée de la bibliothèque. Maria était assise sur l'escabeau. Ses doigts se posaient sur les dorures des ouvrages, caressaient lentement le cuir. Son parfum faisait danser les caractères, transformait les mots et les phrases en désir. Maria, à l'existence si simple, aux doux songes, aux lèvres qui laissaient échapper des complaintes lointaines, à l'haleine sucrée, s'approchait de lui, le recueillait dans son passé de douceur. L'obscurité l'enveloppait. Les jeux d'ombre traçaient un long chemin bordé d'arbres si hauts qu'il lui était impossible d'en définir le faîte. Le docteur Jauffrey titubait dans les ornières comblées d'eau de pluie, chutait, ne pouvait pas se relever. Un poids terrible maintenait ses épaules à terre.

— Je n'ai pas su te dire… Je n'ai pas osé ! lança-t-il dans un mouvement de colère.

— Suis-je partie ? répondit une voix qui ressemblait étrangement à une chanson piémontaise.

— Es-tu ici, à la villa ?

— Je ne sais pas. Ici, ailleurs, loin du martèlement des mitrailleuses, proche de Paolo…

— Et Vittorio ?

Tant d'émotions lui échappaient. Il se retenait aux bribes de sa vie chrétienne et pratiquante, au mystère de la chute originelle, mais les cantiques n'avaient plus de saveur. Le docteur en était réduit à la véracité de l'inconnu, à cet élément fragile que l'on bouscule et qui entraîne des pans entiers d'existence. Un chaos infini le bouleversait. Il ne comprenait pas et avait cru un instant à une renaissance où la vieillesse s'effacerait. Il se secoua de son hébétude et se rendit au jardin. Des plantes exotiques mal taillées accrochaient ses pantalons. Il ne fuyait pas, voulait tout simplement oublier, quitter ce mirage qui le malmenait. Maria s'éloignait dans des limbes éthérés. Les lampadaires fendaient l'obscurité de leurs lueurs jaunes. Le docteur voyageait dans une nuit immobile, d'encre et de silence.

12

La vieille ville était un labyrinthe où Vittorio et ses copains évoluaient sans qu'on les inquiète. Il n'appréciait pas que l'on s'émeuve sur son sort. Les pleurnicheries lui répugnaient. Les moqueries, la pitié, l'humiliation forgeaient un caractère inébranlable et hautain. Il jouait au matamore et savait se comporter si on lui cherchait des noises. La vieille ville le défendait. Les ruelles, les impasses, les recoins devenaient un jardin dans lequel il se sentait inaccessible. L'ange crasseux errait sans parents et sans but. Orphelin signifiait être oublié et endosser une armure qui ne se déchirait jamais. Si la mélancolie le submergeait, il se cachait et laissait couler les larmes jusqu'à l'épuisement. Quintilia le considérait comme son troisième fils. Vittorio ne pouvait occulter le drame qui avait brisé son enfance. Comment oublier Paolo et Maria ? Lui et ses copains mûrissaient trop vite. Leurs esprits blessés provoquaient des réactions brutales et épidermiques. Le logis du 21 leur servait de repaire. Ils s'affublèrent de patronymes. Vittorio baptisa la fillette « la Grive » à cause de ses jambes maigrichonnes et de ses yeux ronds de chouette effarouchée, l'aîné des Cagnasso, « Bill », surnom à consonance américaine, le cadet, « Jojo », comme son ourson en chiffon.

— Si un jour la police vous coince et vous demande votre nom et votre adresse dites : « Sais pas. » S'ils insistent, pleurez et hurlez le plus fort possible, cela ameutera les passants. La Grive, tu te roules par terre et tu désignes un guignol en l'accusant de t'avoir tabassé ! Les agents prendront la honte et ne vous retiendront pas ! expliqua Vittorio.

Désormais aucun événement ne pourrait les séparer. Ils se le jurèrent les poings dressés.

La bande ne franchissait jamais le pont pour passer dans la ville neuve. Les quais demeuraient aussi un lieu où ils excellaient dans leurs larcins. Il était aisé de se servir des marchandises débarquées des bateaux. La débauche de nourriture présentée sur les étals, les habits neufs suspendus sur les cintres, les chaussures dans les boîtes par ordre de taille chez les boutiquiers ne les laissaient pas indifférents. La Grive, avec sa mine angélique et sa voix innocente, distrayait les commerçants pendant qu'ils chapardaient. Ils rapportaient l'objet de leur rapine à Quintilia qui leur jetait des regards désapprobateurs. La pauvre femme démunie nourrissait quatre marmots pas toujours faciles et ne refusait pas cette aide providentielle.

— Ce qui compte est de ne pas se faire prendre, lançait Bill.

— Ne jouez pas aux plus malins. D'autres se sont fait cravater et sont en prison ou en maison de correction ! grognait Quintilia en se signant face à la Madone.

— Pour le moment, nous sommes là… ajoutait Vittorio.

Ils dormaient dans le même lit, soit au troisième étage, soit dans l'appartement des Lombardo. La Grive se collait contre Vittorio, un pouce dans la bouche, l'autre main dans celle de son héros. Rina, avec l'approbation d'Alexandre, avait jugé bon de ne pas proposer l'appartement à des nécessiteux. Ces gavroches devaient avoir un abri où se réfugier en cas de nécessité.

Ils fréquentaient assidûment les cours d'Alexandre, se soutenaient dans l'étude, démontraient qu'ils tentaient de se sortir du guêpier infect où ils s'enlisaient. La connaissance leur permettait d'affronter l'ordre établi et les manigances de personnages peu scrupuleux qui les mettraient volontiers sous leurs bottes. Le prêtre se réjouissait de leur attitude, leur apportait sa caution morale et religieuse face aux enquêteurs qui ne souhaitaient plus voir ces gamins traîner à pas d'heure dans le Babazouk. L'appétit et la curiosité de Vittorio ne se rassasiaient jamais. Il divaguait dans un univers fabuleux, s'inventait des paraboles inaccessibles qu'il se promettait de gravir. Alexandre lui avait décrit sur le globe les milliers d'îles des territoires exotiques : Ceylan, Sumatra, Bornéo, la Nouvelle-Guinée résonnaient dans son crâne comme des paradis où il deviendrait le maître. Il lui avait raconté les aventures des écrivains et des explorateurs qui avaient fouillé ces terres vierges. Alors Vittorio s'imaginait marin ou aventurier explorant la brousse africaine. Il visiterait ces contrées lointaines, s'enrichirait avec l'or et les diamants qu'il ramasserait à pleines poignées, vendrait des esclaves, chasserait l'éléphant, le lion... Rien ne lui paraissait impossible. Dès la fin des leçons, la petite bande furetait dans le quartier. Ils évitaient de se confronter à des cliques organisées. Le port et les quais couverts de marchandises débarquées devenaient leur tanière à ciel ouvert.

Ils se constituaient un véritable trésor de guerre. Les pièces soutirées des troncs de la cathédrale Sainte-Réparate ou dans les bassins du château lors des vœux prononcés par les riches touristes russes, anglais ou américains leur servaient, en cas de déconvenue, de monnaie d'échange avec d'autres clans, notamment les Polonais et les Espagnols qui occupaient le côté ouest du Paillon, maniaient facilement le couteau et rançonnaient les plus faibles. Vittorio, un chef incontestable ! On l'écoutait, ne le contredisait pas. Il s'obligeait à prouver que dans n'importe quelle circonstance on pouvait compter sur lui. Il s'élevait au-dessus des bouilles de ses camarades, inventait, organisait des stratégies qui leur permettaient de s'en tirer sans risque.

— La médiocrité et la misère, laissons-les aux autres ! Nous on s'en sortira d'une façon ou d'une autre. Je vous le promets.

Et il crachait à ses pieds. La Grive applaudissait. Il ne se résignait pas à l'humiliation, aux coups du sort, ne se lamentait pas en se tapant sur la poitrine et en gémissant : « C'est Dieu qui l'a voulu… nous sommes de pauvres diables et le resterons… » Se battre sans solliciter l'aumône, sans tendre la main était une résolution majeure. Une révolte permanente et cruelle l'animait. Il luttait contre lui-même, contre la confusion et un lot ordinaire de troubles qui rendait le quotidien peu commode.

Rodomonte Caprini ne supportait plus ces bâtards tapageurs qui occupaient la cour du 21, vivaient comme des seigneurs et le méprisaient. Il s'en ouvrit à Rina et Alexandre.

— Dans cette maison on peut loger des familles paisibles qui en ont besoin !

Le curé contrit par la dénonciation de ce personnage peu recommandable serrait ses poings et se retenait de lui administrer une correction dont il possédait les vertus.

— Où prennent-ils l'argent ? Ils font ripaille avec Quintilia tous les jours ! A votre place, j'irais les dénoncer aux autorités ! L'Assistance publique conviendrait parfaitement à ces microbes piémontais !

— Leurs pères sont morts en héros dans les tranchées ! répliqua Rina.

— N'as-tu pas fui ton devoir et envoyé les autres se faire tuer à ta place ? reprit Alexandre. Tu ne mérites plus d'occuper l'orgue de Notre-Dame-de-Lympia. Tu salis la musique du Christ !

Il le saisit par le col de sa veste et le coinça contre le mur.

— Que je n'entende plus parler de toi ou bien c'est moi, Alexandre, curé de la paroisse de Lympia, qui vais te dénoncer aux autorités ! Tu sais ce que l'on fait aux déserteurs !

La plainte du vilipendé parvint aux oreilles de Vittorio. Le jugement fut sans détour : il fallait se débarrasser de cet immonde musicien. La nuit venue ils bourrèrent l'espace entre les volets et la fenêtre, de papiers et de chiffons, arrosèrent d'alcool à brûler et l'enflammèrent. Rodomonte hurla à l'assassin. Personne ne prévint les pompiers. Il disparut du 21 de la rue du Malonat craignant pour ses abattis.

Le quatuor demeurait insaisissable. Pas un trou, pas une entrée, ni un dédale entre les îlots ne leur était inconnu. La complicité des immigrés de la rue du Malonat n'était pas négligeable. Ils partageaient les fruits de leurs récoltes avec des familles nécessiteuses. Au fil des années, ils étendirent leur champ d'action jusqu'aux places Masséna, Garibaldi et au jardin Albert-Ier, les limites de la ville nouvelle. Ils multipliaient leurs actions dans les quartiers où ne résidait aucun Piémontais. « On ne trahit pas le peuple de ses parents ! » arguait Vittorio. Ils tiraient leur épingle du jeu. Si on les accusait, ils visitaient le dénonciateur qui revenait toujours sur ses propos. Vittorio jouissait d'une stature imposante. On lui donnait plus que son âge. Bill avait le sang chaud, Jojo était une teigne et la Grive sortait ses griffes à tout instant, surtout si l'on critiquait son amoureux. Ils possédaient une volonté farouche de vivre et profitaient des moindres moments d'insouciance.

Les coutumes de la vieille ville les éloignaient de leurs devoirs civiques. D'ailleurs ils ne connaissaient que leurs lois et exigeaient qu'on les respecte. Vittorio et Bill s'exemptèrent du service militaire. La tragédie de leurs paternels avait amplement suffi. Ils avaient payé un lourd tribut. Aucune pension de combattant n'était reversée à la veuve Quintilia. Vittorio et ses copains demeuraient inconnus pour l'Administration car ils n'étaient pas enregistrés à l'état civil. La police ne s'égarait pas dans ce dédale dangereux où de la place Saint-François à la Bourse du travail, les syndicalistes, les « traminots », avec l'aide des habitants, laissaient pénétrer qui ils voulaient. Un détachement militaire n'aurait pas fait le poids. Les événements jouaient en la faveur de Vittorio et de ses amis. La situation sociale de Nice s'altérait. La scission entre les Italiens, les indigènes et les riches étrangers devenait insupportable. A côté de la misère innommable des femmes et des enfants, des gagne-petit, des crève-la-faim qui couchaient dans des cartons sous le pont du Paillon ou s'entassaient dans les entresols, les résidents royaux bénéficiaient de palais insolents, d'hôtels inouïs bordés de parcs, glissant jusqu'à la mer. Les équipages richissimes, les salons gorgés de perruches pavoisées aux papotages imbéciles, les réceptions, les salamalecs, les courbettes… Nice devenait un triste caravansérail. L'injustice planait sur les têtes pouilleuses d'un petit peuple bafoué dans son existence et son honneur. Le préfet et le maire s'attendaient à des soulèvements populaires. Le bon et le mal, la religion et la perversité, la politique et la finance, l'image de la Riviera, minée par les spéculateurs, se détériorait sérieusement. Dans un marasme bourgeois où se confondaient le pire et le meilleur, Vittorio élargit son domaine et pratiqua dans les quartiers chics.

Il se rendait souvent à Notre-Dame-de-Lympia et trouvait conseil auprès de Rina et d'Alexandre, dînait avec eux. Ce dernier, au courant de ses exploits, lui prodiguait des mots de soutien et de croyance, des phrases qui faisaient du bien. « Dieu n'est qu'un prétexte pour semer le bien et l'intelligence, mais peu s'en sont rendu compte… » Le Seigneur désavouait ces paraboles osées. Il le savait et jurait qu'il en découdrait le moment venu. Il fumait sa pipe et, la mine hilare, lançait des plaisanteries sur le Babazouk. Son statut d'ecclésiastique ne voilait jamais l'homme qu'il était. Il possédait le pardon, sondait l'âme de ses pratiquants et en tirait le meilleur. Alexandre vieillissait. Il donnait encore ses forces à cette population. Devant ce prêtre extraordinaire, Vittorio faisait semblant de croire. Le père n'était pas dupe et lui conseillait de faire sa vie comme il l'entendait. La liberté n'avait pas de prix. Le fils de Paolo et de Maria se détachait de la religion qui puait l'encens et la mort. La peur d'une punition céleste ne convenait qu'aux faibles d'esprit. Il en vint à maudire Dieu et ses larbins terrestres.

— Tu m'as créé ainsi ! Un avaleur de vent, une poussière insignifiante, transparente, sans aucune importance. Un déraciné, un esclave ! Alors, j'ai décidé que je serais une créature du diable. J'apprivoiserai l'enfer ! Tu as semé le désordre, tu récolteras le mépris !

Vittorio réglait ses comptes et la liste était longue. La rue n'élevait ni des enfants de chœur ni des innocents. Il resta un long moment figé comme une cariatide de sel, les poings serrés, les yeux hagards, puis il partit dans un immense éclat de rire dont les grimaces épouvantèrent les statues de la nef.

Les ritals devenaient envahissants au détriment des Niçois. La morgue de ces réfugiés qui malgré leur dénuement endossaient le costume et la cravate pour se rendre à la messe du dimanche irritait les Niçois de souche installés dans une vie bourgeoise. Ils prenaient le pouvoir, bastion par bastion. Du jour au lendemain, une épicerie, une laiterie, une boucherie, un atelier de confection, une société de maçonnerie ou de ramassage des ordures s'ouvraient dans des lieux improbables et attiraient une clientèle fidèle. Il fallait compter avec eux. Ils défendaient leur monopole. Le travail ne leur faisait par peur. Les femmes avaient la réputation d'être les meilleures bonniches et se contentaient de l'appointement qu'on leur proposait. Le temps rétablissait les principes d'une collectivité plus égale et sensée. Les édiles demeuraient impuissants devant ce phénomène qu'ils avaient sous-estimé. La crainte de les voir un jour débouler dans les conseils municipaux irritait les traditionnels élus. En une quinzaine d'années les *piantous* avaient capté une grande partie de l'économie locale et des marchés publics, s'installaient dans les quartiers neufs dotés du confort, scolarisaient leurs enfants dans les écoles de la République et portaient haut l'honneur d'être naturalisés français.

Vittorio régnait sur sa vieille ville. Il fallait être de ses amis, ne pas lui faire d'entourloupe, encore moins fréquenter les fonctionnaires de police. Sa mémoire était grande. On préférait être dans ses papiers. Son ascension était fulgurante. Il n'hésitait pas à embaucher occasionnellement des complices pour les boulots délicats. Il se montrait intraitable envers ceux qui osaient s'en prendre aux résidents de la rue du Malonat. Des prostituées de bon rendement qui opéraient aux abords de la colline du château souhaitaient sa protection. Il avait pitié de ces pauvres filles mais ne voulait pas se mêler d'affaires qui ne le concernaient pas et laissait cette exploitation aux Corses ou aux Sardes avec qui il entretenait de courtoises relations. Vittorio devenait la bête noire des ghettos juif et arabe situés derrière la cathédrale Sainte-Réparate. Il soumettait les commerçants à un impôt pour le droit d'exercer dans ces artères, exigeait une taxe afin de contribuer au soutien des déshérités et une troisième pour l'entretien de l'église Notre-Dame-de-Lympia. Jojo, chaque semaine, accompagné d'un ou deux compagnons, une sacoche à l'épaule, collectait l'argent. En retour, comme reçu, il remettait aux contribuables une image bénite de la Vierge Marie. Les affaires devinrent très prospères. La bande versait un généreux loyer à Rina, ce qui permettait à Alexandre d'accepter plus d'élèves sans demander ni autorisation ni obole. L'évêque de Nice réfléchissait à étendre ce type d'éducation aux différentes paroisses. A l'époque où les instituteurs n'étaient que des révolutionnaires rouges qui croquaient à chaque repas du capelan[1], il se réjouissait du phénomène et entrevoyait l'avenir sous de bons auspices. Vittorio recevait les démunis dans un café au bas de la rue. Il les dépannait et leur faisait comprendre qu'un jour il aurait besoin de leurs services. Ce bon Samaritain tissait une formidable toile d'araignée. La cour du 21 fut agrémentée de jardinières

1. Curé.

fleuries. Des statues prélevées dans un hôtel particulier de la promenade des Anglais trônaient à l'intérieur du porche, tel un signe de réussite et de ralliement. Il faisait bon vivre caché du tumulte de la rue du Malonat. La mère des garçons et de la Grive bénéficiait d'un certain bien-être. Les activités de ses enfants étaient rentrées dans les mœurs. Elle se bouchait les oreilles lors des discussions et supportait tant bien que mal cet état de fait. En confession, elle s'accusait d'être faible et de faillir à l'éducation de sa progéniture. Ce côté fataliste apitoyait Alexandre qui lui pardonnait.

— Le ciel distribue à la fois de merveilleux présents, de cruelles punitions, des craintes justifiées. Que choisir ? La paix ou les remords…

Quelques actes de contrition, et Quintilia repartait le cœur léger jusqu'au vendredi suivant.

13

La Grive badait Vittorio avec les yeux de Chimène. Elle ne le lâchait pas d'une semelle, sauf s'il lui ordonnait de rester au quartier général. Vittorio tolérait cette passion débordante. La nuit leurs corps hésitaient, devenaient maladroitement complices. Les yeux de l'adolescente possédaient une expression limpide, suave et disposaient son amant aux tremblements charnels. Son parfum et sa sueur tissaient un halo de songes qui emportaient Vittorio hors de la réalité. L'amoureuse fragile et excessive se liait, se déliait, son corps se défaisait, s'emmêlait, s'opposait. Ils se lassaient, se haïssaient, se recherchaient. L'harmonie sauvage parfois brutale se rompait puis d'autres fils se tressaient sans qu'ils s'en rendent compte.

— Je te considère comme ma petite sœur, lui chuchotait-il. On ne peut faire aucun projet. Un jour on nous serrera et la suite sera terrible. La prison, le bagne ou pire… un coup de lame dans le dos… Je ne veux pas que tu sois impliquée de près ou de loin à notre sort ! Ni toi, ni Jojo, ni Bill, encore moins ta mère.

Elle se renfrognait. Les larmes coulaient sur ses joues. Ses ongles s'enfonçaient dans le bras de Vittorio. Elle le menaçait, frappait de rage sa poitrine. L'amoureuse fragile et excessive se montrait d'une jalousie extrême. Elle le menaçait, le mordait au sang !

— Je vendrai aux Corses celle qui s'approchera de toi ! Ensuite je te crèverai les yeux !

Il la dévisageait avec humour et la provoquait. La Grive ne pesait pas lourd. Il la serrait à l'étouffer jusqu'à ce qu'elle implore pitié. Vittorio éprouvait des sentiments supérieurs à ceux de la chair. S'enticher d'une régulière entraverait son indépendance. Certes, il en souffrait, mais c'était sa décision.

Ils mirent hors d'état les différentes bandes qui s'approchaient de leur quartier. La discorde et l'intimidation régnaient : Piémontais contre Arméniens, Toscans et Napolitains contre Polonais, Sardes contre Espagnols… Vittorio s'écarta de ces débats violents. Ses intentions étaient plus audacieuses. Ils s'attaquèrent aux villas inoccupées pendant les mois d'automne et d'hiver, visaient l'argent, les bijoux et les bibelots de valeur qu'ils revendaient à un receleur de la ruelle Saint-François. Ce travail leur demandait encore plus de prudence. Ils chassèrent les dandys, le soir très tard près des établissements à la mode, entraînaient à l'écart ces poules mouillées. Le canif sous la gorge, ils les dépouillaient, les rossaient afin qu'ils se taisent et les abandonnaient nus comme des vers sur la plage. Ils récupéraient ainsi un pécule utilisable en cas de disette.

Les exploits de Vittorio commencèrent à sentir le roussi. Une guerre de territoire se présageait et posait de sérieux problèmes aux forces de l'ordre. De mauvais garçons qui occupaient la promenade des Anglais dénoncèrent aux autorités ces concurrents trop voyants. Plusieurs complices de la rue du Malonat furent arrêtés et lâchèrent contre leur immunité de précieux renseignements. Vittorio comprit qu'il ne pèserait pas lourd cerné par un banditisme moderne sans scrupule, équipé d'armes à feu, et la maréchaussée qui désirait nettoyer le Babazouk. Il mit ses activités en sommeil, se barricada chez lui, craignait qu'on ne le trucide dans son sommeil. On n'avait plus peur du maître de la vieille ville. Les dénonciateurs ne se gênaient pas. La place était bonne à prendre. Les lépreux et la vermine de la rue du Malonat entamaient une danse du Sabbat et avaient condamné leur bienfaiteur. Ils l'envoyaient déjà vers la prison Saint-Roch et le poussaient sur les marches de la Grande Faucheuse. Il ne lui restait plus que la solution de fuir. Il partagea le magot et ordonna à Quintilia, Bill, Jojo et la Grive de déménager hors de Nice le plus rapidement possible. Plus personne ne veillait sur lui.

Une nuit de mars 1935, il laissa grande ouverte la porte de son immeuble. « Ceux qui en ont besoin se serviront. Je me referai... » Il rendit une visite à Maria au cimetière du Château. Il posa ses lèvres sur la simple pierre qui marquait la sépulture. Il s'allongea sur la dalle blanche caressée par les branches tombantes d'un peuplier, épousa la largeur de la tombe. Un courant léger berça son âme. Il s'excusa des souffrances endurées par sa faute. Des larmes mouillèrent ses joues. Il se recula jusqu'à l'entrée. Les graviers crissaient sous ses chaussures. Les corneilles craillaient, rompant le silence. Le portail se referma sans grincer. La froidure de l'acier pénétra ses veines. Un bruit de fond semblable aux ressacs des tempêtes d'hiver l'assourdit. La fraîcheur remontait de la mer. Un signe de la main, un « Au revoir, à bientôt » s'échappa de sa bouche. Sans bagage, il reprit l'itinéraire inverse de celui que ses parents avaient emprunté lorsqu'ils avaient émigré sur la Riviera : une route étroite, creusée d'ornières où ruisselaient des veines d'eau. Il n'avait plus l'habitude de ce calme lourd. Il se retrouvait seul dans son corps, dans son cerveau. Le vent tressait un cordon ombilical qui le ramenait vers le berceau de son enfance.

Partir... Aucun retour en arrière. Des îlots d'ajoncs d'où s'échappaient des vols de mouettes jalonnaient les rives du Var. Au croisement de la Manda, un pont en ferraille dressait son squelette rouillé et inutile. La crainte du gendarme vissée au ventre, il avançait, régulier, automate. Il devait aller là-haut, où on ne le trouverait pas. Il posait les semelles sur le plat du sol, évitait les aspérités, les creux, les bosses, se soulageait ainsi de la fatigue. Les pas d'un repenti… Il se reposait dans des cabanes maraîchères, disparaissait aux petits matins blêmes, rencontrait la grisaille, les arabesques nuageuses qui annonçaient les averses. Il passa des nuits sans dormir, à affronter les crépuscules rougeoyants, à épier l'aube qui transformait les ombres en limbes livides. Le dénuement, le mépris de lui-même tombaient sur lui comme un orage. La médiocrité, la misère… Il devait s'extirper de ce bourbier infâme, des chemins de plaies, de folie, tout recommencer depuis le début et bâtir une existence nouvelle sur une terre inconnue.

Une autre vie !

Il vagabonda sur le flanc niçois des Alpes, s'enfonça dans la haute montagne, rencontra toutes sortes de mécréants, de contrebandiers de petite envergure qui l'entraînèrent dans des histoires biscornues. Il passa des marchandises du comté de Nice vers l'Italie via Saint-Martin et le col de Cerise. Vittorio refusait toute amitié. La crainte d'un passé qui ne s'oublierait pas le hantait.

Roberto, le moine de Sainte-Anne, maintes fois raconté par Maria et Paolo, était mort et enterré sur une éminence dominant les vallées aux côtés d'Aldo, son fidèle compagnon. Les marchands rencontrés ne tarissaient pas d'éloges sur ce saint. Le monastère Sainte-Anne du col de Cerise tombait en ruine. On ne s'aventurait plus sur ces sentes périlleuses.

DEUXIÈME PARTIE

Le col de Salèse

1939

L'inconstance d'être par-delà le bien
par-delà le mal et cesser de croire.
Il ne suffit pas de partir, de fermer
La porte à clé sur ses racines et oublier.

14

Les jours étaient longs, les nuits interminables. Le froid, le gel, les hurlements des loups, le rauque appel des rapaces, Vittorio empruntait les chemins vers les neiges éternelles. Ses tourments ne le laissaient pas en paix. Il perdait toute illusion mais s'accrochait quand même aux bribes de ses souffles. Des formes étranges émergeaient, glissaient magnétisées par les astres diurnes, déposaient derrière elles de blanches traînées. Vittorio se fondait dans un immense paysage, subissait la rudesse d'une nature qui entamait ses forces. Les dentelles déchiquetées, les murailles déchirées forgeaient un décor violent agrémenté de tempêtes. Des géants se serraient les uns contre les autres. Chaque rocaille détenait un passé mystique. Les falaises crénelées pointaient leur désarroi vers l'inaccessible. Les ruisseaux indomptables libéraient une vie complexe. Une force millénaire dressait des forteresses inaltérables. Une impression indescriptible d'absence émanait de ces sites.

Trois années durant il parcourut tel un paria les cimes de Tende, de Pagari, la vallée de la Madone de Fenestre, le Boréon, le paysage dénudé de Salèse, ne s'approchant que rarement des habitations. Qui connaissait Vittorio, l'enfant de la vieille ville, dans ces hautes vallées ? Un vagabond fuyait la tentation et expiait ses péchés. Les montagnes devenaient ses compagnes et préfiguraient l'immortalité. Il les respectait et acceptait leur puissance. En contrepartie, elles lui délivraient l'alchimie de leurs baumes et le projetaient dans un univers envoûtant.

Vittorio, souche blessée par la foudre, rongée par les démons, vacillait dangereusement vers les précipices. Tout en bas, les hameaux tombés des nuages barraient les cluses dépouillées. Lorsque le vent n'était pas contraire, les cloches tintaient et lui rappelaient l'éternel paradis que le père Alexandre prêchait avec sa sincérité et sa foi. Aucune certitude ne se dessinait. La lassitude le minait. Pas de paroles, des échanges avec lui-même, des accents qui résonnaient avec un écho incertain. Il parcourait l'absence, se chuchotait des secrets surannés, avait l'impression d'être aliéné. Son regard balayait de vastes entonnoirs de granit luisant comme du métal en fusion.

— Mon empire ! ricanait-il en esquissant d'un large geste les contours des proéminences. Mon calvaire est si long et ma croix si lourde ! Mais un jour… un jour peut-être ! C'est quand, un jour ?

Son esprit divaguait dans un mirage insolent.

Les crêtes se dévidaient en filaments biscornus gorgés d'orange et de gris. Les ravines scarifiées de sources ondulaient dans une pureté profonde. Un soleil fou, incandescent roulait d'un bord à l'autre du néant neigeux. Une boule tournoyait dans un paysage inouï et éclatait dans un envol sanglant. Le ciel explosait dans une multitude de dégradés. Suspendu au bord d'un gouffre cotonneux, il désirait saisir une lumière blanche dans le lointain. Le voyageur escaladait des parois abruptes qui ne le menaient nulle part. Toutes les routes se rejoignaient en un point inconnu. Il arpentait un espace entre la mort et la renaissance. La triste solitude attisait une souffrance tenace. Quand il apercevait un paysan ou un chasseur, il reculait encore plus loin aux limites de l'enfer. Il survivait en ermite. Les souvenirs s'emmêlaient : les cris du marché au poisson, une foule qui va et vient sans cesse, le crissement des charretons sur les pavés, les visages connus et appréciés de la vieille ville... Les visions se bousculaient. La Grive se lovait dans ses bras. Ses cheveux caressaient son cou. Ses lèvres butinaient ses épaules. Ses confidences emplissaient son cœur. L'air se parfumait de vanille.

Quand soufflait la bise du nord, Victor se réfugiait dans les chapelles ou les jas[1] d'alpage pour une semaine ou deux. Il allumait un feu, réchauffait

1. Bergeries au toit à une seule pente.

son corps endolori, forçait les coffres des bergers et trouvait des vêtements, des chaussures de bon cuir, des chaussettes de laine, des allumettes. Il profitait d'une paillasse, de la nourriture consistante : pois chiches, lentilles, haricots secs qu'il cuisait accompagnés d'herbes sauvages. La soupe brûlante traversait sa poitrine. Parfois, il dénichait des fioles d'un alcool blanc qui agitait ses artères, le mettait de bonne humeur ou le plongeait dans une tristesse perfide. Alors, une petite voix lui murmurait : « Tu n'es qu'une ombre ! » Lors d'insupportables crises où le suicide devenait son allié, il se retenait aux rochers pour ne pas se balancer dans le vide et ressassait un sempiternel refrain : « Tu n'as récolté que ce que tu mérites. Ce qui devait être fait est accompli ! » Il tendait les bras à la façon d'un aveugle, tombait à genoux contre la pélite sanguine, accusait l'infortune qui le réduisait à n'être qu'un sous-homme gémissant. « Je suis sale et faible. Je pue. Je n'ai aucun métier. Je n'ai plus de nom. Ma volonté se déchire en lambeaux. Mon corps tremble comme un épileptique. Dieu exige de moi des sacrifices et des épreuves sans que j'en sache la raison. Je parle de Dieu à présent ! Quelle faiblesse ! »

Il se cantonna à un territoire restreint. Il avait parcouru tant de lieues ! Le Boréon, les cascades de la Ciriegia, les chevelures de fées du col de Salèse, les balcons orangés du Gélas, il en connaissait les défilés, les *vastéras*, ces anfractuosités où les vaches s'abritaient lors des orages. Des escaliers géants le hissaient vers un pieux vertige. Les Alpes n'aimaient pas être fouillées, scrutées dans leur intimité... Un vrai jardin d'Armide. Sur les hauteurs, les saisons étaient abolies. La lutte se livrait entre un printemps désordonné et un hiver terrible. Vittorio se baptisa gardien des nuées et de l'astre du jour. Les maisons douanières désertées à l'automne et à l'hiver lui offraient un confort rustique. Entourées d'une prairie éphémère, de bouquets de gentianes au calice bleu, d'une mousse tendre veloutée : un paradis terrestre ! Sous les plaques de neige, l'élégante soldanelle dont la tige si déliée ressemblait à un cheveu. Face à cette nature, Vittorio n'était qu'un fétu de paille qui se nourrissait de la profondeur d'une glèbe herculéenne, ne percevait que les craquements des roches et le vacarme des animaux nocturnes. Ses sens s'usaient. La compagnie d'hommes et de femmes lui manquait. Il désirait d'autres voix que la sienne. Il avait assez patienté et méritait sa liberté. Amaigri, il portait une longue barbe et une tignasse qui lui couvrait le cou. Les gestes lents, les paumes calleuses, il renaissait avec le craquement des roches et le bruissement des animaux nocturnes.

Il se dépouilla d'une oppression tenace, descendit le vallon de Salèse, attiré par les toits du minuscule village, et emprunta le sentier destiné aux chariots bas qui transportaient les troncs abattus dans les coupes. Il laissa à sa droite les mines de plomb et de cuivre pyriteux dont les déchets pourrissaient un amphithéâtre herbeux. La maison forestière, dernière étape avant la civilisation, se découpait entre les arbres. Vittorio défit ses lacets, ôta ses chaussures et ses chaussettes. Les jambes lourdes, il remonta le bas de son pantalon au-dessus des genoux, trempa ses mollets dans l'abreuvoir, se dépouilla de son tricot, se lava le torse avec un plaisir avide. L'eau glacée lui fit du bien. Il se frotta avec une touffe d'herbe. Sa peau devint rose puis rouge. Le sang circulait dans ses veines, picotait ses pores. Il tailla au ciseau à tondre sa tignasse et sa barbe, essayant de retrouver un aspect plus humain. Il s'ébroua comme une mule, étira ses membres, s'allongea sur le dos, pénétra du poids de son corps une litière agréable et s'endormit. Le sol l'absorbait, le délivrait de ses chaînes. Des milliers de voix intérieures l'assaillirent. Son enfance se reflétait dans un miroir opaque qui le maintenait debout. La Grive prononçait son nom : Lombardo, Lombardo… Bill riait. Jojo sur le perron rêvait. Quintilia cuisinait. D'autres songes surgirent, brefs, inachevés mais réconfortants. Vittorio glanait les fragments de vrais souvenirs.

De légers coups de bâton firent sursauter le dormeur. Une horde de moutons l'entourait. Un bélier au double rang de cornes, à l'allure peu commode, grignotait les gourmands d'un noisetier. Un vieux berger assis face à lui, sur une pierre plate, mâchonnait une brindille de foin. Vittorio, le visage chiffonné, écarquilla les paupières, se souleva avec précaution sur les coudes. Ses tempes battaient fort.

— *Dove vaï,* petit ?

— Là où mes chaussures me portent.

— *E lontano, molto lontano...*

— Personne ne m'attend.

Le berger oublia son dialecte piémontais.

— Tu as trouvé ces godillots dans ma cabane...

Vittorio étrilla ses cheveux avec ses doigts et se sentit mal à l'aise. Le pâtre avala une gorgée de gnôle et reprit :

— S'ils te soulagent, tant mieux pour toi, mais économise-les. Hier au soir quand j'ai monté les brebis aux Adus, tu roupillais dans la même position. Garibaldi, le chien, a aboyé. Ce matin en descendant à la cascade tu n'avais pas bougé, alors je me suis dit que peut-être tu étais mort.

— Je suis bien vivant, répondit Vittorio agacé par la curiosité de ce type.

La peau patinée par les intempéries, l'intrus continuait ses questions sans attendre les réponses. Il lui tendit un gobelet en fer-blanc rempli d'un café amer et froid, se moucha avec le pouce et l'index, s'essuya sur une touffe d'herbe cramoisie.

— T'as pas arrêté de gamberger...

— Qu'est-ce que tu racontes ?

— Les gens d'ici se demandent si un jour tu

descendras... On ne voit que toi ! Tu n'es pas discret ! Etre montagnard ne s'invente pas ! Tu crois te cacher et mille yeux te suivent... Ceux du patelin devinent ton itinéraire, surtout quand tu ne sais pas où tu vas. Les nouvelles vont ici à la vitesse d'un balbuzard.

Vittorio émit un geste de dépit.

— Depuis des années tu baroudes sur les crêtes... Tu as dû en faire, des bêtises, pour traîner autant dans la montagne. On dirait que tu as le feu aux fesses ! Un chasseur t'a repéré à la Madone de Fenestre, un bûcheron à la Cougourde, un autre à Mollières. Tu es devenu une attraction locale... T'es quand même gonflé ! Défier les cols de Cerise et de Salèse en plein hiver... Certains parient sur le jour de ta mort. Des matamores se vantent de partir à ta recherche et de te ramener. Tu es devenu une attraction !

Le berger comprit qu'il mettait mal à l'aise l'errant. Il changea de conversation et discuta des banalités saisonnières.

— A quand un peu de pluie ? Les bêtes ont la langue qui gonfle et jaunit. A l'époque de mes aïeux il tombait chaque jour un peu comme pour nous rappeler que Dieu nous épie du coin de l'œil...

— Je ne crois pas à ces sornettes !

— La religion, une affaire de femelles mal léchées, rit le berger. Tu me plais bien, petit.

Vittorio ne perdait pas une miette des paroles

du barjacaire[1], qui décrivait le pays et ses mœurs, dévoilait des confidences non négligeables. Il ralluma un mégot de cigarillo et attendit que ce drôle de pèlerin s'exprime.

— Je suis fatigué, prononça-t-il. Je cherche un coin où m'asseoir et enfin vivre comme tout le monde.

Le berger se gratta longuement le crâne, se racla la gorge, cracha à six pas, exhiba une moue contrariée. Ses sourcils grisonnants se contractèrent. L'index au menton, il *rouméguait* : il ne pouvait décemment pas laisser cet infortuné sur les flancs du col. Sans recommandation, pas un villageois ne lui ouvrirait les portes de sa grange. Il les connaissait trop. Par-devant, des vantards vertueux qui ne manquaient pas la messe mais dès que l'on tournait le dos ils redevenaient des êtres aussi bornés que l'étroitesse du cirque montagneux. Leurs croyances se limitaient aux ensorcellements transmis par les légendes et aux sermons d'un curé qui ne voyait pas plus loin que son tabernacle. Il affirmait en prêche que l'apôtre Pierre chassa Satan de la vallée. Il fendit du tranchant de la main la montagne en deux et créa ainsi le col de Salèse. Les blizzards emportèrent le diable et ses acolytes. Par grand orage, on entend encore les hennissements de leurs chevaux et les bruits de leurs courses vers les ténèbres. Certains indigènes portaient bien leur nom de « crétin des

1. Homme qui parle beaucoup, discoureur.

Alpes », une maladie congénitale qui se transmettait entre cousins, de famille en famille, sans qu'on en comprenne bien les raisons... Il se tourna vers le bourlingueur et lui tendit une *patasse* d'équarrisseur aussi énorme qu'une pelle à four.

— Moi, c'est Beppo.

— Victor, répondit-il sans réfléchir, et il marmonna : Victor, Victor...

Il trouva que ce prénom sonnait bien.

— Tu as une bouille de rital paumé...

Il éclata d'un rire gras et tendit la blanche en signe d'amitié.

— Nous voilà accordés !

Il décolla de derrière l'oreille une chique qu'il mastiqua.

— Rien ne s'annonce de bon. Les frontières ne sont pas sûres. Il est urgent que tu trouves un abri.

Les commentaires de Beppo révélèrent un malaise profond. Victor avait oublié que le monde tournait à l'envers. Les nations se déchiraient. Les revanchards souhaitaient laver l'affront de la dernière guerre. L'Allemagne et l'Italie s'alliaient et imposaient les chemises noires sur tout le continent. Voilà ce qui rendait triste Beppo. A nouveau la mobilisation générale. Les gendarmes recherchaient ceux qui avaient fui la conscription. Le cirque de 14-18 recommençait. Pour l'instant Salèse était épargné.

— Tu n'as pas de papiers ? demanda Beppo.

Victor ne s'était jamais soucié de cette question.

— Si tu es pris par les militaires français, la *guardia civile* ou les *Arditi*[1] ils te considéreront comme un espion ou un déserteur ! Ce sera le poteau de l'infamie sans procès. Douze balles dans la peau et le coup de grâce dans la nuque, le compte est bon ! On ne s'en remet que rarement !

Les avertissements du berger ne l'affectèrent pas. Victor ne croyait pas au danger. Sa témérité recelait l'inconscience et la folie.

1. Militaires aux chapeaux de plumes chargés de missions périlleuses.

15

Beppo déploya une palette de mimiques, tortillait ses lèvres dans tous les sens. Il ne pouvait renvoyer ce paumé sur le territoire des mouflons et des caillasses. Il y avait de quoi devenir cinglé. Ne pas lui tendre la main serait contraire à son honneur.

— Voilà, dit-il en caressant son chien. Tu te présenteras de ma part chez des parents éloignés, à la ferme des Clots. Je les visite une fois par an le jour de Noël. Adèle et Philémon Cousin, de braves vieux qui n'ont pas de descendance. Isolés dans le Val de Maïssa, non loin de la chapelle de la Trinité, ils manquent de bras pour leur exploitation et n'ont plus beaucoup de forces pour soigner le troupeau. L'âge tue le paysan. La solitude leur apporte la maladie de la tête. Après, ils n'ont plus envie de vivre. Une bien triste vérité. Pourtant ils aiment leurs terres. Les Cousin, de braves gens, un peu trop couillons. C'est de famille... Que veux-tu, on ne se refait pas.

Les nuages gonflés moutonnaient vers les pics.

Le soleil se colora de taches carmin. Les rayons plombaient la maison forestière. Ils s'installèrent à l'ombre. Beppo se lança dans une description très précise du parcours à emprunter.

— A un jet de pierre, un oratoire t'indiquera une sente qui conduit sur le versant nord de la vacherie du Collet. Tu ne lâches pas l'adret. Deux rocailles l'une sur l'autre ouvriront la voie. Ensuite tout droit. Tu tomberas sur les ruines d'un enclos et un long tunnel de mûriers géants qui se resserrent en une barrière barbelée.

Beppo envoya son chien rassembler des brebis et continua ses explications.

— Toujours tout droit ! Ne rebrousse jamais le chemin, tu t'égarerais. Les feuillus débouchent sur une plaine délimitée par un ruisseau. A partir de cet endroit, tu seras sur les terres des Cousin. Tu longes l'orée, une grange puis la bâtisse. Elle est si grande que je me suis toujours demandé comment on pouvait occuper toutes les pièces. Chats, chien, mulots, araignées ont leurs appartements. Quand il fait très froid, ils rentrent les volailles à la cuisine… La masure tient debout par la volonté de ses murailles ! Tant que les lauzes du toit ne s'envolent pas… Tu en auras pour la matinée sans te presser. Veille à ne pas être suivi !

Beppo souffla un grand coup et se sentit soulagé. Ce type semblait très courageux. Une *testa* dure, un cœur de chiffon, sec mais costaud, ce qu'il fallait pour résister aux mentalités des montagnes. S'il se remplume, il pourra pousser la charrue et taquiner la hache, pensa-t-il.

Ils plongèrent dans un mutisme rédempteur, s'installèrent à la table des dieux et partagèrent leur banquet. Une sensation étrange maintenait les deux hommes figés à leur point d'observation. L'horizon s'éloignait des Alpes. La terre se séparait du ciel. Les reflets devenaient les seuls êtres vivants. Un mirage éthéré envoûtait un miroir de rochers sculpturaux et confondait les perspectives. Victor regardait aussi loin que ses yeux pouvaient s'étendre. Les vieilles maisons de Salèse s'enroulaient en escargot autour de l'église, le refuge des âmes égarées. Le clocher s'élevait timidement au-dessus des faîtes. Un coq de fer narguait le ciel, indiquant la direction des souffles. Des jardinets consolaient de vieux murs. De noirs cyprès entouraient le cimetière. Victor eut l'impression que les habitants souffraient en ce lieu si austère, qu'ils avaient connu beaucoup de larmes. Il ne savait pas pourquoi ces impressions le dérangeaient et montaient en lui.

— Tu as bien compris ? insista Beppo. Tu te présenteras à Philémon et Adèle. Ils t'offriront le vivre et le couvert et seront heureux de causer avec quelqu'un qui ne leur racontera pas les potins de Salèse ! Tu pourras te reposer quelque temps. Ensuite, je ne me fais aucun souci. Ton aide leur sera précieuse.

Beppo lui offrit la moitié de sa miche, du fromage, des saucisses qui reniflaient l'ail. Alors que Victor rassemblait ses hardes, le berger prit fermement l'errant entre quatre-z-yeux et lui fit promettre de ne pas s'aventurer par le village.

— Les cloques ne leur ont jamais gonflé les paumes. Ils s'ennuient et tuent le temps au bistrot, à coups de balourdises et de beuveries. Une provocation, un mauvais regard, les esprits s'échauffent et ça tourne au vinaigre. Ils ont la langue tellement bien pendue qu'ils sont capables de confier ta présence au maire ou aux douaniers.

— Pourquoi fais-tu cela pour moi ?

Il haussa les épaules.

— Je n'en sais rien.

— Je te reverrai ?

— Une visite à Adèle et Philémon me fera du bien.

Victor suivit l'itinéraire décrit par Beppo. L'oratoire puis le vallon des Fenouillers. Le sol semblait hachuré par des griffes ténues. De minuscules rigoles sillonnaient les devers et se rejoignaient en un ruisseau vaseux qui s'infiltrait sous des tapis de mousse. Les insectes aux longues pattes s'affolaient et se déplaçaient au ras des barbotières à une vitesse effrénée. Les fougères fauves gardaient sur leurs brins déchiquetés les traces de sangliers ou de chevreuils. Les grillons ventrus se balançaient sur les herbes drues. Les ronces s'accrochaient à ses pantalons comme pour freiner son allure. Victor s'enfonça dans un goulet étroit. Les aiguillons de silex déchiraient le cuir de ses godillots. La gourde tapait de petits coups dans ses reins tel un métronome. Des arbres écorchés balayaient de leurs feuilles moirées ses cheveux. Il écarta les rameaux tressés et s'enfonça dans une sorte d'arceau où la clarté ne pénétrait plus. Courbé, le cou enfoncé dans les épaules, il suivait un relief qui s'adoucissait progressivement et révélait une mise en scène millénaire. Victor, l'homme nouveau, se délectait de la lente respiration de ce passage. Il posa ses fesses sur une poussière fine, reprit son souffle.

Victor s'extirpa de la cavée les joues et les avant-bras mâchurés de griffures. Il fut surpris d'un changement inouï de paysage. Un décor fastueux émerveilla son regard. La lisière se profilait avec une netteté étonnante. Les futaies se taillaient en candélabres. L'heure haute donnait toute sa puissance. La clarté inventait des dégradés qui glissaient dans un décor minéral. Un peigne géant avait raclé la montagne afin de créer un espace fertile. Des chênes rabougris s'arc-boutaient face à la tramontane. La plaine des Cousin face à la cime de Piagu ! La rivière contée par Beppo délimitait le domaine, glissait, sauvage, dessinait d'improbables détours, s'apaisait puis se retenait à un barrage composé de troncs et de rocs. Un incroyable vertige happait Victor, un besoin irrépressible de changer de peau, de muer, d'oublier ! Il se délivrait de son errance. Ses tempes battaient très fort. Il ne serait plus comme avant et devait remiser son passé. Que d'espoirs fouettaient son sang et lui donnaient du courage ! Il effleura d'un soupir l'image de Maria et de Paolo.

Il approchait de la fin de son voyage.

Victor se reposa afin d'apaiser un empressement qui taraudait sa poitrine. Il s'adossa au tronc d'un arbre, la nuque contre l'écorce, fixa au loin un point invisible. L'eau de la rivière se répandait dans son cœur. Une lumière coulait en un rayonnement diffus sur un terroir, une sorte de fouillis agencé par l'oubli et la vieillesse.

Il longea les écuries. Un mulet tendit vers lui ses naseaux humides. Les mouches vertes dévoraient ses billes globuleuses de mendiant. Quelques vaches broutaient une luzerne passée. Des chèvres léchaient des poignées de sel. Une tiédeur aigre lui monta aux narines. Il longea un jardinet, se tapit derrière un monceau de bûches et scruta l'énorme bâtisse. Deux étages s'empilaient sans ordre, provoquant une sorte de déséquilibre ahurissant, et s'enfonçaient lentement sur ses fondations. Le toit à double pente, incurvé en son milieu, se retenait à un vertige. Le lierre lançait ses tentacules sous les fenêtres du dernier étage. L'édifice avait été érigé avec des matériaux récupérés sur place ; le logement devait être utile et pratique pour des générations entières ! Cependant les Cousin n'avaient pas d'héritier, lui avait confié Beppo. Victor scrutait les minuscules ouvertures donnant sur la plaine. A certains endroits, l'enduit tombait par plaques et labourait les murs. D'innombrables fissures serpentaient entre les joints, sous les linteaux des fenêtres. Un cadran solaire indiquait la courbe de l'astre. Un chien efflanqué, aux yeux larmoyants de bigots, vint le renifler. Sa démarche brinquebalante et boiteuse trahissait sa sénescence. Les oreilles en arrière, il bâilla et se retira tranquillement vers un tonneau qui lui servait de cachette.

De cette baraque émanait un contentement tout simple, sans prétention. On vivait avec ce que l'on possédait. Les bons jours, la ripaille et les économies, lors de la disette on restait près de l'âtre et l'on entamait les réserves. Un sentiment impalpable baignait les Clots. La curiosité poussa Victor à se défaire de son ombre. La journée se présentait sous de bons auspices et se dévoilait claire et radieuse. Des ellipses nitescentes brossaient l'échine de la Palu. Victor ressentit une étonnante légèreté. La vie tissait à nouveau ses sortilèges. Une symphonie de formes, de reflets, d'allégories nourrissait son imagination. L'être fragile de sang, de chair, d'étoupe naissait derrière un tas de bois. Il se lèverait chaque matin, lavé de salissures, sans obligations ni remords. Désormais il lui serait possible d'enterrer ses vieilles défroques. Il se découvrit et se dirigea vers la maison.

Avant qu'il ne toque, Philémon ouvrit.

— Je me demandais quand tu allais sortir de ton trou.

Il se retourna vers son épouse.

— Il y a quelqu'un qui vient nous visiter !

— C'est Beppo qui m'envoie, prononça Victor d'une voix peu assurée.

— Il se réveille, le rustre, ricana Philémon.

Victor portait sur ses joues creuses les stigmates d'un vagabondage sans fin et soulevait la compassion. Aucune interrogation ne se lut sur la figure de Philémon. Qu'un étranger se présente chez lui dans ce désert ne l'étonnait pas. Beppo avait toujours eu des idées extravagantes. Ce jeune avait en lui quelque chose d'attendrissant. Une figure longue, mal rasée, un teint mat cramé par l'altitude, des sourcils embroussaillés surmontant des yeux serrés, une chevelure blanche épaisse, le vieux paysan resplendissait de bonté. Il possédait l'univers entier, une tête aguerrie aux brutalités de cette région, une carapace solide. Peu de choses atteignaient cet érudit des montagnes. Il ne laissait rien au hasard. La logique et la jugeote étaient ses atouts essentiels. Il fallait prévoir, calculer, composer avec le cycle volage des saisons. On avait plaisir à lui donner son amitié et il le rendait bien. Pour les Cousin, le droit d'hospitalité était une des règles premières de l'existence dans le monde rural où l'on n'avait pas le droit d'avoir faim et froid.

Mais les temps avaient bien changé…

L'âge opérait son office irréversible et grignotait saison après saison l'énergie et les forces de Philémon. Sa lucidité lui permettait d'aborder le délicat passage vers une existence différente, moins perceptible. Il ne voulait pas alarmer Adèle et se préparait consciemment à l'ultime échéance. Ce qui l'attristait surtout, c'était la plaine qu'il ne pouvait plus cultiver et le troupeau dont il négligeait les soins nécessaires. Il aimait ses bêtes, les connaissait par leur prénom. Elles partageaient sa décrépitude.

Une voix ferme résonna du fond de la pièce.

— Ne le laisse pas dehors ! Faut tout te dire !

— Adèle, ma femme… dit-il.

Victor entra dans la cuisine au sol cimenté. Une longue table en châtaignier, des bancs de part et d'autre usés par les vestes et les braies détenaient les secrets d'un paisible intérieur. Une pile du *Journal agricole*, un verre de loupe, un poste TSF recouvert d'un napperon brodé qui ne fonctionnait pas car l'électricité n'arrivait ni aux Clots ni à Salèse, une cheminée de dimension confortable, un four à pain, un évier en pierre, des casseroles au-dessus du potager, des plats en terre cuite parfaitement alignés constituaient l'indispensable nécessaire. Le fusil suspendu au portemanteau, une poignée de cartouches, le calendrier des postes, des lettres administratives jamais ouvertes… le quotidien du couple Cousin s'étalait là sans complexe. Une pendule sonnait mélancoliquement les demi-heures.

Les étagères recouvraient les murs badigeonnés à la chaux. Bocaux de fruits et de légumes, boîtes à sel et à farine, pots à café et à tisane, bougies et allumettes décoraient un ensemble vivant. Aux solives étaient pendus le jambon, les saucisses et la charcutaille. Pommes de terre et oignons s'entassaient sur une claie. Des escaliers en bois taillés sur place menaient aux étages. Victor se sentit un peu gêné de perturber le quotidien de ces gens. Beppo ne lui avait pas raconté des sornettes.

Adèle posa un cageot rempli de bouteilles de vin, s'essuya les mains au tablier. Le regard franc, les lèvres moqueuses, elle régnait sans concession dans sa maison.

— T'es bien beau, mais sale, dit-elle.

Elle posa trois verres sur la toile cirée, servit un rouge épais qui fleurait les fruits rouges et la noisette.

— Je ne veux pas vous déranger, avoua Victor.

— A peine arrivé, tu veux déjà partir ! rigola-t-elle.

Ils burent, rassasiés de fraternité. Adèle resservait. Ils burent à nouveau, discutèrent avec enjouement. Victor devenait un familier. Philémon lui narrait les mœurs des Clots et du canton. Il s'irrita contre un type de Mollières qui depuis la mort de son père visait la propriété.

— Bellon, il s'appelle ! Jaloux et tordu ! Un rapiat

qui a le portefeuille cousu au fond de sa poche ! *Toundrié in ioù e venfriè la lano !* Il tondrait un œuf et te vendrait la laine ! s'énerva-t-il.

— Tu répépies, mon pauvre ami ! grogna Adèle. Il a déjà un pied dans la tombe !

Il en vint à la plaine qu'il délaissait, aux sacs de grains trop lourds pour son échine, aux jeunes du village qui refusaient le boulot, aux journaliers qui préféraient œuvrer dans la vallée du Var, moins hostile et plus rentable.

— Cette bordille de terre devient aussi dure que de l'ardoise. Les griffes ne s'enfoncent même plus, râla-t-il dépité. Pourtant il faut qu'elle respire. Lors de la grosse neige, le vent d'autan n'arrange pas le relief et complique le travail. La plaine devient un navire en perdition qui va se fracasser contre les falaises.

Philémon ruminait et hochait le front. L'âge l'obligeait à capituler. Le travail acharné d'une vie s'évanouissait. Ses vieux os s'effritaient.

— Tu peux plus ! ragea Adèle. Les saints et les anges ne sortent pas les arrosoirs, ne passent pas la charrue, n'étalent pas la paille aux vaches. Alors, dernière solution, on vend la ferme et on s'installe au village !

— Avec ces pouilleux et ces hypocrites, jamais ! Je crèverai dans ma ferme, celle de mes vieux !

— Je t'enterrerai sur place et ferai ainsi des économies.

Il s'adressa à Victor, l'air contrarié mais mutin :

— Ne te marie jamais, mon ami, *li frema son toutiparièri, en gleia santi, par acrriera d'ange, en maïoun de diau*… Les femmes sont toutes pareilles, à l'église des saintes, dans la rue des anges, à la maison des diables ! La mienne ne va ni à l'église, sauf pour les grandes occasions, ni à Salèse, alors…

16

La gaieté de Philémon revint. Ses pommettes rougirent. Ils ne s'aperçurent pas du temps qui défilait. Le crépuscule engloutissait les Clots. Chacun avait tant à raconter. Victor répondait sans détour aux interrogations d'Adèle. Soudain, Philémon s'écria :

— Je n'ai pas fermé l'écurie ni la grange ! On pastrouille, on pastrouille… bientôt la nuit et l'animal sèche sur pied.

Victor posa le bras sur celui de Philémon.

— Ne bougez pas, j'y vais !

Il enfila sa veste et, sans que l'ancien puisse intervenir, il était déjà dehors.

Adèle attisa les braises et posa sur les chenets une marmite de soupe, y ajouta une tranche de lard, des saucisses et des haricots blancs. Pour eux une vie nouvelle se profilait. Ils en étaient certains. Ce garçon était envoyé par les dieux de la terre et de la famille. Il ne pouvait pas partir et les quitter. Il était venu aux Clots et il y resterait. Philémon et Adèle se regardaient, les yeux brillants, convaincus que le destin répondait à leurs souhaits. Elle prépara la chambre de leurs parents au premier étage, plus occupée depuis leurs décès. Une senteur de cire émanait du parquet. Volets et fenêtres entrebâillés, les parfums du dehors embaumaient l'atmosphère. Le matelas retourné, des draps blancs et rêches, elle tapa l'édredon de plumes, ôta le Christ en bois au-dessus de la tête de lit. Adèle, les mains sur les hanches, sembla satisfaite. Elle prépara du linge dans l'armoire, des vêtements propres et repassés de son mari, posa sur la commode un broc d'eau, une cuvette en faïence, un gant de toilette, une serviette et du savon. Une parfaite pièce pour un jeune célibataire. La maîtresse de maison conduisit Victor à ce qui serait désormais son chez-lui. « Quel que soit le vent qui souffle, le vrai sage ne change pas. Immuable, il ne se dérange pas. Qu'il soit ver ou papillon, il résiste au tourbillon d'un plus heureux destin[1] », lui avait confié Beppo.

Victor posa sa joue sur l'oreiller et sombra dans un sommeil entrecoupé de rêves. Le silence profond de la nuit. Les ombres lunaires envahissent sa couche. La Grive, un doigt sur ses lèvres, l'appelle. Il ne peut bouger. Une vapeur bleuâtre monte des rives et flotte au-dessus du courant. Les chauves-souris tournoient silencieusement en une danse de

---

1. *Le Papillon et le chou,* Joseph-Rosalinde Rancher (1785-1843).

sorcières. Puis, lentement, tout s'efface, se dilue au cœur d'une autre chimère. La Grive glisse dans un bain argenté et l'entraîne dans des flots d'écume. Victor se débat. Les couleurs se mélangent à la tristesse de l'univers. Une douceur diffuse. Il ne peut résister aux caresses de la Grive. Elle est si proche mais il ne peut ni la retenir ni la rattraper. Elle franchit les limites des paradis célestes. Victor entrouvre les yeux. Rien d'autre que la tiédeur du lit. Il se sent si paisible.

Victor se montrait courageux à l'ouvrage. Ses bras étaient plus gaillards que ceux de Philémon. Il écoutait attentivement les conseils ; un apprentissage du métier qui le réhabilitait en tant qu'homme. Il se sentait utile, purifié de toutes les contingences qui l'avaient conduit aux Clots. Sa nouvelle existence se construisait au contact de ses hôtes. Ils ne pouvaient se mentir et se contentaient de ce que la plaine leur offrait. Une impression euphorique l'envahissait lorsqu'il menait la charrue. Le soc s'enfonçait dans la croûte noble. Il soulevait la terre, écrasait les mottes, respirait avec elle, la malaxait entre ses doigts, la sentait, émiettait ses fibres, la séduisait. Victor ressuscitait. De l'aube au soir, une fièvre besogneuse le possédait. Il traçait des sillons au cordeau avec la justesse d'un géomètre, épierrait, renforçait des terrasses aux endroits fragiles où la glaise glissait vers la rivière, étalait des tombereaux de fumier. Ses paumes râpées par les mancherons et les cloques raidissaient ses doigts.

— Pourquoi ne prends-tu pas le mulet ? s'étonna Philémon.

— Ta bête est aussi fourbue que toi ! Mal ferrée, le timon de la charrue branle et blesserait ses flancs !

L'ancien, appuyé sur son bâton, jeta un coup d'œil à sa femme. Sur le dos de ses mains saillaient des veines où coulait lentement un sang noir comme celui de sa terre. Il lui semblait marcher sur la tête. Ce freluquet débarqué dont on ne savait d'où avait déjà pris la mesure de l'exploitation. Il montrait des capacités dignes de n'importe quel journalier qui se faisait payer très cher.

— Jamais fatigué, le bougre ! marmonnait Philémon.

Il essuya avec un mouchoir à carreaux ses paupières mouillées. En vieillissant, il devenait d'une sensibilité puérile.

— Peut-être qu'il a le don…

— Ou quelque chose à se faire pardonner… souffla Adèle.

Au fil des mois, Victor comprit la profondeur de ce territoire. Philémon l'avait entretenu comme ses parents qui avaient poursuivi l'œuvre de leurs ancêtres. Il capta par une conduite les déverses de la rivière, organisa un système d'irrigation, éparpilla des barriques afin de recueillir l'eau de pluie, consolida les charpentes de la grange et de l'étable, remonta le grillage du poulailler, fit le grand ménage dans un bric-à-brac accumulé depuis des lustres.

— Il me jette tout ! s'écriait Philémon en tentant de récupérer des objets n'offrant plus aucune utilité.

Victor ressentait un bonheur insensé, chantait à tue-tête des ritournelles niçoises que le père Alexandre lui avait apprises. Il avait trouvé en secret une famille d'adoption. La faucille accrochée à la ceinture de flanelle, il dressait sa stature élancée au milieu de la plaine, tel un conquistador. Sa chevelure de jais cachait un front juvénile et tombait en boucles sur la nuque. Adèle ne se lassait pas d'admirer ce gars tombé du ciel.

— Il est superbe ! s'exclamait-elle.

Philémon soupirait de dépit devant les débordements de sa femme. Elle aussi avait changé et devenait un peu coquette. Après le dîner, Victor ne demandait pas son reste et regagnait sa chambre. Il s'allongeait parfois tout habillé et sombrait du sommeil du juste, celui qui donne le repos et de délicieux songes. Une vie laborieuse et simple, pas de soucis, de modestes joies, la soupe tous les jours, le tabac gris offert par Philémon, des vêtements propres chaque lundi, le temps qui passe, cela ressemblait tout bêtement au bonheur.

Philémon roula une cigarette, humecta le papier de salive, tapota les extrémités sur l'ongle du pouce, la coinça aux commissures des lèvres et ne l'alluma pas. Sa propriété reprenait forme et décence. Son œil et sa vigilance ne le trompaient pas. Cet aventurier, venu des montagnes, marchait sur ses pas ! Il avait affaire à un démon, ce qui le réjouit. Philémon ne savait pas ce qui l'animait et ne le brusquait pas. Les soirées à la ferme s'avéraient longues et propices aux confidences. Un de ces soirs, il révélerait ce qui était enfoui dans sa tête. La belle saison s'effilochait. Le soir ombrait trop vite les massifs. Philémon ne se fiait qu'à l'heure du soleil et au froid qui lui prenait l'échine. Il comptait les jours et les semaines sur la *boulade,* le bâton de coudrier transmis par son père et cranté du calendrier estival. Sa couleur sanguine détenait la rudesse des montagnards. Victor devinait les caprices de chaque dévers, les réticences des pentes, l'inclinaison de l'ensoleillement. Adèle ne savait comment remercier ce prodige tombé du ciel. Elle lui promit des vêtements en velours côtelé ainsi qu'une paire de chaussures montantes en vrai cuir, dès le printemps, lorsque le colporteur se pointerait aux Clots. Victor n'avait pas d'heure. Peu importe si la soupe refroidissait, au grand dam d'Adèle. Il rangeait les outils, nourrissait le bétail, remplissait les abreuvoirs, fermait solidement les battants dont il avait réparé les crochets. Puis il rejoignait avec un grand sourire le banc devant la cuisine. Il délaçait ses godillots et disait tel un rituel :

— Celle-là, je l'ai bien gagnée.

Sa sincérité troublait Philémon. Victor portait

une flamme qui l'élevait au-dessus de ses semblables. Le couple n'avait jamais perçu chez nul autre un tel désir d'exister. Un ange s'était posé sur les Clots et hantait leurs esprits. En ce lieu, il ne se déroulait que peu d'événements si ce n'était les bourrasques qui tourbillonnent, la neige qui aveugle les animaux, les spectres qui s'enfuient et ces maudites voix qui viennent de nulle part et vous interpellent ! Pourquoi s'était-il arrêté ici ? Adèle et son mari se sentaient ridicules de ressasser toujours la même rengaine. Le quotidien changeait. Leur existence se modifiait sans qu'ils puissent le freiner. Il en était ainsi. Ils devaient accepter ce cadeau.

A Salèse et aux alentours, on se posait des questions sur l'ouvrier agricole qui s'échinait ainsi sur une exploitation à bout de souffle. « Tout se sait, se devine et se décide en montagne… » lui avait dit Beppo. Des curieux épiaient de loin la ferme, d'autres osaient s'avancer jusqu'aux limites de la propriété et lancer un salut qui résonnait faux. Au Cercle du Progrès, on renchérissait sur l'étranger qui logeait chez les Cousin. On ne leur connaissait aucun proche parent ! Un scepticisme de mauvais augure flottait sous les casquettes. Serait-ce le fêlé qui errait depuis des années sur les crêtes ? On le disait mort depuis le printemps dernier. Un neveu éloigné qui visait l'héritage ? Un acheteur éventuel ? Ils n'avaient pas mis en vente ! Nombreux étaient ceux qui lorgnaient les Clots. Malheureusement,

Philémon malgré son dos cassé tenait toujours debout sur ses deux pattes et paraissait increvable ! Dans les sphères avinées de Salèse ils voyaient la ferme leur passer sous le nez. Le constat était amer. Les Cousin ne fréquentaient la communauté que lors d'une visite annuelle chez le médecin ou pour la messe de minuit si le chemin était praticable. Tous les mois le vieux montait chercher le courrier et son journal à la mairie qui faisait office de dépôt des postes. Adèle ne se servait jamais chez l'épicier ou chez le boulanger. La ferme des Clots leur fournissait l'essentiel. Inutile de gaspiller de l'argent. « Moins je fraye avec le village, mieux je me porte ! » Philémon ne participait selon la tradition familiale qu'aux marchés aux bestiaux de Saint-Sauveur-sur-Tinée ou de Saint-Martin. Ce repli sur eux-mêmes, sans jamais solliciter un service ni participer aux réunions municipales, agaçait les plus serviles, les langues de vipère et les égreneuses de chapelet.

Eté comme hiver, le dimanche, le vaillant curé du canton parcourait des lieues sur la croupe de son âne pour rassembler ses ouailles et prononcer la messe. Il faisait un détour par les Clots, saluait Philémon et Adèle, buvait la goutte, puis reprenait son chemin. Les Cousin restaient insensibles aux sermons du corbeau qui tentait d'en savoir un peu plus sur le bonhomme qu'ils accueillaient. Le maître des Clots répliquait d'une voix coléreuse : « Cela ne vous regarde pas ! »

Le prêtre exécutait un signe de croix et reprenait le sentier vers Salèse avec un timide : « A bientôt. » Sa tâche n'était guère aisée dans cette contrée si fermée où les lieux de culte n'étaient pas le premier souci des maires. Les façades des églises, en piteux état, branlaient. Le salpêtre vérolait les soubassements. L'encens camouflait les relents d'humidité. Le clocher vacillait. Le coq rouillé ne pivotait plus. Clarines et bourdons sonnaient faux. Les quêtes étaient si pauvres qu'elles ne payaient pas le foin de son âne. Lors de ses prêches, l'envoyé de Dieu faisait allusion à ceux qui n'étaient pas assidus aux offices, les vouait aux flammes de l'enfer. Les habits sacerdotaux volaient dans les courants d'air. Il transperçait du regard les femmes de peu de vertu, les menaçait d'un doigt vengeur. Le péché pesait sur les nuques des pauvresses irrémédiablement invitées à confesse. La honte montait au front des coupables. Elles rougissaient, se cachaient dans les pages de leur missel.

— Lors du moment de vérité, en présence du Seigneur, chacun devra se justifier de son comportement ! hurlait-il.

Cet oiseau de mauvais augure possédait aussi nombre de défauts connus des pratiquants, dont la gourmandise. Il lisait aussi dans les cœurs des jeunes vierges, devinait sous les jupons le jardin des délices, appréciait les bienfaits des servantes de Dieu chez qui il se réfugiait par gros temps. Ses paroles mielleuses semblaient aussi fausses que ses sermons. Les hommes ne fréquentaient pas les offices et laissaient leurs épouses face au prêcheur. Ils dégoisaient toujours sur le même sujet. Il se passait enfin quelque chose dans ce patelin.

— D'où vient ce rital ? Je parie qu'il couche dans la chambre des parents de Philémon et qu'il mange à la table du couple ! On ne respecte plus rien, de nos jours... assura un centenaire, le menton appuyé sur le pommeau de sa canne.

17

Une année puis une autre s'effeuillèrent, passionnées et vives. Les semaines défilaient dans une routine agréable. Victor se pliait aux humeurs des astres. Il s'élevait haut dans son cœur et son âme. Aux Clots, la simplicité forgeait de bons caractères. Philémon s'étonnait des facultés de son protégé qui évaluait le prix de l'ombre et de la fraîcheur, la luminosité ardente et vibrante, obéissait au cycle mystérieux de la lune. L'automne puis l'hiver... Devant la cheminée, ils grignotaient des châtaignes, buvaient du vin blanc. Victor lisait *Le Journal agricole* de la première à la dernière ligne. Depuis l'école d'Alexandre, il n'avait plus ouvert de livres. La lecture le délivrait de la nostalgie qui le titillait parfois. Adèle n'avait d'yeux que pour lui. Elle lui tricotait des vêtements, retaillait des affaires dénichées dans les malles et les armoires. Lors d'interminables moments de quiétude, Philémon narrait les « vents maîtres » : *le trélus, lou tremont, l'auro caudo*[1], l'autan, le vent des dames. Chaque souffle amenait ses légendes, des bruits rares, des sifflements particuliers. Leurs halètements transportaient le tintement des cloches lointaines qui n'existaient que dans les songes.

— « Le vent souffle où il veut ; tu entends sa voix, mais tu ne sais ni d'où il vient ni où il va[2] ! » disait-il.

Victor posait le menton entre ses paumes, fermait les paupières et, les coudes sur la table, écoutait. Le craquement des tisons accompagnait d'une voix tremblotante les crépuscules rougis, la brise feutrée, les feuillages froissés par les vautours, les vapeurs bleuâtres qui se dessinaient en illusions chatoyantes. La puissance des combes, les lentes prières des proies à l'agonie, Philémon contait, ouvrait son cœur, offrait son expérience, ébauchait un cirque d'impalpables créations. Il suffisait de saisir les lois sacrées des montagnards. Aucun acte n'était laissé au hasard. Le résultat se payait comptant. Victor recueillait la sagesse de parents spirituels, un univers qu'il ressentait au fond de sa chair.

Le terrible froid s'abattait sur les contreforts de Salèse. Le brouillard mêlé aux flocons enveloppait les Clots. Les éclairs tapissaient la plaine de lueurs phosphorescentes. Le tonnerre rugissait. Philémon et Adèle ne s'inquiétaient pas pour si peu.

---

1. Vent du levant, vent du couchant, vent chaud.
2. Evangile selon saint Jean, 3,8.

« Faut bien que la nature crache ses glaires ! » disait le paysan.

Les cols bouchés interdisaient le passage. Il gelait dur. Les arbres viraient au noir. Un temps à momifier les pendus. Si un vieux ou un indigent mourait, on l'enroulait dans un sac de jute, le hissait au grenier en attendant que la glace fonde. Dans certains hameaux du côté de l'Authion, on exposait les cadavres sur les toits. La neige les recouvrait de son linceul jusqu'au printemps. Les forêts émergeaient en spectres décharnés. Plus rien ne bougeait. Les lauzes craquaient. Les bourrasques de flocons se jetaient à corps perdu contre les murs et s'entassaient en strates épaisses. La rivière étouffait sous la poudreuse. La nature se figeait. Des flèches boursouflées dégoulinaient des tôles du hangar. Un clair-obscur étendait la luisance d'un miroir teinté au-delà du Val de Maïssa. Les montagnes s'encapuchonnaient d'un brouillard blême et épais. La grande nuit s'installait. Le balancier de l'horloge rythmait une vie au ralenti. Les secondes, les minutes, les heures paraissaient plus lentes. Philémon écoutait le moindre craquement, entrebâillait la porte, glissait un regard dehors. On ne distinguait plus le clocher de la chapelle de la Trinité. Les cristaux s'agglutinaient contre les vitres en frises éphémères. Adèle nourrissait l'âtre de bûches. Les journées étaient régulées par la soupe et un bourdon épuisant. Ils discutaient d'un ton à peine perceptible, ne dérangeaient pas l'autre dans ses méditations, radotaient les réflexions de leurs aïeux, modifiaient les récits afin de provoquer l'attention. Ils ne veillaient pas, se couchaient tôt, ressassaient le moment béni où les beaux jours arriveraient.

« Patience... Chaque année c'est la même rengaine ! Si l'on doit rester enfermés, on restera... Si la tempête se calme, on sortira... Si l'on doit tenir l'hiver, on tiendra... Le pépère là-haut ne fait guère de sentiments, trop préoccupé par sa divine personne... » déclarait Adèle.

Victor dissipait une morne attente, passait de longues heures dans l'étable, distribuait les rations de fourrage et de graines au bétail. Le mulet reprenait du poids et de la vigueur. Victor s'était attaché à cette carne. Il l'étrillait, couvrait ses membres de graisse, nettoyait autour des yeux les lésions provoquées par les taons et les mouches. La bête posait le museau sur son épaule et ne bougeait plus. Son souffle chaud transpirait tendrement sur sa nuque. Il rapatria les volatiles à l'intérieur, libres de circuler à leur guise dans un paradis tiède regorgeant de nourriture. Le travail achevé, après une ultime vérification, Victor coinçait les battants de la double porte avec un madrier et retrouvait ses hôtes.

— Tes chèvres sont bonnes pour la boucherie. Si tu veux les garder pour le décor... plaisanta-t-il.

— Qu'est-ce que tu as contre les vieilles ! pouffa Adèle.

Victor ne se départait pas de son sérieux :

— Faut déblayer la neige, la charpente est trop alourdie…

Victor avait fait sienne la plaine, acquis les automatismes et la régularité d'un natif des hautes vallées. Sa présence meublait la ferme et toutes les heures que Dieu égrenait. L'oppression d'une solitude éternelle s'effaçait. Victor était présent. Sa tête, ses épaules, son regard fier, sa prévenance comblaient le vieux couple qui n'avait pas besoin d'exprimer ses besoins. Victor ne réfléchissait pas, il accomplissait. Adèle le regardait comme s'il était le fruit de son ventre. Il ne pourrait pas demeurer indéfiniment aux Clots, sans jeune femme de son âge, sans distraction ! Il se contentait de si peu. Quel avenir trouverait-il dans ce val perdu ? Il devait se confier comme à une mère. Que cachait-il au fond de lui ? Pourquoi avait-il arpenté durant des années les chaînes alpines sans y planter ses racines ? Adèle voulait savoir. Le silence intime de l'hiver, la lourdeur de l'enfermement permirent bien des confidences. Victor timidement s'ouvrit au couple tout en restant sur sa réserve. Adèle pleurait à chaque révélation. Elle s'essuyait les paupières avec l'ourlet du tablier. Philémon rallumait sa pipe. Le vieux chien dormait sur ses chaussures et lui tenait chaud. Une caresse entre les yeux, il poussait une respiration d'aise et s'endormait dans une quiétude expressive.

A la grande surprise des Cousin, Beppo venait régulièrement leur rendre visite. La solitude, une curiosité aiguisée... Un grand chapeau de feutre, une cape qui tombait sous les genoux, une écharpe entourant le menton et le nez, un gourdin de berger, il affrontait les tourmentes. Jamais il ne s'égarait. Son sens de l'orientation l'avait tiré de bien des épisodes critiques. Il s'ébrouait sur le pas de porte, suspendait ses vêtements au portemanteau, ôtait ses chaussures et s'installait sur une chaise, les pieds à quelques centimètres du foyer. Garibaldi rendait ses politesses au chien de la maison, puis s'allongeait sous les mollets de son maître. Philémon sortait le génépi, le fort, sans sucre, celui qu'il distillait. Ils trinquaient à ce qui leur passait par la tête. C'était amusant.

— Le petit ? demanda Beppo.

— A l'écurie ou à l'atelier...

Le berger endossait un air satisfait et esquissait un bref sourire. Les Clots ressemblaient à un lieu de recueillement. Les gestes d'Adèle ou de Philémon paraissaient réduits à leur plus simple utilité. Beppo, rasséréné de chaleur, somnolait. Les pas traînant sur le carrelage, une casserole posée par Adèle sur la fonte de la cuisinière, un volet qui bat la façade, une corneille qui s'étrangle ébranlaient ce petit monde. Certains après-midi, ils ne conversaient pas. Leur présence suffisait. Ils détaillaient le bois de la table aux bords polis par les frottements des manches. Les nervures entrelacées où les lignes se croisaient, se détournaient, s'arrondissaient. Les nœuds traçaient des signes cabalistiques. Une odeur tenace d'alcool et de cire sévissait. Les lueurs rougeâtres des flammes se réfléchissaient sur les solives. Un coup de vent ! La fumée refoulait dans la pièce. Ils entrebâillaient la fenêtre, pas trop longtemps afin de ne pas refroidir la maison.

Leurs esprits pesaient d'ennui, ensorcelés par une immobilité lascive.

Un jour, Beppo, d'une humeur fracassante, déboula aux Clots. L'air sévère, les paupières lourdes, perdu dans des réflexions qui le gangrenaient, il tournait longuement son briquet entre le pouce et l'index. Philémon servit un verre qu'il avala d'un trait. L'horloge tinta plus fort que d'habitude.

— Si tu as quelque mauvaise nouvelle à déballer, dépêche-toi avant que Victor ne revienne !

— Les sauvages sont de retour !

Philémon comprit les allusions du berger. Ils retombèrent dans un mutisme lourd. Une douleur amère réveilla une injustice criante qu'ils croyaient avoir oubliée. Leurs pensées se rejoignaient. 1939 et 1940 seraient de très mauvaises années. La guerre et l'occupation résonnaient dans les vallées de la Vésubie et de la Tinée. Les transalpins de la IVe Armata édifiaient des fortifications sur les flancs stratégiques sud-alpins. Pour Beppo ce n'était pas du folklore. Les alliés de 14 avaient revêtu l'uniforme de l'ennemi. Ils se sentaient chez eux, en villégiature, conversaient avec les habitants en patois ou en langue romaine, les harcelaient. Les Giustizia e Libertà mus par un idéal international et les partisans de la première heure opposés aux Chemises noires provoquaient des escarmouches entre Breil et Fontan. Les redoutables commissaires Barranco et Cerrato s'installèrent à Nice. Renseignés par les autorités administratives sous l'autorité de choc du préfet Marcel Ribière et de sa police, ils pratiquaient arrestations, répressions, condamnations, tortures à la villa Lyndwood.

— Voilà ce qui me contrarie, acheva Beppo.

Adèle restait figée au fond de la cuisine.

Salèse et les Clots n'étaient plus épargnés pour l'instant par cette drôle de guerre mais la frontière n'était qu'à un vol d'oiseau. La méfiance redoublait entre les habitants du village. Beppo laissait traîner ses oreilles à la gargote. Qui était pour qui ? Qui acceptait la traîtrise de leurs cousins ? Un regard de travers, on s'enlevait le bonjour. On ne s'exprimait qu'à voix basse. On se chuchotait à l'oreille avec des regards de travers ou par en dessous. Qui était vraiment cette population qu'il fréquentait depuis son enfance ? Pour ou contre ? Collaborateurs ou pas ? Adeptes du sénile maréchal ? On ne savait plus à qui se fier. Philémon recevait dans le secret du Val de Maïssa des individus qui disparaissaient aussitôt. Le soir même, Beppo, le fusil à l'épaule, accompagné de Garibaldi, arrivait à la ferme et repartait après le souper. Peu d'échanges. Les complices se comprenaient à demi-mot. Victor observait l'étrange manège auquel Adèle se mêlait activement. Les Clots devinrent un relais pour les maquisards alpins. Soigner un blessé, s'approvisionner en nourriture, les Cousin étaient toujours présents. Si les « chapeaux à plumes » se pointaient, Philémon sortait la grappa, s'exprimait en piémontais, Adèle préparait la polenta et fouillait discrètement leurs affaires en quête de renseignements utiles. Les Cousin ne pouvaient tenir plus longtemps leur activité secrète et impliquèrent Victor avec l'ordre impératif de se cacher en présence d'inconnus civils ou militaires. Personne ne devait savoir qu'il résidait à la ferme. Philémon se comportait en vrai chef de réseau. A la Libération, Victor apprendrait qu'il était un membre important de cette armée des ombres et la ferme des Clots un relais des différents groupes combattants. Les Cousin et Beppo seraient cités en exemple et décorés de la médaille de la Résistance. Le bougon remiserait dans un tiroir sa distinction : les breloques ne font pas les hommes… déclarerait-il.

Victor participait à des actions périlleuses et devint le lien entre les divers groupes éparpillés sur la chaîne alpine. L'Authion, le Capelet, la Couillole, le Mercantour, la Gordolasque… On pensait le surprendre de partout, il n'était nulle part. Sa connaissance du secteur lui permit d'effectuer nombre de missions nécessaires à l'Armée secrète. Il se fondait dans les entrailles rocheuses, les à-pics, les passages effacés par les orages, les glissements de terrain, les cascades improvisées. Il récupérait les parachutages échoués sur des plateaux interdits car les avions anglais larguaient à trop haute altitude ou se trompaient de lieu. Parfois les parachutes ne s'ouvraient pas, les caisses s'écrasaient sur le sol, rendant inutilisable le matériel. Il transmettait les courriers, espionnait le mouvement des troupes, rendait des rapports détaillés. Vacheries et cavernes lui offraient des refuges utiles. Il cachait les déserteurs de l'armée italienne qui ne comprenaient pas l'utilité d'un tel conflit et intégrèrent les mouvements patriotes de l'opposition italienne et de la Résistance. La démence du nain à la moustache et à la frange, le Duce avec son pacte d'acier avaient trahi le peuple italien, enfoncé un poignard dans le dos d'une France blessée : un acte suprême de lâcheté.

Lors des terribles batailles de Puget-Théniers et de l'Authion, le sang français et le sang italien imprégnèrent la terre du comté de Nice en quête d'une liberté si chère. *Fluctuat nec mergitur,* la fière devise des pays libres, ne mentait pas. Victor, le roi des cimes, se dévouait pour une noble cause qui concernait une région entière, voire la nation qui avait accueilli ses parents. Il se sentait fier d'eux. Pourtant il n'arrivait pas à figer leurs portraits dans ses souvenirs. En cette période de juillet 1943, le renversement de Mussolini n'arrangea pas la situation. Les Allemands franchirent la ligne de démarcation. La Gestapo s'installa à l'hôtel Hermitage, à la villa Trianon à Nice et à la villa Isnard à Grasse. Les miliciens de Darnand multiplièrent une répression sanglante. Les combats s'intensifiaient. La Résistance était réduite au dénuement le plus complet. Les besoins en nourriture, médicaments, armes lourdes et argent devenaient la priorité. Les messages envoyés à Londres faisaient état de leur désarroi devant des régiments organisés, féroces et particulièrement bien équipés.

18

Victor éprouvait une jouissance extrême à défier un ennemi qu'il observait à la jumelle escalader les contreforts gelés. Les soldats se débattaient sur des parois, s'accrochaient aux escarres de pierre, tentaient de trouver leur équilibre. Parfois un boche dévissait. « Un de moins ! » s'exclamait-il. Il sortait du blouson la fiole de grappa et avalait une gorgée à la santé du mort qui se rendait directement en enfer. Il cavalait d'un pas rapide et précis, sautait les dévers, glissait sur les pentes encombrées de blocs éboulés. Des bosquets de mélèzes s'immisçaient dans une lutte inégale au cœur des champs de pierres et des mares. Le chaos régnait en maître dans une morne solitude. Des entrailles déchirées coulaient des flots d'éboulis. Un spectacle lugubre pour le néophyte mais fabuleux pour le montagnard. Victor par le lac du Collet, en cinq ou six heures, rejoindrait le val de Valdieri, ancien domaine du roi Victor-Emmanuel. Le groupe Mollières l'attendait à un poste de chasse, patienterait jusqu'à la nuit, ensuite se replierait au camp de base. La sévérité du paysage s'ombrait avec le crépuscule. Les falaises prenaient l'aspect d'une forteresse en ruine. L'illusion était frappante et curieuse. Il se fia à la naissance de l'étoile du Berger. Encore une lieue, ensuite ce ne serait que du gâteau pour atteindre l'objectif.

La pleine lune étendait ses lueurs au-delà de l'horizon. Soudain sa vision fut troublée par des éclats de ferraille. Des formes biscornues tranchaient l'éminence abrupte. Victor scruta plus intensément les reliefs. Il s'avança, arme au poing, se tapit de roche en roche, prenait garde à ne faire aucun bruit. La réalité lui sauta aux yeux. La carcasse d'un avion gisait au milieu de débris éparpillés sur une large circonférence. Victor ne se précipita pas. De légers tremblements l'agitèrent. Aucun membre d'un réseau n'avait signalé un tel accident. L'ennemi n'avait pas envoyé d'éclaireurs à la recherche de l'épave… S'agissait-il d'un piège tramé par l'occupant ? Il se replia sur un éperon d'où il prenait en visée le point d'impact, s'emmitoufla dans une couverture et patienta jusqu'au petit jour. Il s'interdisait de s'endormir, remuait ses membres engourdis, s'étirait, trottinait sur quelques mètres, chassait la froidure de son corps. Pas de feu. L'air était traversé de souffles glacés. Un concert baroque d'oiseaux de nuit titilla son esprit. La montagne gémit, pensa Victor. Pas une ombre ne bougea jusqu'aux premières lueurs. Les contreforts semblaient d'une impressionnante tristesse.

Lorsque le soleil ensevelit les hautes cimes de Fremamorte, Victor distingua parfaitement la sauvagerie du cirque montueux. Il pénétra dans ce qui restait de la carlingue et du fuselage. Des corps carbonisés, écrabouillés contre le poste de pilotage, grouillants de vers, proposaient une vision cauchemardesque. Une soudaine répulsion. Son estomac se tordit. Il se dégagea du catafalque et s'affala sur le sol. Il suffoquait de dégoût et n'arrivait pas à détourner son regard de l'appareil. Il imagina l'horreur de l'équipage, touché par la mitraille antiaérienne ou l'incident mécanique… un vol à basse altitude sans visibilité ! La perte de contrôle, l'affolement ! Ce n'était pas la première fois qu'un largueur s'écrasait contre ces massifs, mais là, Victor était devant le fait accompli. Il pensa enterrer les corps mais le temps lui était compté. Il ne pouvait s'attarder plus longtemps à cet endroit. Un passeur téméraire ou un contrebandier pouvait le surprendre.

Il rassembla des containers et les tira vers une baume creuse et voûtée au sol naturellement dallé. L'air tiède et fade, l'odeur du salpêtre qui s'effrite le firent éternuer. La faille s'agrandissait. Il n'en calculait pas les dimensions. La roche limpide presque transparente ressemblait à de la glace compactée. Il délaissa la beauté féerique de la conque et revint à l'urgence. Il devait rentrer au plus vite aux Clots. Le contact manqué et son absence inquiéteraient Philémon et Adèle. Il stocka le matériel au fond de la cavité et commença l'inventaire : fusils, munitions, explosifs, rations, produits pharmaceutiques... indispensables aux combattants. Vinrent deux caisses, avec des inscriptions indéchiffrables. Le choc avait tordu les fermetures. Victor s'acharna avec son couteau, s'y reprit à plusieurs fois, mais en vain. Il récupéra dans l'enchevêtrement de ferraille une barre de fer plate, fit levier, le couvercle sauta enfin. Il débrida une série de boîtes rectangulaires et métalliques, déplia lentement avec soin un emballage en papier translucide huilé. Ses mains hésitèrent. Son cœur battait vite. Ses yeux se troublèrent. Il frotta ses paupières, les ouvrit en grand et contempla des paquets de billets bien rangés, bien serrés sur la tranche. Le souffle coupé, les promesses jetées aux orties, le passé revenait à la charge, enfonçait un pieu dans son ventre et attisait la passion de l'argent facile. Il ne rejeta pas le diable qui montait en lui et n'eut aucune pudeur à détourner l'argent des combattants. Qui le saurait ? Il se sentit un peu coupable. Les vieux démons ressurgirent d'un coup. Il avait espéré la clarté et retrouvait la confusion. Qui était vraiment Victor ? Il aimait Adèle et Philémon, se sentait bien aux Clots, dorloté, chouchouté. Les problèmes se résolvaient au jour le jour !

Il s'arrosa le visage avec la gourde. Ce n'était ni un leurre, ni un mirage. Il porta les billets sous son nez, les sentit, caressa ses joues avec le papier coloré si ténu. L'argent possédait une odeur et un grain aussi fragiles que la peau d'une amante. Il pleurait des larmes de joie, se sentit un instant perdu.

Plus rien désormais n'entraverait sa route et ses choix. Il compta trois millions de francs répartis dans les deux caisses, enterra le trésor et masqua l'entrée avec des blocs de dimensions importantes. L'homme des montagnes reprit ses esprits.

Il attendrait la fin des hostilités.

Victor éluda la découverte de l'avion. Ainsi la Résistance ne fouillerait pas les environs du crash et son butin serait à l'abri. Il scrutait avec les jumelles la cime de Fremamorte au-dessus du lac Nègre, priait, se rassurait. Les frontières étaient inaccessibles et étroitement surveillées, soit par l'ennemi, soit par les maquis ! Victor, bercé par le chant des sirènes et des illusions, se promettait un avenir plus confortable. Il mènerait une vie insouciante. La fortune lui permettrait d'assouvir le moindre de ses désirs et il ne compterait que sur lui-même. La patience serait son alliée. Trouver une réelle identité, ne pas brusquer le temps, ne pas déranger l'ordre séculaire des Clots, éviter les mensonges, ne pas se répandre en confidences, telles étaient les règles qu'il s'imposait scrupuleusement.

— Le brouillard et les éboulements ont ralenti ma marche. Ceux de Mollières n'étaient plus au rendez-vous ! expliqua-t-il. J'ai dû descendre vers le vallon de Terre Rouge et passer le bas. Le coin est tranquille. Pas de boche. Le hameau totalement désert !

Philémon goba ses commentaires. En période de conflit, tout pouvait arriver et basculer dans un sens ou dans l'autre. Beppo lui donna une grande claque amicale dans le dos.

— Tu m'as foutu une de ces trouilles ! On m'a prévenu du contact raté ! Tu es bien vivant, c'est l'essentiel !

Ils baissèrent la mèche de la lampe à pétrole. Une grosse soupe brûlante, une humeur détendue flottait aux Clots. Beppo refusa un lit et dormit dans la paille de la grange avec Garibaldi, le fusil chargé à ses côtés. Victor regagna sa chambre, s'allongea et tira les draps sur sa figure. Il ne trouvait pas le souffle régulier du sommeil. A présent, il était libre de tracer sa route comme il l'entendait. Des rêves de gloire le berçaient. Il était Dieu et Lucifer à la fois. Le destin avait placé un cadeau sur son chemin. Bien sûr qu'il quitterait les Clots. Il était trop jeune pour moisir dans ce patelin mais ne voulait pas que Philémon ni Adèle souffrent. Il s'apprêtait à jouer une comédie ignoble.

La guerre finie, l'armistice signé, Beppo réglait ses comptes à Salèse. Nombre de fanfarons rasaient les murs. Certains hésitaient à sortir de leurs maisons. Le bistrotier avait pris la poudre d'escampette avec femme et enfants, suivi par le maire. Les beaux jours s'étalaient loin des rumeurs insipides ! Le soir s'allongeait devant la maison des Clots. Un crépuscule tendre diffusait une lumière fondue et tiède sur le banc de pierre. Ni Adèle ni Philémon ne causaient. Victor leur apportait une fierté sans mesure. Ces heures crépusculaires livraient une sérénité qu'Adèle appréciait. Elle se laissait entraîner par la brise fraîche et parfumée. Un soir de printemps alors qu'ils dînaient sous la tonnelle, Victor leur confia timidement qu'il serait fier de porter le nom de Cousin. Il leur promit de protéger, d'exploiter et de rentabiliser quoi qu'il arrive le domaine. Un leurre qui faisait partie d'un calcul savamment élaboré.

— Si vous aviez une fille, je l'épouserais, dit-il en se tournant vers Adèle. Je me sens si bien aux Clots. Mon enfance ne fut que violence et misère. On nous traitait de tous les noms, nous crachait dessus. Nous n'étions que des rats d'égout !

Aucun des trois ne se regardait. La voix de Philémon s'éleva.

— Tu souhaiterais que l'on t'adopte ?

— J'en serais si heureux...

Adèle tomba dans ses bras et soupira :

— Enfin j'ai un enfant, un vrai, un homme !

Le maire de Saint-Martin, dépêché par une administration en plein marasme, signa les documents et félicita les parents d'avoir choisi un gaillard fort, courageux, un paysan dans l'âme qui engendrerait une nombreuse progéniture.

— Paraît-il que tu t'es conduit en héros, félicita le magistrat.

— J'ai veillé sur mes parents, répondit-il.

— Dans ce pays, les femmes sont belles et depuis

la fin du conflit, nombre d'entre elles attendent l'homme sur qui elles pourraient s'appuyer et fonder un foyer harmonieux.

— Plus tard, acquiesça-t-il.

Adèle se vit déjà grand-mère avec des rejetons qui braillaient dans toutes les pièces. Désormais Victor portait un nom qui ne le quitterait plus et possédait des papiers d'identité officiels. Ils arrosèrent l'événement à l'auberge du village avec du vin bouché, dînèrent d'une daube de sanglier et de fromages de chèvre. En remontant à la ferme, Adèle passa la main sous le bras de son fils. Victor se mordait les lèvres, le regard fixe, droit devant lui. L'avenir s'offrait à lui dans toute sa démesure. Adèle et Philémon Cousin le couchèrent sur leur testament. Après leur mort Victor hériterait naturellement de la propriété des Clots et de leurs biens. Victor évalua par un calcul logique le montant des économies réalisées par ses parents adoptifs au cours de nombreuses années de labeur. Les Cousin portaient toujours les mêmes vêtements, ressemelaient leurs godillots, mangeaient leur production. La ferme recelait un trésor, Victor en était certain !

Un souffle paisible l'envahit. Les éléments jouaient en sa faveur. Aucun obstacle ne s'érigeait en travers de sa longue marche. Il volait aux Cousin leurs âmes, leurs espoirs, leur nom. Victor commettait le pire des crimes. Il en était ainsi. Il ne ferait pas marche arrière.

19

Philémon tomba gravement malade et cracha le sang. Un vieux médecin de la vallée décréta qu'il avait la maladie de la taupe et ne laissa que de maigres espoirs. Il ôta son stéthoscope et expliqua dans un charabia inaccessible aux oreilles d'Adèle :

— Du flegme dans les bronches et les poumons, c'est-à-dire une inflammation cellulaire et purulente des tissus intérieurs accompagnée de fortes hyperthermies qui le font délirer et accentuent le mal.

Adèle s'écroula sur une chaise.

— Madame, continua-t-il d'un air emphatique, Dieu provoque les maladies pour nous punir de nos maladresses. Mais dans son infinie bonté, il offre les thérapies de la guérison.

— Mon mari n'a jamais rien fait de mal !

— Dieu voit les choses que le simple humain ignore.

Adèle bondit, exaspérée par le bavardage de l'hurluberlu.

— Si vous saviez ce que j'en fais, de votre Dieu et de vos sornettes !

Le médicastre se reprit :

— Vous appliquerez des cataplasmes antiseptiques. Vous mélangerez trois doses d'orge dans de l'eau tiède, y ajouterez du miel et ferez chauffer la préparation, ensuite vous l'étalerez sur la poitrine toutes les heures. Le soir, du lait bouilli avec des feuilles de saule et de l'*Hypericum perforatum*, l'herbe percée aux mille trous qui apaisera les brûlures intérieures… Une tasse à café, pas plus, sans sucre. Respectez bien les doses.

Adèle bouillait et regardait avec des yeux meurtriers ce rebouteux qui ne lui proposait que des recettes ancestrales.

— Les médicaments, ça existe, nom d'un chien ! s'insurgea-t-elle. De la pénicilline, des calmants ou…

Il la coupa sèchement :

— Les remèdes d'antan sont plus efficaces que toutes les poudres et les cachets composés par la chimie et le poison. S'il a la volonté de s'en sortir, il s'en sortira. *Ægroto dum anima est, spes est*, tant qu'il y a de la vie, il y a de l'espoir…

Adèle entra dans une sombre fureur. Victor la retint afin qu'elle ne saute pas sur ce crapaud prétentieux et ne lui fasse un mauvais sort. Elle le mit à la porte manu militari. Il emprunta en trottinant le sentier afin de regagner son automobile garée en aval avec la crainte qu'une giclée de chevrotines ne parte accidentellement dans son dos.

Adèle et Victor veillaient jour et nuit Philémon. Il s'était flétri d'un coup. Ses joues se creusaient. On distinguait par transparence les mâchoires. Les veines des tempes se gonflaient irrégulièrement de sang. Il étouffait des gémissements. Le silence encombrait la chambre. Le fils adoptif ne retenait pas ses sanglots. Il lui prit la main comme pour conjurer ses péchés.

— Mon petit, perçut-il dans une respiration graveleuse.

Quelques secondes après une toux déchirante :

— Je compte sur toi...

Victor ne désirait pas promettre sur l'âme d'un mourant.

— Tu nous apportes tant.

Il pinça les lèvres comme un sourire qui provenait de l'au-delà.

Victor souhaitait que le fermier s'endorme l'esprit tranquille. Adèle, brisée, les yeux rougis, s'accrochait à son fils. Elle ne comprenait pas pourquoi les bonnes âmes s'en allaient en premier et les crapules défiaient le temps. Une injustice flagrante lui sautait à la figure. D'interminables journées s'écoulaient sans aucune amélioration. Philémon agonisait lentement. Adèle l'incroyante suppliait le Seigneur que le martyre cesse au plus vite. Elle avait peur de l'avenir, se heurtait à l'évidence et implorait Victor de rester auprès d'elle.

— Seigneur, pourquoi m'arraches-tu Philémon ?

— La vieillesse, la maladie, des saloperies qui tuent les gens avant l'heure ! gronda Beppo.

L'enterrement se déroula au cimetière de Salèse. Adèle refusa la bénédiction. Pas question que le curé brandisse le goupillon sur la dépouille ! Le nouveau maire recouvrit le cercueil du drapeau tricolore et prononça une vibrante homélie. Les compagnons du groupe Mollières le saluèrent. La sonnerie aux morts endeuilla le site aux falaises crêpées de brume. Quelques résistants de la dernière heure se joignirent à la cérémonie. Beppo les toisait avec mépris.

Le mas des Clots résonnait d'un vide lugubre. Les pièces ne sentaient plus l'odeur du tabac gris. Le feu était éteint. La pendule arrêtée. Une solitude à deux rendait l'existence à la ferme austère. La moindre conversation allait vers le défunt. Cette existence d'ermite pesait sur Victor. Il avait besoin de vivre, de franchir les montagnes, de l'air salé de la mer. Il désirait les rues tumultueuses, les passants, les cris des marchands. Un flux d'hommes et de femmes l'entraînait vers des destinations hasardeuses. Il ne porterait plus l'habit de toile et les godillots terreux et désirait pleinement profiter de l'offrande que le ciel lui accordait. Victor errait de longues journées dans la plaine et scrutait les défilés qui menaient à la baume. L'argent dormait et l'attendait. Son cœur battait fort lorsqu'il y pensait. Ses doigts brûlaient de tâter les liasses entassées dans les containers. Il consolait Adèle, prononçait des paroles réconfortantes, des serments qu'il ne tiendrait jamais, cela lui faisait du bien. Il se montrait bon garçon comme il avait promis à Philémon. Il résistait à la faiblesse, écartait la pitié, ne sombrait pas dans un accablement ridicule. Lorsque Beppo venait à la ferme, Victor ne se départait pas de la logique savante du paysan. Malgré les apparences, le berger n'était pas dupe. Un gars de cet acabit ne prendrait pas racine dans la boue. Aucun avenir heureux ne se présenterait.

Beppo confia ses impressions à Victor. Sous ses airs désintéressés il avait savamment réfléchi à la succession et surprit Victor par ses propos directs. Aucune allusion, rien que la juste vérité du montagnard : les terres devaient rester à la famille.

— Tu me cèdes la plaine. La maison te revient en souvenir de tes parents adoptifs, dit-il simplement sans aucune allusion.

— A condition que je sois l'héritier d'Adèle.

Ils topèrent. L'accord était conclu.

Dès l'aube, Victor arrosa le potager, donna les graines à la basse-cour, inspecta d'un œil averti les plantations. Alors qu'il se réjouissait de cette matinée savoureuse, qui lui vidait l'esprit, Adèle lui demanda d'atteler la carriole, de s'habiller avec les affaires du dimanche et de porter le foulard autour du cou, symbole des grandes familles. Elle ne voulait pas que son fils ressemble à un estrassier[1]. Victor sortit de l'étable le mulet qui tout heureux de renifler l'air pur s'ébroua et lança ses sabots dans une ruade élégante. Il lui gratta les oreilles entre les yeux, lui brossa les flancs pour l'amadouer. La mère habillée de noir, parfumée d'eau de lavande, un chapeau épinglé au chignon, grimpa sur la banquette, à ses côtés.

— Direction Saint-Martin-Vésubie, dit-elle.

Victor ne posa aucune question, fronça les sourcils et mena l'attelage en direction de la vallée. Il mâchonnait une tige d'églantier sucrée. Une sensation impertinente bouleversa ses pensées. Il essuya d'un revers de manche la sueur qui perlait à ses tempes. Les chênes foudroyés prenaient la pose de femmes dénudées. Les senteurs résineuses montant de l'adret collaient à la peau. Les frissons emmêlaient les fourches et les rameaux fragiles des hauts arbres. Une poussière grise enrubannait le Val de Maïssa et la chapelle de la Trinité. Tout en bas, les pins ombraient la croupe des éminences. La rivière roulait avec un bruissement félin.

Adèle pénétra dans une maison cossue où, sur un pilier de l'entrée, une plaque de cuivre indiquait : *Maître Laugier Edouard notaire*. Victor comprit la démarche de sa mère et fit quelques pas le long du boulevard principal. Une humeur joyeuse le gagna. C'était jour de marché. Il bomba le torse, fier

1. Un chiffonnier.

d'être un riche Cousin. Il déambula dans un lacis de ruelles médiévales, s'extasia devant les échoppes de vêtements et de bimbeloterie, vibra aux rengaines de l'orgue de Barbarie et aux chanteurs de rue qui raclaient parfois du violon. Sur les bancs publics de la place Saint-Jean les joueurs de quille participaient à des parties épiques où le gagnant encaissait les mises. Il s'arrêta devant la vitrine du Comptoir agricole, lut des affiches vantant les mérites de cette société. Le Crédit des Alpes offrait aussi des garanties intéressantes. Le moment venu il prendrait des renseignements complémentaires. Des jeunes filles rondouillardes, parfumées d'herbes sauvages, aux hanches larges et aux mamelles exquises appréciaient la stature élancée, les épaules gaillardes, la tignasse noire et bouclée tombant sur la nuque de l'homme qu'elles croisaient. Elles gloussaient avec des rires bêtas. Victor s'arrêta dans un troquet, chez Alberte, et commanda un rouge. La patronne pas plus épaisse qu'un sifflet, un chignon remontant outrageusement vers le plafond, les lèvres charnues rehaussées d'un rouge vif, possédait la faconde d'un adjudant de cavalerie. Elle rabrouait les ivrognes, déambulait entre les tables, remuait impudiquement ses hanches et ses fesses tombantes. Lorsqu'elle gueulait, les buveurs baissaient d'un ton. Des consommateurs rivés au comptoir fumaient des toscans et palabraient en douce en scrutant de biais Victor. Elle le servit sans jeter un regard vers lui et s'empressa d'encaisser la consommation.

Il revint sur le grand boulevard devant l'immeuble où Adèle l'attendait, un dossier cartonné sous le bras. Elle le mit en garde sur les dangers de ce bourg où les mauvais garçons venus se refaire une santé pullulaient.

— C'est une ville franche, dit-elle. Tu peux te faire plumer à chaque détour de rue.

Ils reprirent le chemin vers les Clots. Le mulet allait sans qu'on le guide. Il connaissait le parcours.

— Les mardis et vendredis, à l'époque, nous descendions avec Philémon au marché. La bourrique s'en souvient.

Victor sentit quelque hésitation dans la voix d'Adèle. Lorsqu'ils furent loin de toute présence, elle lui tendit la chemise.

— A présent mon Victor, tu es un vrai Cousin. Les Clots t'appartiennent. Je suis certaine que tu remplaceras Philémon avec honneur et dignité.

Adèle, guidée par l'esprit de Philémon, avait réglé ce qu'elle pensait juste et dans l'ordre de la succession. Elle dévoila à son fils les clés de leur prospérité, résultat d'un labeur incessant et d'une vie à épargner, à se satisfaire de peu, à exister libres, sans contrainte. La fierté des Cousin s'élevait inébranlable. Ils marchaient dans les rues de Salèse la tête haute, dévisageaient leurs connaissances, droit dans les yeux. Ils faisaient preuve de mansuétude envers les démunis, aidaient les nécessiteux sans rien demander en retour. Leur façon de vivre agaçait nombre d'habitants. Beppo fermait le clapet aux insolents qui osaient critiquer les Cousin. « J'en suis un ! » hurlait-il. Sa face devenait rubiconde et l'on préférait de ne pas entamer une dispute. Adèle invita Victor à une visite du mas et dévoila les cachettes de leurs économies. Derrière la plaque en fonte qui obturait l'âtre, une cassette en fer recelait des pièces en or. Sous une latte flottante du parquet de la chambre, des billets pliés dans des enveloppes, un coffret à bijoux qui appartenaient aux aïeuls. Au grenier, dans une valise : les actes de propriété que la famille possédait au Val de Maïssa.

— A une époque, nos terres s'étendaient jusqu'au village. Le grand-père achetait des terrains et de la pierre. Des placements judicieux qui ne se dévalorisaient pas ! souffla-t-elle. Mais prends tes précautions, la disette arrive plus vite que tu ne le penses. Ton père et moi avons su nous préserver des aléas d'une nature peu commode.

Victor ne savait que dire. Son crâne bourdonnait. Il regardait Adèle avec étonnement. Elle se délivrait d'un carcan qui ne la concernait plus. A présent, elle ne dépendait que du nouveau maître des Clots. Il était temps que le sort lui rende grâce. Les containers de la baume plus le trésor de la ferme, il n'en demandait pas autant ! Adèle ne lâchait pas Victor, s'inquiétait de son humeur et de sa santé. Il se lançait dans de longues escapades, rejoignait un aplomb qui dominait le cirque. Là, il inventait son existence à venir, combattait les démons qui l'avaient crucifié durant sa jeunesse. Il appréhendait l'avenir qu'il se créait, se sentait minuscule. Un abîme l'enserrait et l'avalait. Il entamait d'interminables monologues, prenait le temps de soupeser chaque décision. Au souper, il redoutait le feu de questions auquel il était soumis.

— Philémon serait ravi si l'on cultivait les Barres. Orge et maïs y poussent bien, proposa-t-elle.

Victor bougonnait et se rangeait finalement à ses souhaits afin de ne pas la contrarier.

Un matin, Adèle ne se leva pas à l'heure habituelle. Victor s'étonna. Il prépara le café, grilla des tartines, déposa les bols sur la table et l'appela. Aucun bruit ne lui parvenait. Il tapa discrètement à la porte de la chambre. Pas de réponse. Un pressentiment l'envahit. Il entrebâilla. La mère gisait au centre du lit, paisible, les mains croisées sur la poitrine. Un chapelet de grains ivoire entourait ses doigts. Il toucha sa peau glacée. Elle dormait du sommeil éternel. Adèle savait qu'elle allait partir. Elle avait prévu cet instant fatal. Victor était face à cette femme qu'il aimait tendrement. Il prévint Beppo et le maire du village afin de procéder aux constatations d'usage. Il rabroua l'homme de robe, goupillon en l'air, qui déboulait vers les Clots suivi par un enfant de chœur.

— Oiseau de malheur, tu risques de pourrir la terre des Clots !

— Maintenant ils sont ensemble pour l'éternité, dit Beppo.

L'enterrement fut simple, bref, sans bénédiction, ni fleurs ni discours. Seuls Beppo, Victor et le chien suivaient le corbillard. On supputait que l'héritier allait mener un grand train de vie, qu'il allait agrandir ses campagnes, embaucher des semainiers et qu'eux crèveraient la bouche ouverte.

— Il n'a pas de rate, ce jeune, prononçait la rumeur.

— Beppo n'attendait que la mort de la vieille ! Tant les deux sont en combine !

Les médisances ne les atteignaient pas et laissaient les minables pourfendeurs à leurs piètres réflexions.

Victor désirait être seul dans la ferme, se sentir propriétaire du bien. Il ne percevait plus la voix d'Adèle, ni les exclamations de Philémon. Une autre époque s'annonçait mais les Clots appartiendraient toujours aux Cousin. Il tira une chaise sur le seuil et laissa ses pensées se fondre avec le crépuscule. Les feuillages se coloraient d'une pénombre dorée. Aucun souffle n'agitait la plaine. Le robinet de l'abreuvoir hoquetait. L'obscurité insinuait des souvenirs impalpables. Beppo et Victor passaient leurs journées ensemble. Ils avaient tant à se dire depuis leur première rencontre à la maison forestière. Le berger envisageait déjà les futures semences et son troupeau pâturant sur la plaine.

— N'oublie pas les Barres qui montent du Val de Maïssa au village. Elles font partie de notre contrat, ajouta le fils.

— Philémon ne m'a jamais parlé de ces terrains !
Victor lui tapa sur l'épaule en signe d'attachement.
— Une promesse est une promesse !

Le lendemain, Victor attela la carriole, emprunta le chemin de Saint-Martin-Vésubie. Il se libérait de ses chaînes morales et pouvait agir comme il l'entendait. Il souhaitait être riche. A présent, il était très riche. Des ailes lui poussaient dans le dos. Il s'arrachait aux Clots. Une sève nouvelle irriguait ses veines. Après un rendez-vous chez Edouard Laugier, le notaire, afin de mettre en conformité la donation qu'il faisait à Beppo, il retint une chambre à l'auberge, puis flâna dans cette petite ville remuante. Le bourg lui parut plus agréable qu'à sa première visite. Les buvettes regorgeaient d'écluseurs sans fond. Les chalands faisaient leurs emplettes pour la semaine. Les agriculteurs apportaient leurs outils à réparer. Les marchandes de quatre-saisons exposaient dans des brouettes et poussaient des braiments pour attirer le chaland. Lorsque midi sonna, les charrettes s'éparpillèrent, les placettes et la rue du Béal se dépeuplèrent. Les laissés-pour-compte fouillaient les cageots en quête de nourriture. Les mégotiers, ou « cueilleurs d'orphelins », arpentaient les caniveaux et récupéraient les mégots. Ils lavaient le tabac, le séchaient et roulaient de mauvaises cigarettes qu'ils revendaient à leurs compagnons de misère.

Au troquet d'Alberte, Victor s'installa à une table

en extérieur et choisit le plat du jour. La patronne le servit avec un sourire bienveillant et s'installa face à lui.

— Je te reconnais, mon gars ! Tu as un physique que l'on ne peut oublier. Ça me change de tous ces vantards qui encombrent mon comptoir et me demandent un crédit.

Elle lui posa des questions banales sans trop le brusquer.

— Habites-tu dans le coin ?

— De l'autre côté des Alpes, dit-il naturellement.

— Combien de temps restes-tu à Saint-Martin ?

— Un jour ou deux, pas plus.

Elle réfléchit, la mine aguicheuse.

— J'ai de quoi combler ton séjour de la plus belle façon. Que dirais-tu d'une beauté de la ville : Rose ! Une jeune fille d'excellente ascendance, au parfum enivrant, très propre, aux culottes brodées. Elle a fui ses parents qui désiraient la mettre en pension chez les bonnes sœurs. Peu de mâles ont posé leurs mains sur cette nature fragile. Elle est chère, mais le sacrifice en vaut la peine. Presque vierge ! Je la réserve aux élégants qui possèdent des manières et qui ne grattent pas le fond de leurs poches. Je te la livre devant la porte de ta chambre, en toute discrétion. Tu me paies et l'affaire sera conclue pour une heure ou une nuit, cela ne tient qu'à ta bourse.

20

La petite chambre de l'auberge du Centre, dépouillée de tout confort, avait une odeur de renfermé. Des rideaux fanés pendouillaient aux fenêtres. Les cloisons suintaient d'écailles de peinture. Un globe de verre au plafond, des natures mortes maladroitement suspendues, une armoire à glace, un christ en chêne reflétaient un décor lamentable. Un tapis éculé comblait l'espace entre le lit et le lavabo. Victor eut presque honte. L'entremetteuse gratta discrètement le montant de la porte et lui présenta une adolescente à la fraîcheur d'écolière qui ne ressemblait pas à une coquette de bordel. Il lui glissa des billets. La jeune fille se dirigea vers le lit, se déshabilla, se glissa entre ses draps et ferma les yeux. Victor éteignit la lampe. Un moment d'hésitation, elle murmura d'une voix lasse : « Rose. » Il désira se montrer courtois, entrer dans un jeu de séduction, prolonger la rencontre, mais elle restait de marbre. L'essentiel était qu'elle soit une bonne gagneuse et qu'elle se prêtât à l'abattage. « Victor », dit-il. Lui ou un autre, qu'importe ! Les hommes sont tous pareils et désirent tous la même chose. Inutile de s'attarder à un sentimentalisme désuet. Le sexe n'était pas là pour des fariboles. Victor repoussait l'échéance, se refusait à la posséder comme un rustre qui se vidait de longs mois de disette et se ruait sur la chair fraîche. Mise au supplice, sa virilité l'ensorcela et il ne put résister aux pulsions qui déclenchèrent un feu ardent. Il la couvrit sans attentions. Elle ne montra aucune réticence. Quelques soubresauts, un frisson qui part de l'échine le long du dos... L'acte s'acheva dans une totale banalité. Il se détacha de la chair humide et brûlante. Victor prit sa main, une pause entre deux amants avant la séparation. La trêve des corps, le dégoût, la pitié, l'écœurement d'une possession contre nature... Victor se laissait emporter par des impressions honteuses, s'accusait de perversité et n'osait pas bouger. Les cheveux défaits de la sauvageonne effleuraient son épaule. Il eut envie de justifier son acte. Rose ressentit le trouble du client.

— Je suis là pour ça... Ne te martèle pas le cerveau pour si peu.

— Qui es-tu ? susurra-t-il.

Elle posa un doigt sur ses lèvres en signe de silence.

Un long moment de répit. Elle l'attira vers elle tendrement. Les mouvements de son buste annonçaient des dons voluptueux. Leurs êtres s'accordèrent à nouveau, dessinèrent de nouvelles courbes. Rose l'invita à la découvrir. Elle n'était plus un objet destiné à une lugubre consommation. Leurs corps devenaient des lianes qui s'entremêlaient dans la langueur mystique de la chair. Ils se confondaient, haletaient. Leurs gémissements fusionnaient en de langoureuses plaintes. Victor glissait dans une extase trop longtemps retenue. Les caresses s'immisçaient dans chaque pli secret. Il prononçait son nom, Rose respirait par le sien. Elle n'était pas une putain. Elle devenait son double dans un désert d'égarements, un prolongement de leurs sangs mêlés. Les démons se livraient dans leurs sursauts et leurs contractions, faisaient sourdre les souffles intérieurs. Les caresses devenaient une danse effrénée, une religion de volupté sans retenue, une invitation occulte à la folie.

Victor sommeillait par bribes, Rose collée contre sa poitrine, de courtes escales vers l'absolu. L'obscur univers du plaisir… Elle lui avait cédé une parcelle de son existence. Le hasard l'avait poussé dans ses bras. Et après, pensa-t-il, elle partira. Il ne la rencontrerait plus. Il devrait l'oublier. C'était inenvisageable. Elle lui avait prodigué les soins d'un lent réveil. Le passé s'évanouissait. Sa peau vibrait et se déchirait sur les chemins d'errance. La vérité se révélait, magique, puissante.

Il entrouvrit les volets. Le ciel bas couvrait Saint-Martin d'une chape grisâtre. Il se sentait si bien, protégé par un cocon de brume. Il s'allongea à nouveau près de Rose et découvrit ce présent endormi sur le côté, la paume sous sa joue. Elle ressemblait à une enfant sommeillant sur un oreiller blanc et moelleux. Ses soupirs façonnaient des songes fugaces. Son corps merveilleusement proportionné soulignait des formes pleines, des hanches dessinées à la perfection. Ses veines tissaient une alliance de satin et de velours. Il eut soudain du mépris pour son sexe qui durant de longues années ne s'était pas manifesté. Il était si loin de la réalité. La plaine l'avait bouffé toutes ces années durant. Le bêlement du troupeau, le soc de la charrue, l'extase face aux montagnes, les gestes répétitifs sans aucune inspiration avaient annihilé ses sens et sa virilité. Sa vie était glacée. L'ennui avait filé une toile épaisse. Ses désirs n'étaient que cendres. Victor n'était qu'un automate qui obéissait sans aucune inspiration. Il vivait aux dépens d'Adèle. Elle l'avait considéré comme un gamin.

— Je ne veux pas que tu me quittes, avoua-t-il.

— Impossible !

— Gagner une journée, une nuit…

— Ensuite nous en serions au même point !

— Peut-être pas…

Il désirait repousser l'échéance de la séparation. Victor tournait et retournait dans sa tête un moyen de retenir Rose, pour qu'elle ne soit pas soumise à une maquerelle sans vergogne et un souteneur sans foi ni pudeur. Ses yeux suppliants et fiévreux lui dictaient qu'elle n'était pas une traînée, qu'elle souhaitait s'envoler libre vers ses espérances de jeune femme.

Rose ferma les paupières. Victor y déposa deux tendres baisers. Elle serra son torse à l'étouffer et entama une interminable confession.

— Je me suis enfuie de chez mes parents, des bourgeois de Cimiez qui ne voyaient que leur nombril et leur portefeuille. Sans papiers, ni argent, paumée, je ne savais pas où aller, ni où coucher. La faim commençait à me tourner l'estomac. J'ai traîné une bonne semaine autour de la vieille ville puis décidé de retourner chez moi. Porte close ! Mon père et ma mère ne voulaient plus de moi ! A moi de me débrouiller ! Après tout ce qu'ils avaient fait pour mon éducation ! Je me sentais sale, démunie, prête à en finir lorsqu'un certain Antoine m'aborda alors que je divaguais sur la place Masséna et que je quémandais soit une pièce, soit un morceau de pain. Les gens se détournaient de moi, certains me crachaient à la figure. Je me cachais de la police. Le bellâtre saisit aussitôt la situation. L'air d'un notable bien sous tous rapports, sentant le parfum de qualité, il m'invita chez lui. Je le suivis sans opposer de résistance. Je n'avais rien à perdre. Je mangeai à volonté, bus du vin délicieux. Je pus dormir dans un grand lit et me laver de la souillure qui collait à ma peau. Antoine m'habilla de pied en cap et me sortit comme une dame de la haute société : casino, promenade des Anglais, champagne, dancing... Il me présenta des messieurs bien sous tous rapports, l'élégance italienne dans sa splendeur. Le miroir aux alouettes. Je ne me posais aucune question. J'étais considérée. Je me suis donnée à cet Antoine qui a pris ma virginité et qui m'a initiée aux pratiques charnelles. Je me laissais guider sans trop réagir. Je ne comprenais pas le but de cette éducation contrainte. Je surnageais dans un univers qui me dépassait et j'obéissais avec la crainte de me retrouver à la rue.

Rose prolongea ses aveux et livra les fragments d'un esclavage singulier et confus. Sa voix demeurait irréelle, soumise à une ignoble torture. Victor comprit ce qu'elle vivait. Dans sa jeunesse extravagante à Nice, il en avait secouru, de ces égarées de la société. Certaines exerçaient pour lui mais il ne les y obligeait pas. Il les logeait et les défendait contre les maquereaux qui venaient les rechercher dans la cour de son immeuble pour les remettre sur le trottoir. Ces temps étaient révolus, enfin il le croyait.

— Satisfait de sa conquête, il m'entraîna de force dans un bouge du cours Saleya, fréquenté par des travailleurs immigrés et m'obligea à me prostituer à la chaîne dans une arrière-salle, sur un matelas crasseux, sans eau, ni serviette ! Le cauchemar absolu. La puanteur de ces types, leurs souffles chargés d'alcool me révulsaient. Si je refusais les passes, il me tabassait au sang, à coups de ceinturon. Ce martyre dura des semaines. Epuisée, ne tenant plus droite, je maigrissais à vue d'œil et pleurais toute la sainte journée. Je n'étais plus présentable pour exercer mon activité auprès d'amateurs de chair juvénile. Les Russes, les Anglais, les Arabes préfèrent les femmes rondelettes. Alors il me mit au vert chez madame Alberte. J'aspirais au repos. L'air de la montagne me ferait du bien... J'avais besoin de me vider la tête et trouver le moyen de m'enfuir. Rien de tout cela ! Alberte m'a prise sous sa coupe et me fait travailler avec des quidams rustiques. Arguant de mon jeune âge, elle augmente les tarifs. Voilà l'histoire peu reluisante d'une gamine de seize ans...

La colère monta en Victor. Il fit un effort prodigieux pour ne pas hurler.

— Où est cet Antoine ?

— Chez Alberte.

Une haine terrible l'illumina. Il imagina la façon de punir le pitoyable barbare.

— Je te propose une promenade en carriole au Boréon. Nous flânerons dans la forêt, nous déjeunerons au bord de la rivière, ensuite nous reviendrons à Saint-Martin, qu'en dis-tu ?

— Alberte et Antoine ? s'épouvanta-t-elle.

— J'en fais mon affaire.

Il s'habilla rapidement et, après un baiser, se rendit chez la tenancière. Peu de buveurs décoraient le comptoir. Un homme installé à une table ronde, accompagné d'une poulette, fumait une cigarette, l'air nonchalant et satisfait de sa personne. Victor devina aussitôt Antoine. Il reniflait ces types à dix lieues à la ronde.

— Alors mon garçon, dit tout haut Alberte, content de ta nuit ? Une bonne travailleuse !

Victor se sentit humilié. Cette réflexion le blessa au plus haut point. Il paya pour une journée et une nuit supplémentaires. Il sortit de sa veste une liasse de billets qu'il étala sur le zinc. Il déclara d'une voix forte qu'il allait déjeuner au Boréon. Alberte doubla sans pudeur le tarif et lui fit promettre de la ramener le lendemain. Elle ne voulait pas qu'une prostituée s'attache trop à un client.

— Demain matin au plus tard, menaça l'homme dans son dos, ou je viens moi-même la chercher.

Il fixa la crapule, un sourire facétieux au bord des lèvres.

Victor revint à l'auberge, heureux, en sifflotant tel un adolescent à son premier rendez-vous. Il riait, marchait très vite. On ne voyait que ses dents. La carriole attelée, un panier de victuailles sous la banquette d'où dépassaient les goulots de deux bouteilles de vin, ils prirent en milieu de matinée la direction du Boréon. Rose sentait le savon de Marseille et l'eau de lavande. Elle avait remonté ses cheveux en chignon noués par un ruban et un peigne, un châle de laine sur ses épaules lui donnait l'air d'une jeune femme rangée et innocente. Une fierté extraordinaire éclairait la figure de l'amant.

— La patronne m'a prêté quelques accessoires indispensables à une femme qui veut être belle et désirable. J'ai entendu qu'elle murmurait en hochant la tête : « Pauvre petite. »

21

Sur le pas des portes, des curieuses regardaient l'attelage se diriger vers le nord et se signaient par superstition. Qui était donc ce drôle de croquant, propre sur lui, en compagnie d'une ribaude de chez Alberte ? Les dernières habitations passées, la maisonnette de la douane, les granges, l'immensité se prolongeait au-delà de la chaîne crénelée de calcaire et de granit vers l'imaginaire où tous les mythes, les légendes devenaient possibles. Loups, lynx, ours s'attaquaient à des troupeaux entiers, détruisaient des abris en dur, dévoraient les bergers. Aucune fleur, aucune plante n'étendait ses feuilles sur ce glacis. Des êtres mi-hommes, mi-animaux vivaient nus en tribus dans les échancrures de la cime d'Arcias ou sur les berges du lac Noir. On raconte qu'un passeur qui, un jour de grosse neige, ne trouvait plus sa route fut dévoré avant qu'il ne puisse se sauver.

Une série d'épingles à cheveux conduisait aux

premiers épaulements du Mercantour. Des ruisseaux aux eaux argentines sillonnaient des plaques d'herbe rase. Le mulet trottinait allègrement, ne se souciant pas de la raideur des pentes. L'air pur lui donnait une humeur printanière. Il coupait droit avec un trot puissant, attrapait à la volée des branches de noisetiers. Une journée claire et limpide comme l'on en désire souvent s'annonçait. Les tracas étaient loin. Les vapeurs des sous-bois, des écorces titillaient leurs narines. Ils respiraient à se fendre l'âme, se dépouillaient d'une oppression vivace. Ils franchirent un pont rudimentaire, formé de billots assemblés, et passèrent sur la rive droite. La route praticable s'arrêtait. Le sentier de débardage débutait. Seuls les chariots bas transportant les troncs abattus pouvaient y accéder. Ils marquèrent une pause à la scierie et se repurent de la splendeur du panorama. L'horizon traçait une ligne orangée sur une étendue bleutée piquetée d'ondulations blanchâtres : ce devait être la Méditerranée.

— Ici tout se finit et tout commence ! s'exclama Victor.

Il lui désigna des hauteurs marquées par la luminosité et les ombres alpestres. Une sauvage grandeur défiait la platitude des herbages uniformes.

— Là-haut, c'est chez moi.

Un miroir diaphane ressurgissait au sein du murmure des mélèzes. Victor était en transit. Son esprit rejoignait les lents nuages qui festonnaient les masses rocheuses. Il divaguait un peu là, un peu ailleurs, ne trouvait pas encore son port d'attache. Des lambeaux de lui-même se détachaient au-delà de ses pensées. La vie rurale l'engonçait dans un costume trop étroit.

Soudain Rose, prise de frissons et de tremblements, s'accrocha à la manche de Victor.

— On nous suit, balbutia-t-elle.

— Depuis notre départ…

— Antoine ?

— Je l'espère…

Le plan qu'il avait ourdi se déroulait parfaitement. Victor portait sur lui quelque chose de désinvolte qui déroutait la jeune femme. Son visage reflétait une sérénité peu commune. Antoine pouvait être armé, menaçant. Ce personnage d'une brutalité infâme était imprévisible. A la vacherie du Boréon, les laitières saluèrent les promeneurs par un concert baroque de meuglements et de clochettes. Victor dételа le mulet qui gambada dans l'alpage. Il étala une toile, déballa le repas, déboucha une fiole. Ils entrechoquèrent leurs verres. Rose devint pâle. Son regard angoissé scrutait les flancs du mamelon. Victor étira ses bras comme avant une bonne sieste, s'allongea la nuque sur les cuisses de la belle, rabattit la casquette sur les yeux, une paille à la bouche.

— Ne bouge pas d'ici, exigea-t-il soudain.

Rose incapable d'un mouvement, la gorge sèche, le regarda se lever, arranger sa chemise dans le pantalon. Un léger sourire traversa son visage. Il effleura sa chevelure puis tranquillement se dirigea vers une estrade couverte d'une mousse jaunie.

Le bruit de la cascade de Ciriegia monta à lui. Une masse d'eau se précipitait dans un bassin encombré de rocs sur lesquels la cataracte se brisait dans un bouillonnement d'embruns. Il tâta son pantalon et sentit le renflement de son couteau. De l'autre main il tenait un fouet à longue lanière enroulée autour de l'avant-bras. Victor n'était plus l'être romantique qui accompagnait Rose pour un déjeuner sur l'herbe. Ses yeux se plissèrent. Ses membres se tendirent. Ses mâchoires se crispèrent. Ses muscles se contractèrent : un fauve qui allait bondir sur sa proie. Une présence dans son dos s'approchait silencieuse.

— Alors mon garçon, on rêvasse ? entendit-il.

Victor entama un mouvement circulaire qui mit le matamore dos à la falaise. Le gilet et la cravate défaits, les bottillons vernis, la casquette de travers, les joues ravagées par la petite vérole, une énorme bague au doigt, le médaillon de la Vierge noire accroché autour du cou, une arme à la ceinture dont la crosse était parfaitement visible confortèrent Victor dans son jugement. Ce minuscule vermisseau que l'on écrasait avec la semelle de ses godillots semblait ridicule. Victor en avait vu d'autres pendant la Résistance.

— On couve ma femme ! On veut la conquérir ! Mais d'abord il faut me l'acheter. Je ne pense pas que ton pécule suffise… Elle est si jeune et je sais très bien que les hommes comme toi apprécient les tendrons. De la qualité, du premier choix, pas comme les boudins d'Alberte qui puent le lait de chèvre, la chique et le foin ! Je l'ai éduquée afin qu'elle satisfasse n'importe quel amateur ! Elle ne se refuse pas à la bête et je suppose qu'elle y trouve son plaisir.

Il alluma un fin toscan, cracha des brins de tabac collés à la langue, continua son déballage sordide et souffla la fumée en direction de son interlocuteur.

— Elle n'a pas tout à fait compris qui était le patron mais elle ne perd rien pour attendre. Les femmes sont comme ça... Tu leur offres un doigt, elles te prennent le coude...

— Pourquoi nous as-tu suivis jusqu'ici ? prononça Victor très calmement.

— La frontière n'est qu'à un ou deux kilomètres. Vous passez en Italie, je me retrouve planté le bec dans l'eau comme un novice et je perds une fille de bon rapport.

Victor sortit de sa veste un paquet de billets qu'il secoua dans les souffles d'air.

— J'en ai mille fois plus chez moi !

Antoine, interrogateur, haussa les sourcils.

— D'où tu sors ce pognon ?

— Mon secret...

— Tu crois que je vais avaler les sornettes d'un bouseux ?

Il partit dans un rire faux. Le roquet ne paraissait pas épais. D'un bras Victor le soulèverait et le balancerait en enfer. Un pas de plus ! Au bord de l'abîme ! Un redoutable goût de sang envahit sa bouche. Il déroula la lanière du fouet. Antoine tenta de se saisir de son arme. La lanière cingla la main.

— Je ne te conseille pas ce geste !

La canaille suffoquait. La haine transfigurait ce type qu'il avait pris à la légère. Une carrure impressionnante, la mine déterminée, des paluches qui n'étaient pas celles d'un bureaucrate… Il le dominait d'une bonne tête. Antoine voulut s'esquiver. Victor le coinça sur l'avancée. Le demi-sel pâlit. Son sang gelait dans ses veines. Ses jambes tremblaient par saccades.

— Qui es-tu ? demanda-t-il sur un ton à peine audible.

— Celui que tu n'aurais jamais dû croiser !

— On pourrait s'arranger…

Un pas de plus. Ils étaient si proches mais encore trop éloignés pour agir. Victor percevait l'odeur salée et grasse de l'épouvante juste avant le trépas. Antoine soudainement comprit. Une sueur infecte trempa sa chemise. La cascade serait son linceul. Victor avançait toujours. Un masque sombre couvrait ses yeux de fauve. Antoine ne pouvait plus rien. La terreur avant l'enfer. Un pas de trop en arrière. Le déséquilibre ! Un moment suspendu, égaré sur terre. Il vacilla en faisant des moulinets avec les bras. Un hurlement inhumain étouffé par la furie des eaux ! La cascade de Ciriegia l'engloutit.

Le calme revenu, les oiseaux se remirent à siffler. Tout rentrait dans l'ordre.

Victor ressentit un plaisir délicieux et morbide. Des sensations fugitives lui donnèrent la chair de poule. Il devenait le juge qui transformait la sentence en cauchemar. C'était à la fois terrible et bon. La mort lui parut si simple et facile ; une initiative partagée qui révélait nombre de satisfactions. Aucun préjugé ne le traversa et il ne se fit aucun reproche. Il avait agi avec beaucoup de facilité, se sentit léger, heureux, privilégié d'avoir commis cet acte. Il regretta que la victime n'ait pu agoniser plus longtemps. Antoine avait trépassé par sa bêtise. Il n'existait plus et n'avait jamais existé. Le trépas d'une ordure lui amenait une jouissance certaine et une vibration intense. Les méandres glacés le conduisaient vers un immense théâtre d'où il tirait une à une les ficelles. Qu'est-ce que la mort ? réfléchit-il. La souffrance, la peur, une insolite exaltation ? La délivrance des corps ? Une vibration corporelle intense ? Rien de tout cela, seulement le plaisir de l'acte. Victor détenait le destin, ouvrait le passage vers l'au-delà, vers le néant.

Il arrangea son habit et rejoignit tranquillement l'aire de pique-nique en fredonnant une valse. Quand Rose l'aperçut, elle courut vers lui. Il la souleva et la fit virevolter.

— Antoine ?

— Il ne te nuira plus.

La brise balayait les névés et fraîchissait le temps.

Sur le chemin du retour, Rose se pelotonna contre son héros. Ils soupèrent jusque tard dans la nuit sous l'œil bienveillant de la patronne de l'auberge qui parfois s'asseyait à leur table et se mêlait à la conversation. Elle leur offrit du génépi. Ils étaient un peu ivres. Victor expliqua à Rose l'extraordinaire pouvoir de sa jeunesse, la beauté de la vie. Elle méritait un autre avenir que les bordels. Il la persuada de retourner chez ses parents, de s'ouvrir à eux, de leur raconter ses terribles déboires.

— Ils comprendront qu'ils ont une fille qui ne demande que leur amour.

Rose posa sa main sur celle de Victor. Des larmes coulaient sur ses joues.

— Tu me manqueras, avoua-t-elle.

— Je ne suis qu'un voyageur égaré.

Le matin, Victor l'accompagna au car en partance pour Nice. Il lui glissa dans la poche un peu d'argent.

— Tu en auras plus besoin que moi…

Il n'attendit pas que le véhicule démarre et se dirigea vers l'estaminet d'Alberte afin de régler quelques comptes.

22

Les rênes molles, le mulet sentait la tiédeur de l'écurie et ouvrait le passage. La caboche laineuse, les naseaux au vent, une oreille dressée, l'autre rabattue, les antérieurs bandés, il tendait son poitrail dans les montées. Les cailloux giclaient sous les fers. Il tirait l'attelage avec aisance, posait le sabot sur la terre fine et dure. Victor, ballotté par le branle de la carriole, somnolait. L'aventure avec Rose ne mettrait pas en porte-à-faux ses ambitions. Il se reprocha de s'être laissé entraîner par un sentimentalisme désuet ; un simple rapport tarifé, se persuadait-il. La mort d'Antoine l'aida à se forger une conscience plus coriace. Sa liberté comptait plus qu'une idylle sans lendemain. Il ralentit le trot du bourricot. Victor évoluait dans un paysage étrange aux multiples facettes, loin de la vérité. Il plissa les yeux face au ciel indéfini d'un indigo ardent. La chaîne alpine lui parut éclatante. Des couleurs pastel formaient un kaléidoscope délicat. Un courant sublime pénétra ses sens telle une longue vague langoureuse. Il se sentait bien. Son besoin d'exister était plus fort que toutes les promesses ? Adèle et Philémon lui pardonneraient. Il ne crèverait pas sans réaliser ses vœux. Mourir aux Clots, sur une paillasse ou un tas de foin, dans une étable ou une masure, quelle ironie ! Il s'en voulut de posséder des pensées indignes de lui. Sa décision était scellée. Il suivrait les voiles blanches qui le porteraient vers des rivages insolents, vers ce sud où il se baignerait dans une chaleur indolente.

Il ressentit une impression indéfinie. Il devait agir, ne plus traîner ! Il était temps de se défroquer de ses habits de cul-terreux et de s'ouvrir à la société moderne. Ses décisions demeuraient vitales. « Victor Cousin de Salèse », prononça-t-il. Ce nom ne lui sembla pas anodin. « De Salèse » sonnait parfaitement à ses oreilles... Il ne résista pas à répéter la particule plusieurs fois. Une illumination traversa son esprit : pourrait-il être issu de la noblesse piémontaise ? Combien de marquis, princes, barons avaient acheté leurs titres et paradaient dans les cercles fermés de l'aristocratie ! Il lui suffirait de s'inventer un arbre généalogique, de faire imprimer des cartes de visite portant ce patronyme. Il ajouterait en gras et en relief pour se donner une certaine légitimité : *Comte de Salèse*. Il apprendrait les belles manières, toiserait ceux qui lui adresseraient la parole, fréquenterait les établissements de luxe. Sa table serait réservée dans les restaurants chics. Il s'habillerait chez les tailleurs réputés, fréquenterait les cinémas, le théâtre, les concerts, ferait la fine bouche lorsqu'il recevrait des invitations, écarterait fermement les poulettes poudrées, les demi-mondaines babillardes, les gourgandines trop pressées attirées par tout ce qui brille. Il se méfierait des rastaquouères et des julots de bistrot papillonnant autour de son portefeuille. Il savait se défendre et châtier la vermine. Antoine en avait fait les frais et il recommencerait sans aucun préjugé. Rempli de cette verve qui sied aux gens de qualité, il était persuadé que l'on ne pourrait rien lui refuser. Mais où briller dans une telle société ? Une ville au bord de la Méditerranée ? Il écarta Nice et la médiocrité d'une faune indélicate qui vivait aux crochets de politiques soi-disant respectables ou de dignitaires vertueux. Victor Cousin comte de Salèse ne se laisserait pas brouter le crin sur l'échine.

Le bouillonnement de la Vésubie et de la Tinée disparut. Victor passa sur l'ubac et perçut les bruits familiers. La campagne s'ouvrait en éclats, en craquements. Le village pointait son architecture dépouillée et resserrée. Victor parcourut les hautes crêtes empourprées de cristaux neigeux et reconnut la cime de Fremamorte. Depuis cinq années son trésor était enfoui. La prudence exigeait des sacrifices. Le Val de Maïssa, la chapelle de la Trinité, les Clots se dessinèrent dans une vision étriquée. La ferme lui parut triste. Beppo, une cigarette au bec, assis sur le banc de pierre, surveillait les moutons qui paissaient dans la plaine. Garibaldi allongé à ses pieds se désintéressait de ce troupeau amorphe et bêlant.

— Le temps m'a paru long, dit-il.

Victor fit la moue.

— Les rendez-vous traînaient en longueur.

— J'ai rassemblé tes bêtes avec les miennes et vendu deux malheureuses vaches à l'équarrisseur dont le pis était sec comme une vieille serpillière.

D'un pas nonchalant Victor entra dans la cuisine et étala les dossiers sur la toile cirée.

— Voilà les actes de propriété. La plaine est à toi selon tes souhaits. Tu bénéficies aussi de toutes les dépendances. La maison, tu pourras l'occuper durant mon absence.

— Tu vas partir ?

Victor hocha la tête mais ne baissa pas les yeux. Malgré toute l'affection qu'il portait à Beppo, ils se sépareraient.

— Dans une quinzaine tout au plus.

— Tu reviendras ?

— Je ne peux le dire…

Beppo hocha la tête.

— Je me suis enterré ici. Après le service militaire, je songeais à m'engager dans la marine. J'entrevoyais un tour du globe sur des bateaux magnifiques et racés. Des maîtresses dans tous les ports et puis le père m'a coupé la chique et légué le troupeau ! Je ne pouvais pas décevoir ce pauvre diable ! Les brebis représentaient la fortune d'un homme qui ne possédait pas grand-chose. Je ne pouvais pas refuser. Les dés étaient jetés. Je n'ai pas réagi et voilà où j'en suis : un pauvre couillon rempli de rancœur qui n'a ni femme ni enfant, dont les seules compagnes sont les bêtes. J'ai appris tout seul à lire, à compter, à écrire pour ne pas être ignare et ne pas ressembler aux abrutis de Salèse. A quoi me servent mon orgueil et mes certitudes ? Les montagnes me supportent mais moi je ne les encadre plus ! J'en ai trop vu !

Victor fixa un point perdu quelque part dans la pièce. Les aveux de Beppo balayaient tout regret. Sa tristesse l'émouvait. L'idée de lui céder une part du butin effleura l'esprit de Victor. La proposition resta suspendue au bout de sa langue. Beppo n'était pas né de la dernière pluie. Il tournait autour du pot et obtenait souvent les réponses qu'il cherchait. L'argent de la Résistance revenait de droit à l'Etat. Victor avait trahi son réseau. Il n'était qu'un traître, un immonde escroc ! Fini la vie de paladin et ses projets inouïs ! Les tribunaux d'exception étaient encore en vigueur. La prison à vie ou l'échafaud, voilà ce qu'il méritait ! Le comte de Salèse crèverait avant de naître ! Quelle ironie ! Victor balaya ces idées aventureuses, se résigna au secret et se laissa envahir par une humeur badine.

— J'ai la fringale, dit-il.

Beppo partagea de la charcutaille et du fromage caillé. Il passa la miche de pain gris à la flamme afin que la croûte soit craquante.

— Saint-Martin ?

— L'ennui règne en maître. On te dévisage de travers. Tu es l'étranger de tout le monde. Ils m'indiffèrent. Je n'ai rien à leur dire.

— Je me suis dit que tu traînerais au bordel d'Alberte et que tu te régalerais d'une poulette bien dodue… Dans ce patelin on fréquente ce lieu de débauche plus que l'église. Même le sous-préfet s'y promène parfois…

Victor joua l'innocent. Il devina le visage de Rose au travers des vitres de l'autobus.

— Moi j'ai résolu le problème, continua Beppo. Chaque mois, je me rends chez une copine de Venanson qui a subi un mariage forcé avec un type de son village, une dinde pas chère, au croupion aussi large que celui d'une laitière, aux lèvres épaisses, aux seins énormes qui ressemblent à des pastèques d'hiver.

Beppo considérait l'acte amoureux comme un leurre. Ces demoiselles soi-disant vertueuses, vierges ou innocentes pompaient la volonté, la fortune, les biens du mari sans qu'il s'en aperçoive. Finalement seules les putains possédaient un sexe honnête et apportaient satisfaction. Alors, pourquoi s'enticher d'une femme légitime ? L'usure, le flétrissement de l'être, l'appétit charnel déclinant, le couple se délite et s'éteint comme une mauvaise chandelle. En fait, Beppo considérait le bordel comme une chapelle, les prostituées des religieuses avec qui il faisait bon prier. Pourquoi pas… Une philosophie de l'existence réaliste. Avec ses économies, il possédait toute latitude de renouveler un cheptel vieillissant et plaçait sa stature au-dessus de toute contingence. La poésie, la délicatesse, les minauderies de jeunes filles en chaleur ne l'effleuraient pas. Victor ne pouvait en rester à ces raisonnements singuliers.

Il avait hâte que l'aube éparpille ses primes lueurs. Peu de sommeil ! Des cauchemars brefs, insupportables le conduisaient vers un précipice sans fond. Les épines griffaient les doigts tel un Christ sans foi ni religion. Les visages aimés apparaissaient furtivement, grossissaient, fondaient dans un décor de flammes ! L'avion au centre du brasier... Les pilotes tapaient aux hublots. Les lames de feu les maintenaient à leurs sièges. Les masques en caoutchouc fondaient sur leurs nez et leurs lèvres. Leurs grimaces traduisaient l'épouvante. Victor lisait sa propre mort. Une lourde fumée aux relents d'essence couvrait les crêtes. Il serrait contre lui des morceaux de ces soldats noirs, fossilisés, tordus, rabougris, des souches calcinées rongées de l'intérieur. Le sommeil devenait son propre ennemi. Il fermait les paupières. Le néant recommençait.

Victor transpirait à grosses gouttes. Il ne voulait plus se rendormir, ni sommeiller. Les paupières se fermaient. Il ne pouvait résister. Des frissons parcouraient ses membres. Des formes fantasques se découpaient et dansaient autour de lui. Un terrible sursaut, il se retrouva assis au milieu du lit, draps et couvertures chiffonnés. Il resta longtemps dans cette position, sur ses gardes. Les délires s'estompèrent. Le gosier sec. La salive tarie. Il avait terriblement soif. Il chercha son souffle, se leva, ouvrit la fenêtre. L'aube était si douce.

La cime de Fremamorte se profilait dans son esprit. Il revisitait les reliefs pour atteindre la baume, les passages difficiles, les refuges si l'orage claquait, les sources afin que le mulet se désaltère. Il réfléchit sur l'équipement et l'outillage, prépara aussi un sac avec une tenue propre. Ses gestes étaient mesurés. Il ne voulait rien oublier. Il se saisit d'un revolver et d'une poignée de balles, reliques de la Résistance… La région était peu sûre. Entre les collabos recherchés, des passeurs peu scrupuleux, les bandits de grand chemin, autant se prémunir des mauvaises situations. Il n'hésiterait pas à se servir de son arme. Il quitta les Clots entre chien et loup, une heure où la discrétion était de mise. Les pics dentelés et vaporeux émergeaient d'un horizon léger, profond et s'érigeaient en gardiens des merveilles et des esprits fantastiques. Il fit un signe à Beppo qui sortait le troupeau de l'étable. Il allait aux côtés du mulet en tenant la bride tel un pèlerin contemplateur.

23

Victor accélérait le pas. Le bâton ferré rythmait la cadence. Il suivait un rêve mûri. Tant d'années d'attente. L'air vibrait autour de lui. La clarté d'un ciel alpin traçait une trajectoire pure et droite. La cloche sonna la messe de six heures. Il jetait à droite et à gauche des regards scrutateurs. A l'infini se succédaient des teintes douces et ocre. Soudain dans le calme immense, il perçut d'imperceptibles craquements, des bruits étouffés sur l'herbe, un pied que l'on retient sur une brindille, des murmures portés par le zéphyr. Il se raidit et se tapit dans un cimetière insolite de rochers dressés en pointe. La chair de poule agrippa ses bras. Une sueur glacée coula dans ses reins. Son cœur faisait un boucan du diable. Le suivait-on ? Beppo ? Qui s'aventurerait dans les méandres de ce massif ? Un type du pays ? Aucune lavette de Salèse ne possédait ce courage, à moins d'envisager un coup de Jarnac. Il surplombait la vallée, les sens en éveil, suspendu à un écho qui se diluait dans l'immensité nuageuse. Puis plus rien, uniquement le bourdonnement de ses tempes, aucun danger ne se révélait. Le fruit de son imagination, une peur cachée... Le silence absolu gagna la volupté atone du lieu. Les cèdres attisaient des parfums acides. Il sortit de sa poche un bout de toscan, le huma, le lécha, le porta à ses lèvres et l'alluma. Les dieux avaient pardonné et béni l'homme qui se délivrait de son carcan. Il se sentait hors d'atteinte et dominait une société méprisante. Des lendemains confortables s'esquissaient. Il éprouva un peu de tristesse pour Adèle et Philémon. Ce qui était fait était fait...

— Je suis Victor Cousin de Salèse, affirma-t-il avec une autorité et une assurance qui débordaient de son personnage.

Il entama un interminable monologue.

Le paysage changea de nuance. Une clarté divine inonda son regard. L'éblouissement surgit au milieu d'un décor magnifique. Il reprit sa marche sur une draille de chevriers effacée par les intempéries. Les pilons de calcaire s'enchâssaient entre les fourrés et les arbrisseaux. Il entama une interminable grimpette, oubliant derrière lui les dernières cabanes à moutons. Des troncs à vif ressemblaient à une colonie de géants. Leurs formes bizarres, estropiées, vantaient l'intensité de la foudre et des orages. De leur sève rédemptrice jaillissait un élan spirituel. Chaque arbre détenait une âme et survivait grâce aux racines qui puisaient profondément dans l'humus les sucs végétaux nécessaires à son accomplissement et sa semence pour l'éternité. Victor goûtait l'accomplissement d'une création lente, prodigieuse et perçut les gémissements des écorces crevassées d'engelures.

L'avion se distinguait à peine sous les amas de rocaille. De la carlingue déchirée coulait un flot d'éboulis maquillé par quelques plantes vivaces. Ce gisant masqué par la minéralité ne livrerait pas son mystère. Les cendres des pilotes anglais éparpillées dans les combes sauvages écrivaient dans le granit le mot *Liberté*. Les barbares avaient accompli leur œuvre. Ça ne finirait donc jamais ! Ça recommencerait ! Les dés jetés sur un tapis vert rouleraient selon les appétences des seigneurs. Victor se sentit soulagé. Sa cache était demeurée inviolée. Tout en bas, le lac camouflé par les ondulations d'une brume volatile ajoutait à la chaîne alpine une sérénité respectueuse. Victor ne se détachait pas de cette forme d'acier écrasée et rebondie à l'arrière. Il laissa le mulet libre qui ne s'éloigna pas. Il ne dégagea pas de suite l'entrée de la grotte, pourtant la tentation le rongeait. L'argent se trouvait bien caché. La fascination de palper les liasses, de compter, recompter et de se noyer dans un suprême bonheur le tentait. Ses doigts tremblaient. La précipitation n'était pas une bonne conseillère. Une chose à la fois. Il alluma un feu, se laissa confondre par de lointaines ambitions. Victor s'enroula dans une couverture. Une excavation le protégeait de la brise. La lune dessinait parfaitement les redans débités par la gelée. Les étoiles étincelantes, réfléchies dans les eaux du lac, semblaient des pépites d'or tombées du firmament. Victor attendit très longtemps, bercé par les mouvements souterrains des montagnes. Il raviva le feu avec des épineux qui dégageaient une fumée de bois humide, s'enroula dans une couverture et se blottit dans une excavation.

La nuit offrait sa splendeur. Le guetteur et la pierre ne formaient qu'un. Arrivait l'étape d'un voyage où son imagination se confondait avec le présent et la réalité comme autant d'épreuves à résoudre, de passages à construire.

Une fine poussière maculait l'intérieur de la baume. Pas de traces suspectes, si ce n'était celles des mulots et des araignées qui avaient établi leur territoire. Victor caressa du bout des doigts la saillie légèrement incurvée. Les hésitations se dissipaient. Les années d'attente se concrétisaient. Victor gratta la terre de plus en plus vite, de plus en plus fort. La sueur mêlée à la poudre blanchâtre collait sur son front. Victor ne domptait plus ses démons. L'acier apparut, verdâtre ; trois longs tubes immobiles, fossilisés dans leur conque. Il les retira avec facilité, ouvrit les serrures et ôta l'emballage huilé qui servait de protection. Face à la fortune qui lui sautait à la figure, il se sentit impuissant. Jamais un tel souffle d'abondance ne lui avait procuré ce vertige. Aujourd'hui, Vittorio Lombardo, fils de Paolo et de Maria, était vraiment mort. Victor Cousin de Salèse germait dans un jardin fructueux. Deux voyages étaient nécessaires pour récupérer la totalité de la somme. Il entassa une première partie dans des sacs de toile et reviendrait dès qu'il aurait trouvé comment protéger cette fortune sans éveiller les curiosités malsaines. Il reboucha la cavité et ne traîna pas. Il devait atteindre Saint-Martin en début de soirée, trouver une auberge discrète, dîner et se reposer.

La journée du lendemain serait bien remplie.

La pension de la Poste, à l'entrée du village, lui convint parfaitement. Un hôtelier enchanté de vendre une nuitée ou plus l'accueillit. Victor exigea que personne ne rentre dans sa chambre sous un prétexte quelconque et précisa qu'il garderait la clé sur lui. Il ferma les volets, délia les sacoches, découpa discrètement le matelas sur la longueur, cacha son magot dans le crin et, avec de la ficelle, masqua finement la toile. Il n'avait ni faim ni soif. Il se glissa dans les draps et s'endormit dans un profond sommeil. Au réveil, il tâta la litière. Le froissement des billets ressemblait à une agréable musique. Une grande satisfaction se révélait, si loin de l'existence qu'il avait menée jusqu'à ce jour. Il entreprit un second voyage afin de rassembler la totalité de son pactole et sollicita la bienveillance du commis afin qu'il s'occupe du mulet. Il serait rétribué en conséquence. Victor fit des emplettes dans la rue commerçante du bourg. Le barbier le rasa de près, tailla sa tignasse, parfuma ses joues d'eau de lavande. Il laissa un large pourboire au bonhomme qui lançait du monsieur à tout-va. Victor acheta le journal local, dépouilla ligne après ligne les articles concernant la Bourse, se renseigna auprès du Comptoir agricole et de la banque des Alpes sur les modalités de dépôt, les divers placements, parcourut les imprimés qu'on lui remettait. Il se présentait sous le patronyme de Victor Cousin de Salèse. Les montants n'étonnaient pas les banquiers. La guerre et ses à-côtés, les reliquats de l'armistice, l'épuration… des fortunes colossales circulaient, pas toujours dans de bonnes mains. Les économies des agriculteurs n'étaient pas à négliger et se révélaient parfois surprenantes. Alors lorsque se présentait un client tel que Victor, les préposés ne posaient aucune question. L'argent n'avait pas d'odeur.

De retour à la pension, il vérifia qu'aucun intrus n'avait fouillé ses affaires. Il dîna dans un angle reculé de la salle à manger. Son air fermé lui épargna nombre de questions auxquelles il ne souhaitait pas répondre. Un hochement de tête suffisait. Néanmoins la curiosité persistait. Un voyageur d'une telle prestance ne se déplace qu'en voiture, pas avec une bête de somme ! Il expliqua que son véhicule était tombé en panne dans la vallée et qu'il lui fallait patienter quelques jours avant de le récupérer. Le mulet n'était que le prêt d'un brave paysan. Victor prolongea son séjour d'une bonne semaine et régla d'avance la chambre. Le lendemain, il prit la correspondance pour Saint-Sauveur-sur-Tinée et s'installa à l'avant de l'autobus. Il appréciait la dextérité du conducteur qui manœuvrait dans les virages. La carrosserie frôlait les murailles. Les valises s'entrechoquaient sur le porte-bagages arrimé sur le toit. Des passagers s'agrippaient aux armatures des fauteuils, d'autres avaient des remontées de bile. L'arrivée à la gare routière fut un soulagement. Victor aida de vieilles personnes à descendre de cet engin porteur de modernité et de supplice. La petite ville, dite la capitale des deux vallées, fourmillait de bruits bienfaiteurs. Les voitures à cheval et les automobiles déclenchaient des embouteillages. Les chauffeurs et les cochers s'interpellaient en italien ou en patois. Les gens s'accostaient bruyamment avec des dialogues croustillants. Le linge pendait aux fenêtres. Les vendeurs à la criée s'égosillaient. Des groupes discutaillaient sur des bancs. On jouait aux boules, commandait en gueulant à boire. Les tables des bistrots débordaient du trottoir et encombraient la chaussée. La ville explosait. Victor ne perdait rien de cette ambiance populaire. Ça sentait la vraie vie. Il désirait se mêler à cette fête permanente. On ne faisait pas attention à lui. Il était entièrement libre mais ne perdait pas de vue qu'il avait des démarches à accomplir. Au Crédit de la Vallée il obtint les mêmes réponses que celles du Comptoir de Saint-Martin. Des employés très polis lui proposaient des contrats illisibles pour le néophyte. Ces beaux parleurs voyaient arriver avec arrogance le pigeon. Il changea de bourg et quelque temps après se rendit à la Banque de Commerce de Tende dans la vallée de la Roya. Les mêmes discours et les mêmes propositions revenaient. Il avait besoin d'un homme de confiance et de loi qui gérerait sa fortune et ses biens. Sans une aide efficace, Victor ne pourrait surnager dans ce monde étranger.

Il obtint un rendez-vous avec le notaire Laugier, étonné de sa métamorphose. Après des échanges de politesses, une discussion banale, le plaisir de la rencontre, l'officier ministériel se mit à tutoyer d'emblée le fils Cousin et passa aux choses sérieuses. Il avait géré les affaires de Philémon et d'Adèle Cousin sans qu'un seul problème se révélât. Dans son cabinet vieillot, ce personnage d'un âge mûr natif du pays possédait les ficelles du métier. Ses joues ratatinées, son costume usé, brillant aux coudes, garantissait qu'il avait de l'expérience. Il vivait humblement dans la maison familiale et avait repris la charge de son père. Son officine était sa seule raison de vivre. Sa clientèle : des montagnards et des paysans dont les héritages, les partages de terres et de biens le faisaient tourner en bourrique. Il connaissait parfaitement les mœurs locales, la généalogie des vieilles familles et savait calmer les plus vindicatifs. Sa réputation de discrétion et d'honnêteté dépassait les frontières de la région. Victor avait devant lui le personnage qu'il lui fallait, dénué de toute vénalité. Sa connaissance du système lui serait utile. Laugier demanda à son clerc, une femme peu souriante, raide comme un passe-lacet, deux cafés avec un flacon d'eau-de-vie. Il annula tous les rendez-vous de la journée.

— Depuis quarante ans que je la supporte, je ne lui ai jamais vu un sourire même si elle semble de bonne humeur !

— J'ai besoin de vos services, avoua Victor.

Il aborda prudemment le sujet et lui fit part de ses visites aux diverses banques.

— L'argent pose toujours des problèmes. Les banques ne sont là que pour s'enrichir. Nul ne peut tout savoir. Les agents assermentés par l'Etat sont indispensables.

Il scruta Victor de dessous ses bésicles rondes, lui proposa un toscan et l'invita à s'asseoir dans un fauteuil de cuir aux accoudoirs éculés.

— S'agit-il de l'héritage de tes parents ?

Victor soupesait ce qu'il avançait. Devait-il se dévoiler totalement ? Cet interlocuteur qui buvait le même alcool, qui avait trinqué avec lui, qui fumait les mêmes cigares ne pouvait être corrompu.

— L'héritage de Philémon n'est que de la broutille. La somme est beaucoup plus importante, avoua-t-il sans trop de scrupule.

Laugier aborda les difficultés de la finance. Nombre de paramètres l'embrouillaient. Le notaire redoublait d'explications. Victor saisit l'évidence : seul, il n'arriverait pas à gérer et faire fructifier sa fortune. Il se laissa aller au fond du fauteuil.

— J'aimais beaucoup vos parents... Des gens qui vivaient décemment, avec presque rien. Au fil des années, nous sommes devenus amis. Mon père, puis moi, nous nous sommes occupés de trois générations de Cousin et nous leur avons évité par deux fois la faillite : après la Grande Guerre, ensuite dans les années trente lorsque le monde rural se désertifiait... Une sale période. Mais Philémon et Adèle avaient compris ce qu'il fallait faire.

Victor fit un effort considérable pour ne pas emmêler le fil de ses pensées et revenir à ses desseins.

— Tu souhaiterais que je gère tes affaires, avança-t-il. Que je sois ton conseil. Je suppose au vu des documents que j'ai signés en faveur de Beppo que tu quitteras la ferme des Clots et t'installeras dans une ville au bord de la mer ou ailleurs... Pour une telle vie il te faut des rentes et des épaules solides ! J'ajouterai que lors de tes voyages tu souhaiteras disposer de ton argent...

Victor ralluma son cigare et arpenta la pièce. Ses doutes sur Laugier n'existaient plus. L'homme était de confiance.

— Si je suis venu vous rencontrer, ce n'est pas pour rien.

— De combien disposes-tu ?

— Environ trois millions de francs.

Le notaire appuya son menton sur ses poings et se perdit dans le regard de son désormais client. Victor retourna à la pension de la Poste et entassa les sacs à l'étude de Laugier. Celui-ci après comptage lui remit des certificats de dépôt.

Victor demanda au commis de ramener le mulet à la ferme des Clots et rédigea un petit mot pour Beppo. Ainsi, il rompait le dernier lien qui le rattachait à cette contrée. L'autocar longeait la vallée du Var. Le paysage s'éclaircissait. La Méditerranée. Le terminus face au Casino. Des silhouettes floues déambulaient sur les boulevards. Un tumulte croissant n'octroyait aucun répit à son esprit. Son crâne bourdonnait. Nice n'était qu'un monstre tentaculaire. La place Masséna, le jardin Albert-Ier, la fontaine du Soleil… La vieille ville l'attirait au sein de ses entrailles et le ramenait à son enfance. Quelques marches à descendre… La nostalgie devenait un sentiment ridicule. Il se détourna de ces pensées nuisibles. Il ne pouvait qu'agir et s'envoler.

Il se constitua une garde-robe conséquente : chez le tailleur Lubinski des costumes, aux Galeries Lafayette de Paris du linge de qualité, des chaussures basses, et se fit livrer à l'hôtel des Empereurs où il séjournait. Il acquit une montre de valeur au cadran large et doré. A son annulaire, il portait la chevalière de Philémon qu'Adèle lui avait offerte le jour de son décès. Victor se fit établir un passeport en ajoutant à son identité : *de Salèse.* Il déjeunait au Café Régence, un des plus chics de la Côte, ou bien au restaurant Français de la place Masséna. Sous son coude les journaux locaux, *Nice-Matin* et

Le Patriote, qu'il parcourait distraitement sur une chaise bleue de la promenade des Anglais. Lorsque ses yeux croisaient ceux d'une dame, il hochait la tête sans quitter du regard l'intrigante. Sa mue de montagnard sauvage se déchirait à chaque foulée sur les avenues commerçantes. Il commençait son apprentissage de mondain. Il échangeait avec le notaire par télégramme. Ce dernier l'informait des transactions et n'accomplissait aucun acte sans son accord.

Les quartiers modernes ne lui déplaisaient pas. Il goûtait à l'oisiveté, ne fréquentait que des personnalités nanties, héritiers, arnaqueurs de haut vol qui se mêlaient à la faune huppée. En peu de temps il apprit les manières, qui ouvraient les portes des bars à cocktails, des soirées privées, des hôtels de prestige et du Negresco. Les rencontres sous les parasols du Savoy, à la terrasse de la Frégate étaient du plus grand chic. Un défilé de voitures américaines déposait les mondaines en quête d'idylles. Sa liberté se réduisait à une flânerie sans trop d'intérêt. Les jours se répétaient. Il éprouvait parfois de la lassitude et s'accusait de ne pas savoir profiter de sa fortune. La vie d'un « de Salèse » ne pouvait s'écouler ainsi ! Le grand large s'étalait devant lui. Le recommencement… Il désirait vivre une aventure originale. Ce cloaque maniéré l'embourbait dans ses manières et ses habitudes.

Nice, telle une drogue perverse, savait séduire.

24

Un matin où la Méditerranée était calme, Victor embarqua en première classe, du port de Nice en direction de Gênes. Pourquoi cette destination, ce voyage ? Il ne le savait pas. Cela faisait partie de son aventure. Victor savourait cette première longue escapade. Un bonheur inexplicable se dessinait au fur et à mesure que le navire larguait les amarres, s'éloignait du quai et franchissait la jetée. Les remous et les odeurs marines l'emplissaient d'espoir. Accoudé au bastingage, les flots apparaissaient tranquilles, couverts d'une écume nacrée. Les vaguelettes portaient de petits moutons sauvages avant d'être avalés par les tourbillons des hélices. Il remonta le col de sa veste, alluma une cigarette et consulta sa montre en métal doré qu'il laissait dépasser de la manche de sa chemise. Il partageait ce moment de grâce avec les paysages marins. Reviendrait-il sur la Côte d'Azur ? Aucune réponse ne le séduisait. La circulation des passagers dans son dos lui était imperceptible. Il se rendit au bar, s'installa dans un des fauteuils de moleskine face aux baies vitrées et commanda un alcool. Une musique de jazz créait une ambiance feutrée. Ses yeux s'accommodaient à une lumière qui provoquait de charmants reflets sur les jambes croisées des voyageuses. Il devinait la fin des bas nylon et la nudité de la chair tendre et blanche en haut des cuisses. Victor s'attardait sur leurs silhouettes. Des parfums subtils d'encens ou de jasmin s'évadaient de ces natures. Elles dévoilaient presque l'interdit en la compagnie équivoque de leurs maris qui discutaient et fumaient de gros cigares. Lorsqu'elles changeaient de pose, elles tiraient légèrement sur l'ourlet mais le moindre mouvement rétablissait une situation exquise. Le voyage favorisait-il de tels caprices ? Les doigts de Victor tremblaient en prenant le verre plein aux trois quarts. Il feignait de boire. Il était si loin des paysannes vêtues de fripes sombres qui exhalaient la transpiration sous leurs aisselles velues. Ce climat lui tournait la tête. Il ne faisait plus partie de la basse classe.

Il fit quelques pas sur le pont, tâta la doublure où il avait caché un confortable pécule et sentit le gonflement des enveloppes. La fraîcheur enivra ses poumons. Il ne distinguait ni l'horizon, ni les côtes… Le ronronnement des machines, le craquement de la coque pénétraient un silence gluant, fendu par les entailles de la proue. Les hirondelles de mer planaient et guettaient les poubelles des cuisines que les marins jetaient à bâbord. Les étoiles virevoltaient au fil des souffles salés. La faim le ramena à une soudaine réalité. Au restaurant, le maître d'hôtel l'installa à une table ronde qui prenait en enfilade l'ensemble de la salle. Des larges hublots, il visionnait l'écume des crêtes. Peu de monde dînait. Il devait être trop tôt. La belle société n'a pas d'heure. Un couple d'un certain âge le salua, levant leurs verres. Victor hocha le menton pour accepter cette politesse ; une tradition chez les gens respectables. Il refusa la carte, laissa le steward organiser un menu décent, peu copieux et commanda une coupe de champagne. L'homme au complet à carreaux prince-de-galles et au nœud papillon, la face tranchée par un sourire de circonstance, se dirigea vers lui et s'adressa avec déférence à Victor.

— Cher monsieur, je vous prie de partager notre table. Rester seul devant votre assiette peut gâcher votre repas... Mon épouse est curieuse de vous connaître. Ce n'est pas tous les jours que l'on rencontre sur un bateau un jeune homme aussi élégant...

Victor ne répondit pas de suite et s'arma de méfiance. Les beaux parleurs agissent toujours là où on ne les attend pas. Néanmoins, il accepta l'offre. La femme lui tendit la main qu'il serra avec énergie. Elle caquetait sur tous les sujets, geignait sur elle, sur le tangage du navire, sur les voyages interminables imposés par son époux. Seule sa petite personne l'intéressait. Victor ne pouvait en placer une.

— Chère amie, interrompit le bellâtre, vous discourez comme un moulin à paroles et, comble de l'impolitesse, nous ne nous sommes pas présentés. Que doit penser notre invité ?

Il tendit sa carte de visite :

— Monsieur Albert Guérin, président du Credito Italiano.

Il fit un signe en direction du siège opposé :

— Mon épouse Madeleine.

Elle inclina la tête de biais. Ses yeux porcins, sans aucune inspiration, croisèrent ceux de Victor. Entre les époux, ce ne devait plus être le grand amour. Ils faisaient semblant de se supporter.

— Victor Cousin de Salèse, se présenta-t-il sur un ton qui dépassait son audace.

Le « de Salèse » impressionna Albert Guérin.

— Gênes ? demanda-t-il.

— Turin, Milan ou Florence... je ne sais pas trop...

Madeleine Guérin, contrariée qu'on ne s'occupe pas d'elle, tira de son sac à main un long fume-cigarette argenté, y introduisit délicatement une blonde américaine et feuilleta une revue qui traînait sur une chaise. Ils voyagèrent ainsi entre alcools et cigarillos fins. Victor ne s'autorisa pas à fermer un œil.

Victor franchit la passerelle du navire. Ses jambes tanguaient en touchant la terre ferme. Le couple Guérin s'engouffra dans une berline avec chauffeur.

Victor resta étourdi. La république de Gênes, patrie de Christophe Colomb, de Niccolò Paganini, repaire de Garibaldi, le plus grand port de l'Italie, où toutes les populations du monde se croisaient. Les collines des *Cinque Terre* disposées en demi-cercle embrassaient la baie qui s'étendait des colonnes d'Hercule à la mer Noire, jusqu'à Byzance. Le phare médiéval dressait sa rigidité sur un univers hétéroclite et offrait une perspective infinie. Les dockers hurlaient. Une faune errait sans but, échangeait à voix basse dans un dialecte proche du niçois. Victor plissa les paupières et observa les toits d'ardoise, les façades ocre vif, les ruelles d'escaliers montants où le linge pendait d'une fenêtre à une autre. Il respirait les effluves d'une ville où se côtoyaient maraudeurs, notables, prostituées. L'énergie de cette population sans frontière le subjuguait. Une fourmilière se débattait dans une folie étourdissante. La capitale aristocratique de la Ligurie pansait ses blessures de guerre, se relevait des bombardements anglais. La reconstruction ! Les Génois n'avaient que ce mot à la bouche. La cité aux cent dix palais plongeait Victor dans une sorte d'hypnose. Il entra dans un minuscule café pour apaiser son étourdissement et s'installa près d'une baie vitrée qui donnait sur les quais. La musique d'un accordéon s'élevait d'un poste de radio. Un groupe de jeunes filles à peine pubères, aux visages malicieux, allait et venait devant la vitrine. Il commanda un Martini blanc, feuilleta le quotidien *Risorgimento,* le journal

Patrie réservé aux troupes basées sur les ports de la Riviera, engagea la conversation avec un employé à la tenue simple mais impeccable qui parlait parfaitement le français. Ce dernier lui donna de précieux conseils pour ne pas se faire plumer par de beaux parleurs orfèvres dans l'art du bagout ou lors de rencontres plus intimes dans les endroits huppés de la piazza Matteotti.

— Les poulettes, ce n'est pas ce qui manque ici. Le Palazzo Ducale, le parvis de la cattedrale di San Lorenzo, les boulevards... Elles ont l'air de dames du monde ou de madones en quête d'un Christ ! Je pourrai vous en dire plus si vous le souhaitez...

Victor trouva la conversation plutôt drôle et se demanda si ce *commediante* n'était pas mandaté par les autorités pour accueillir le touriste et veiller sur son séjour.

— Dans les quartiers pauvres où l'on vous prendra pour un amerloque, tous les étrangers sont des ricains bourrés de dollars avec qui l'on peut imaginer du business ! On sait quand on rentre dans ces *quartieri malfamati* mais pas quand on en sort, si on en sort. Les gens y vivent comme des taupes, crèvent de faim et de froid, alors ils se débrouillent... Des *banditi* sans vergogne vous vendent leurs sœurs à marier : « *La mia sorella vergine !* » Ils exhibent des gamines de douze ou treize ans et vous entraînent chez eux soi-disant pour conclure le marché, ensuite... Des clans *mafiosi* savent que sous les ruines la fortune sommeille.

Que voulez-vous, c'est comme ça, acheva-t-il d'un ton fatidique. En Italie, les traditions ne se perdent pas !

Il se pencha discrètement vers Victor et lui chuchota :

— Si vous désirez une voiture le temps de votre séjour ou une résidence au bord de la mer du côté du quartier de pêcheurs de Boccadasse, rendez-vous ici et demandez Angelo.

Avec sa valise à la main, Victor devenait ridicule. Les *ragazze* se moquaient de lui avec des rires étouffés en se penchant les unes contre les autres dans un mouvement de ballet impudique. Victor emprunta la *Via Dante*, la première avenue qui se présentait devant lui. Il marchait sur un trottoir envahi d'étals, s'étonnait du nombre d'échoppes soignées, de la qualité vestimentaire qui s'étalait sous son regard. Il continua par la *Via XX settembre*. D'incroyables immeubles aux tendances néoclassiques étaient disposés de part et d'autre d'allées rectilignes pavées ; un véritable décor de cinéma bordé de statues, d'allégories en marbre, de frises sous les faîtières. Ses pieds gonflaient. Il n'avait pas l'habitude de porter des chaussures à talonnettes. Il se reposa sur la margelle d'une fontaine, desserra ses lacets, s'essuya le front avec un mouchoir roulé en boule. Des enfants, du côté opposé, le dévisageaient bizarrement. Au moindre signe de faiblesse ils fondraient sur lui comme sur une proie agonisante. Il se sentait observé par des silhouettes tapies au plus profond des entrées d'immeubles. Il tâta le manche de l'opinel, dans la poche de sa veste.

L'hôtel San Carlo lui proposa ce qu'il cherchait : discrétion et standing. Le concierge haussa les sourcils lorsque le bonhomme à l'habit froissé sollicita une chambre donnant sur le parc. Il lui fit entendre sur un ton obséquieux que de nombreuses vedettes de cinéma telles que Grace Moore, Louise Carletti, De Sica… ou bien de puissants hommes d'affaires séjournaient dans l'établissement et désiraient le calme absolu. Victor déposa sous le nez du préposé une liasse et exigea immédiatement la plus belle suite. Il inscrivit sur la fiche de réservation : *Victor Cousin, comte de Salèse,* sans indiquer ni adresse ni profession. Le concierge n'osa le lui demander, se racla la gorge et l'interrogea sur la durée de son séjour.

— Le temps que je veux, monsieur…

Un groom le guida par l'ascenseur jusqu'au dernier étage et ouvrit la porte d'un véritable appartement. Un parquet en chêne ciré, des doubles rideaux brodés de couronnes de lauriers, des miroirs aux encadrements sculptés, un bureau, des fauteuils, un balcon composaient un décor princier. Un lit immense, bordé de tablettes de chevet, trônait dans une chambre indépendante. Des fresques érotiques décoraient le plafond de la salle de bains. Des robinets dorés en forme de tête de cygne surmontaient une baignoire de marbre étrangement vaste. Victor trouva le logement à son goût. Une odeur de fleurs montait dans la chambre. Victor dominait le Teatro Carlo Felice et la Strada Nuova. Il sollicita le groom, qu'il gratifia d'un large pourboire, pour lui décrire cette ville dans ce qu'elle possédait de plus luxueux, de plus moderne, de plus extravagant. L'incident avec le concierge fut le premier et le dernier. L'employé usait de courbettes, de « monsieur de Salèse », se pliait aux volontés de Victor. L'énigmatique résident, objet de tous les regards, devint un hôte de qualité. Lors de ses promenades, il marquait des pauses dans les pâtisseries, dégustait d'excellents gâteaux, des alcools doux, du café remarquable. L'élite de cette ville composait un carnaval burlesque qui se retrouvait en début de soirée dans les mêmes bars, les mêmes palaces, jouait de ses apparences. Les mondaines, maîtresses, épouses, s'offraient, parfois poussées par leurs époux ou leurs amants, en échange de cadeaux sonnants et trébuchants. Victor Cousin de Salèse refusait ces tentations. Les faux riches lui faisaient pitié. Bourgeois hypocrites et prétentieux, négociants, élus faisaient semblant d'appartenir à une caste privilégiée. Victor observait le manège, déchiffrait les codes et les signes d'une société qui n'existait que par ses illusions et par l'argent notoirement gagné. Aucun ami n'existait. Rien n'était sincère.

Cinq années durant, Victor voyagea en Italie au rythme de ses humeurs et dépensa sans compter. Les placements du notaire Laugier de Saint-Martin étaient fructueux. Son portefeuille lui rapportait des intérêts non négligeables. Il s'instruisait sur les mœurs, les traditions des descendants bien nés. Sa particule lui permettait de côtoyer un cénacle de qualité très fermé. Il fréquentait le théâtre, s'initiait à l'art et à la littérature italienne. Une soif de connaître l'animait. Il lisait tout ce qui lui tombait sous la main afin de ne pas paraître stupide lors de ses rencontres ou des dîners auxquels il était invité. Il s'imaginait les gens aisés subtils, intelligents. La désillusion fut désespérante. On ne lui posait que peu de questions. Sa prestance tout italienne et sa discrétion suffisaient. « Le Français », comme on l'appelait avec condescendance, devint la coqueluche des réunions mondaines. Sa réputation d'amant hors du commun circulait dans les cercles féminins.

TROISIÈME PARTIE

Cannes

1956

Le ciel et le vent l'entraînaient vers des terres fragiles.
Il avançait parmi les choses incertaines.

25

Victor n'avait plus goût aux fêtes débridées et aux conversations mondaines où l'extraordinaire n'existait pas. Son existence se mesurait à une lassitude paresseuse. Les journées étaient rythmées par des habitudes sans relief. Il avait acquis un langage, des manières, des attitudes conformes à cette congrégation qui méprisait le petit peuple. Il devenait lisse, rentrait parfaitement dans des rouages absurdes. Quelle que soit la ville, monsieur de Salèse était accueilli selon son rang. Mais au-delà, les banalités insipides, l'oisiveté épuisaient le guide des montagnes. Il vieillissait plus vite que nature. Il s'était juré de mener une vie merveilleuse, voilà qu'il sombrait dans des comportements médiocres. Il éconduisait les dames qu'il appréciait auparavant, les trouvait trop maquillées, la peau grasse et suante, leurs gloussements ridicules. Ses anciennes maîtresses se couvraient de défauts trop voyants. Il ne pouvait plus végéter dans ce monde hypocrite et prit le parti de s'en écarter sans brusquer ni blesser les relations établies : elles pourraient toujours servir. La Côte d'Azur lui manquait terriblement. Sa vie était là-bas, à portée de main, à portée de voix.

Retour à Gênes. Hôtel San Carlo. Cinq ans après. Victor ne dérogeait pas à ses habitudes. Le concierge lui octroya la même suite avec des simagrées à n'en plus finir.

— Je suis heureux de votre retour dans notre établissement, dit-il avec un sourire qui trahissait sa fourberie.

Le mépris que Victor portait à ce flagorneur était sans bornes. Il aurait bien étranglé à quelque coin de rue cet épouvantail qui se mêlait insidieusement d'affaires qui ne le concernaient pas. Il expédia un télégramme à Edouard Laugier afin qu'il vire au Credito Italiano une somme conséquente pour conclure des dispositions urgentes qui le ramèneraient en France. Albert Guérin, le banquier, se souvenait de ce personnage discret rencontré lors d'un voyage en bateau et ne lui causa aucun désagrément. Victor devenait un homme pressé. Il devait fuir, tant ce pays l'oppressait.

Au bar du port, il repéra Angelo. Ses cheveux avaient blanchi, mais il n'avait rien perdu de son bagout. Il l'accueillit avec un grand sourire, l'installa sur la terrasse, au soleil.

— Je savais que vous reviendriez...

— J'ai besoin de vos services.

Angelo lui demanda de chuchoter.

— Les murs ont des oreilles ! Il y a des indics, des *truffatori* sans scrupules qui passent leurs journées devant un *caffè* et sont payés pour fournir des renseignements à la police ou aux puissantes familles qui mènent le pays tout droit au précipice.

Victor souhaita une voiture américaine noire avec des papiers, un permis de conduire, une assurance, une adresse à Gênes et une journée où Angelo l'initierait à la conduite.

Victor roulait en direction de la frontière. La Buick se frayait un chemin entre ruines, débris, enchevêtrements de ferraille et de béton. Depuis la fin de la guerre, des quartiers entiers laissés à l'abandon dépassaient la vision et l'intelligence du conducteur. Le pauvre peuple subissait la loi de marchands peu scrupuleux. Des gamins stoppaient les véhicules et vendaient des cigarettes piquées dans les entrepôts militaires américains. Victor décapota la berline. Enfoncé dans le cuir du siège, le volant dans la main droite, le coude gauche appuyé à la portière, il se sentait riche de lui-même. Il alluma un cigarillo, recracha la fumée en esquissant des volutes. Il revenait sur ses terres. Il passa la frontière sans encombre. Menton, la blonde, languissante, adossée aux rochers, ses guirlandes de citronniers et d'orangers, puis Nice qu'il ne dévisagea même pas. Il passa le fleuve Var sans regrets. Son esprit léger l'entraînait vers les collines de pins parasols ponctués de gracieuses demeures aux toitures de tuiles ocre. Golfe-Juan marqua une première étape. Il longea la voie ferrée et piqua vers les plages. La route bordait une mer paresseuse. Le Cap d'Antibes se reflétait sur les Alpes neigeuses. Les îles d'or se pavanaient au levant. Il approchait de Cannes. Le porphyre de l'Esterel ensanglantait le couchant. Il stoppa devant le panneau indiquant l'entrée de la cité. Victor pénétrait une perspective parfaite. La route taillée dans un arc de cercle s'élevait au-delà des toits. Ce qu'il avait rêvé se présentait à lui avec une vérité délicate. « C'est ici ! » murmura-t-il. Un accord radieux tintait dans ses tempes. Victor ressentait une force exceptionnelle. Il pénétrait dans le jardin des Hespérides, effleurait les bigaradiers. La blonde Cythérée lui ouvrait ses bras. Il marchait dans un vaste jardin bordé de rosiers et de troènes, constellé de palmiers. Il avait vaincu ses hésitations. Les derniers lambeaux d'incertitude se consumaient.

Le phare tourna vers le sud sa langue jaune-orangé. Victor mit un temps démesuré à se détacher du terre-plein qui dominait les premiers quartiers. Les lueurs indécises du crépuscule l'enveloppèrent. La réalité le rappela à des obligations plus matérielles. Il avait faim, soif et souhaitait une grande chambre confortable avec une terrasse. Il roula au hasard du boulevard qui longeait le bord de mer. Des silhouettes féminines arpentaient le trottoir, se calaient contre un lampadaire, dévoilaient une anatomie soyeuse, l'interpellaient avec des bouches parfaitement dessinées de rouge. Victor ralentissait à leur hauteur, inclinait la tête afin de mieux scruter les objets de la tentation. Il revint à la préoccupation initiale de trouver un hébergement et remit à un autre jour l'idée de butiner ces dames exquises et offertes.

Victor arrêta son véhicule devant le double portail d'un parc. Un hôtel discret s'apercevait entre de généreux arbres. Il s'engagea dans l'allée gravillonnée et s'arrêta devant le perron de marbre gris. Le portier, d'une distinction sobre, le salua en inclinant imperceptiblement le front et le conduisit jusqu'à la réception.

— Monsieur a-t-il réservé ? demanda le concierge qui portait les Clés d'Or au revers du veston, signe d'une grande efficacité et d'une connaissance pointue de la cité.

Sans attendre la réponse et flairant la personne de noble extraction, il lui conseilla une suite avec vue sur le ponton de l'hôtel.

— Notre plage privée est à votre disposition. Un médecin est attaché à l'établissement... Je suis là pour vous servir afin que votre séjour soit des meilleurs.

Victor se réjouit de la finesse et de l'élégance du personnel. D'un auguste mouvement du poignet, souple et rond, il parapha la fiche d'hôtel et insista sur le S de Salèse en une majuscule pittoresque, pleine d'encre. Les porteurs, en gilet noir à rayures verticales dorées, montèrent les valises dans la chambre. Le voiturier s'occupa de la Buick. Victor s'attarda dans le salon-bibliothèque qui s'ouvrait sur une véranda verte de plantes exotiques. Les reliures brillaient derrière les vitrines. On y fumait des havanes à la senteur épicée, y buvait des alcools ambrés dans des verres ballons en cristal. Les journaux du monde entier étaient étalés sur des tables basses recouvertes de plaques de verre. On y dialoguait en toutes les langues mais l'anglais et le français prédominaient. Victor se cala dans un fauteuil en cuir qui fleurait bon la cire. Le barman lui narra avec enthousiasme l'historique du palace :

— L'hôtel de lord Brougham, monsieur. Le grand chancelier du roi d'Angleterre tomba amoureux de ce site paradisiaque et de son minuscule port de pêche et fonda ainsi Cannes. Il transforma un nid de modestes pêcheurs en une contrée de richesses infinies. Surgirent en peu de temps de blanches villas, des boulevards bordés de palmiers et d'orangers, des hôtels de standing, des commerces. La ville nouvelle naissait avec ses vrais princes, ses faux aristocrates, ses nostalgiques de la royauté. Il inventa un dieu-soleil exaltant propice aux touristes, les horizons de feu éblouissants pour les noctambules, inversa la lente orchestration des crépuscules et des aurores. Il réveilla un territoire amorphe et silencieux.

L'érudit proposa un vieil armagnac offert par la

maison et continua son récit. Ce conteur hors pair était heureux de vanter le prodige dont il connaissait parfaitement la genèse.

— Ce palace est le refuge de tous les étrangers du monde. Le prince de Galles y a ses aises, la Bégum Aga Khan, la reine de Hollande avec sa cour et bien d'autres dont les titres ne méritent que de la discrétion y ont leurs habitudes. Certains réservent leurs appartements à l'année. Ces personnalités de choix préfèrent le Gray d'Albion au Carlton ou au Majestic, établissements trop snobs, fréquentés par des parvenus dont la fortune est douteuse ! Ici nous les refusons. Notre réputation en dépend, conclut-il d'un accent chantonnant.

Victor le remercia de son attention et lui glissa un billet. Cet employé à la langue bien pendue pourrait être précieux.

Un soleil pur pénétrait la chambre par des rideaux de tulle. Victor dégusta un café devant des allées paresseuses qui s'entrecoupaient. Les rosiers dégageaient des baumes entêtants. Le lierre vorace s'emparait d'un duo de femmes nues, passionnées, dressées sur un socle jaspé. De balsamiques senteurs de résine, portées par une douce brise, suintaient des écorces. La luminosité se confondait avec un panorama indocile de pins parasols. Cannes tout entière dévoilait son éclat. Au large, les îles de Lérins ressemblaient à un autel dédié au diable. Les fantômes de l'homme au masque de fer et de son geôlier Saint-Mars hantaient la prison Sainte-Marguerite. Les yachts, coque contre coque, accrochés aux anneaux du quai Saint-Pierre, semblaient endormis. Au loin, se découpait une éminence couronnée d'un vieux bourg enchevêtré sur lui-même : le Suquet, lui indiquerait un maître d'hôtel. Un monde indolent marchait sur le bord de mer avec une légèreté méditerranéenne. Les gamins jetaient des pierres dans les flots. Des badauds face aux plages se laissaient porter par le rythme des vaguelettes. Une torpeur bienfaisante prenait Victor. Il se sentait léger. Découvrir et apprivoiser Cannes n'étaient pas l'affaire d'un simple touriste. Victor trouvait son refuge. Les orangers de Majorque, les mandariniers de Malte, les arbustes chinois portaient autant de fruits que de feuilles. Le temps suspendu à la contemplation demeurait une éternité et lui apportait une liberté exquise. Que ce pays est étrangement beau… songeait-il.

Victor promenait sa haute stature sur la Croisette et sur le port comme tant d'écrivains et d'artistes. Il ressemblait à un aristocrate sorti d'un roman d'Agatha Christie. Il longeait les avenues adjacentes, badait devant les devantures des magasins de luxe. De lourds vantaux en fer forgé cachaient des courettes intérieures pavées, agrémentées de fontaines. Au fil des jours, il s'imprégnait des qualités de la ville, évitait ses défauts, modérait ses tentations. L'insouciance le rendait euphorique. Les semaines se déroulaient selon un rythme parfaitement ordonné. Les soirées se révélaient pleines de surprises agréables. Victor partageait la conversation avec divers hôtes de caractère. Jamais des questions d'argent n'apparaissaient. Ils ne se coupaient jamais la parole, ne haussaient jamais la voix. Monsieur de Salèse faisait partie de ces coteries éphémères. Il savait que les résidents se connaissaient et le testaient pour savoir ce qu'il avait dans le cœur. Il comprenait que le séjour en Italie avait son utilité. Il répondait avec concision et justesse, affirmait des opinions surprenantes. Victor dégageait l'aura d'un aventurier moderne. L'expression de ses yeux bleu profond amenait une touche à la fois sérieuse et légère.

— Certes, messieurs, ma vie n'a pas toujours été aussi confortable. J'ai quitté la foule pour la plus extrême solitude. L'âpre réalité sociale ne me convenait plus. J'étais las, épuisé, et souhaitais vivre en ermite. Alors, je me suis exilé plusieurs années dans la chaîne alpine où je vivais avec les animaux sauvages, les loups et autres prédateurs. Je couchais dans des grottes, devais trouver ma nourriture quotidienne. J'appris le cri des gypaètes barbus, celui des vautours pèlerins, je suivais le vol de l'aigle. J'endurais le froid, la neige, les orages sans broncher. Je livrais mon âme aux caprices de ma destinée. Je devais m'en sortir ou bien renoncer et baisser la tête jusqu'à la fin de mes jours. Je n'aurais jamais accepté d'être un lâche. Une question d'honneur.

Lorsqu'il commençait ses récits, la salle se faisait silencieuse. Les yeux s'ouvraient tout rond. Les femmes se rapprochaient de leurs maris et formaient un cercle. Des enfants s'installaient sur les tapis. Victor contait avec la voix d'un comédien et des expressions italiennes. Un spectacle commençait. Il apportait tant de précisions et de péripéties, s'arrangeait pour improviser dans la mesure du possible et se rendre crédible. L'assemblée buvait ses paroles.

— Comment cette vie est-elle possible ? s'étonna une blondinette à l'accent du Nord. La peur, le froid, la faim, l'isolement, loin de vos proches…

— J'étais si loin de ces principes. Je combattais tous les démons et les asservissements d'une société contemporaine. J'évitais de me perdre dans l'inutilité humaine. Encore aujourd'hui je cherche le sens de mon existence. J'ai tout ce qu'un homme peut rêver et je ne sais pas ce qui me manque. L'existence n'est-elle que balbutiements ?

Victor livrait des bribes de son existence passée. D'où venaient ces pensées qui se succédaient telle une houle infinie ? Les visions se mêlaient sans ordre et appelaient d'autres visions. Les images défilaient. Victor souriait comme s'il avait vaincu la fatalité. L'expression pétillante du regard oblique et charbonneux de la jeune curieuse le déstabilisa. Une robe rouge, serrée à la taille par une large ceinture de cuir ornée de pierreries, moulait un corps d'adolescente à peine formé mais si attirant. Sa grande bouche bien dessinée lui donnait du caractère. Elle ne cachait rien de ses atouts, telle une provocation. Elle dévoilait des cuisses laiteuses jusqu'aux prémices blanches de son intimité. Victor la dévisagea longuement. Son regard s'arrêta sur sa poitrine pubère puis fouilla l'offrande délicieuse et perverse qui annonçait des dons voluptueux. Ses courbures et ses gestes étaient si parfaits. Il fut secoué de frissonnements brutaux. Une morsure pénétra son ventre. Elle surprit son manège, n'éprouva aucune gêne et remonta imperceptiblement sa jupe. L'audace de cette fille éveillait des convoitises interdites qu'elle avivait avec une subtilité raffinée. Elle provoquait sans pudeur ceux qui s'intéressaient à elle et ridiculisait leurs intentions. « Trop vieux, trop gros, trop pauvre... » lançait-elle en public.

Victor s'habituait aux mystères de cette capitale. Il allongeait ses balades, voulait tout saisir. Il arpentait la Croisette jusqu'à la prud'homie, saluait les matelots de la Société des régates royales, les pêcheurs sur leurs pointus, se mêlait à la foule qui allait et venait dans un tangage toujours mesuré. Emma, la jeune fille qui l'avait interpellé, l'accompagnait dans ses flâneries. Elle glissait son bras sous son coude et serrait de ses doigts fins son poignet. La délicatesse de cette peau juvénile réveillait des sens engloutis depuis son départ d'Italie où l'amour physique ne lui avait apporté qu'un désir pâlichon. Les femmes qu'il avait possédées collectionnaient les amants. Peu importe s'ils étaient agréables ou moches, naïfs ou intelligents, nantis ou pauvres. Elles ne savaient que faire de leur chair et de leurs envies.

Emma lui offrait des émotions fortes et brûlantes. Son éternelle robe rouge, coupée juste au-dessous des genoux, son corsage moulant, les cheveux de satin clair tombant jusqu'au milieu du dos, des lunettes rondes et noires qui cachaient une partie du visage, le balancement de ses hanches attiraient nombre de regards. Victor s'amusait de ce manège et embrassait ses ongles rouges de vernis.

— J'aime que l'on m'admire. J'appartiens à celui qui sait deviner ma silhouette et ma sensibilité, confia-t-elle à Victor.

Victor profitait de l'insouciance d'Emma et s'enivrait de sa présence. Un soir, après le dîner, alors que le sommeil tardait à venir, il perçut un grattement à la porte. Emma se présenta à lui. Par transparence ses cuisses se voilèrent de lueurs perlées. Elle ouvrit le col de sa chemise de nuit, dénoua le ruban qui retenait le vêtement, la fit glisser dans un mouvement de la poitrine et des hanches. Ses seins minuscules se découvrirent de l'étoffe. Elle se tint un long moment immobile afin qu'il la contemple puis se glissa entre les draps.

— Je reste avec toi, mais ne me touche pas.

Le lendemain, elle repartit dans le Nord, avec ses parents, sans un au revoir, ni adresse. Elle ne laissa que des fragrances de sa peau dans les rêves de Victor.

Les femmes étaient des fleurs carnivores.

Il fallait les accepter ainsi.

26

Victor ressentait le folklore de ce pays geindre au profond de son âme. Il ne pouvait résider indéfiniment au Gray d'Albion et ignorer la vérité cannoise. Il désira posséder une parcelle de cette contrée avec une demeure à la hauteur de son standing. Il sollicita Edouard Laugier pour s'occuper des recherches et des diverses démarches. Le notaire de Saint-Martin-de-Vésubie profita de l'aubaine et quitta son village natal pour la deuxième fois de son existence ; la première avait été jadis son incorporation au service militaire à la caserne Auvare à Nice. Au fil de son existence, Edouard Laugier n'eut pas le courage de fuir le patelin où il était né. Son père le maintenait à l'étude notariale qu'il le veuille ou non ! Enserré dans une cuvette d'où l'on ne sortait pas, Saint-Martin représentait la dureté et la violence paysannes. Il envia le courage de Victor.

La villa des Roses, une élégante bâtisse napoléonienne qui dominait la baie et les îles de Lérins, convint parfaitement. A proximité d'un jardin public dessiné par Alphonse Karr, à quelques minutes de la Croisette, elle proposait les attraits d'une résidence à deux étages. Un bosquet de pins parasols et d'oliviers mêlés protégeait des rayons étouffants de l'été. De hautes grilles, des haies de troènes empêchaient les quêteurs et les curieux de s'immiscer dans ce havre de paix. Une plaque de marbre scellée sur un pilier, au-dessus de la boîte aux lettres, indiquait *Monsieur Cousin de Salèse.* Edouard Laugier ne résista pas à la villégiature que Victor lui offrait et prolongea son séjour. Le charme et la décence de Cannes le séduisaient. Face aux palaces, dormait une mer frisée par un sable plus doux que l'écume scintillant le long du rivage. Laugier restait stupéfait. Un Eden en quelque sorte… Une promesse ! La villégiature des élus… Partout des rues ouvertes et interminables, des squares agrémentés ; un décor agencé pour le plaisir des résidents ! L'enchantement du bleu, la mer cérulée, les plumeaux des palmiers qui pendouillaient contre les troncs mâchurés étaient une offrande de la fée Esterella.

— C'est étrange, avoua Victor. J'ai l'impression d'être terriblement apaisé et parfois je suis empli d'une violence extrême. Pas de juste milieu…

Edouard Laugier regagna à regret le haut pays. Ce n'étaient plus le notaire et son client qui se séparaient, mais deux amis qui partageaient désormais l'intimité d'une divine charmeuse.

Victor débaucha Emilie Soares, une femme de chambre de l'hôtel qui s'occupait de sa suite. Sans attaches familiales, le salaire et les avantages attrayants, elle accepta immédiatement la proposition. Victor trouvait cette bonne stylée, efficace dans son activité. Il l'engagea à suivre les travaux d'aménagement, de décoration de la villa. Elle veillait à ce que les vœux du maître soient conformes à ses souhaits. Emilie croyait vivre un conte de fées comme dans les romans-feuilletons. Lorsque Victor l'interpellait, son cœur cessait de battre. Les autres bonnes de l'hôtel déversaient les pires offenses sur son compte. Elle avait profité de la proximité de ce richissime monsieur. Le miroir aux alouettes ! Il lui proposait, péroraient-elles, des sommes rondelettes pour qu'elle s'allonge de jour comme de nuit et écarte ses cuisses ! Les Portugaises aimaient la bagatelle et étaient disposées à tous les délires ! Elles usaient de pratiques charnelles au-delà de toute imagination. Juliette et ses filles au cabaret du Suquet pouvaient venir s'en inspirer ! La méchanceté se déversait dans les couloirs du Gray d'Albion. La traînée les avait quittés bien vite, sans un au revoir, négligeant ses indemnités !

— Elle se fera avoir comme tant d'autres avec des types aussi riches que lui ! râlait tout haut la gouvernante. On la retrouvera au tapin du côté du casino d'été !

Victor se montrait affable et respectueux. Emilie dépensait toute son énergie à le satisfaire. Elle logeait au dernier étage, non pas dans un galetas réservé aux domestiques, mais bénéficiait d'un deux-pièces confortable, meublé, et d'une salle d'eau. Aucun étranger ne devait pénétrer dans la propriété sans son autorisation. La villa des Roses devint un asile chaleureux. Victor possédait enfin un chez-lui. Giulietta, une chienne spitz, maigrichonne et poilue errant dans le quartier, fut invitée dans la famille ainsi que Landru, un chat repoussant et bagarreur, qui avait préempté le domaine depuis belle lurette. Emilie se considérait comme indispensable et mettait un point d'honneur à ce que tout soit parfait. Chaque bibelot à sa place, les parquets et les meubles cirés, les cuivres brillants, les lustres dépoussiérés. Victor ne lui donnait aucun ordre. Elle organisait ses journées selon son bon vouloir. Seul l'accès au bureau lui était interdit ; le domaine secret de Monsieur… Emilie écartait les démarcheurs qui sonnaient au portail. Une fois par semaine, le vendredi, un jardinier entretenait les parterres, inspirés du Gray d'Albion, où poussaient des plantes exotiques, des agrumes, des canéficiers à pompons dorés.

Ernest Levoit, veuf endurci, président du Cercle nautique, voisin de la villa des Roses, invita Victor aux soirées trimestrielles de l'association. Le bal, un des plus prestigieux de la Côte d'Azur, réunissait la belle société cannoise. De charmantes femmes s'y retrouvaient et taillaient en pièces les absentes. Une telle fête annonçait l'arrivée de la belle saison où les frivolités se déroulaient en plein air. Garden-parties, pique-niques, à Saint-Honorat, golf, batailles de fleurs, régates, feux d'artifice... Tout ce beau monde profitait du *farniente*, se déplaçait en tenue légère où les déshabillés devenaient une semi-nudité provocante. L'été excusait toutes les excentricités. Victor devint une personnalité appréciée de ce petit univers clos. Lors des réjouissances du club, les invitations sur les yachts amarrés aux quais agrémentaient des moments fastueux. C'était l'occasion de se laisser convaincre par une douce folie. On dansait certes, badinait, mais aussi des relations d'intérêt se créaient ou se défaisaient. Victor jouissait de ces êtres sans pitié. Il était maintenant des leurs. Aucun d'eux ne l'impressionnait.

— Combien pèse ce Cousin de Salèse ? s'interrogea un soir James Lin, un armateur de la Bocca, tout en fumant un havane sur le môle avec quelques confrères.

— La noblesse, répondit un avocat d'affaires, on la connaît ! Qu'une apparence...

— Détrompez-vous, ajouta un financier. Je me suis renseigné sur son compte. Ce n'est pas du cirque. Ce monsieur dépend de banques italiennes.

Son chargé d'affaires n'est pas un rigolo ! Un vieux de la vieille, l'ancienne école… la meilleure !

Au fil des semaines pas une réception ne se déroulait sans la présence de Victor. Les invitations étaient acheminées par porteur. Emilie se permettait de donner son avis. Au Gray d'Albion, elle en avait vu défiler, des fanfarons qui méprisaient le petit personnel. Les hôtesses telles madame Ussher avec ses airs de sainte-nitouche, Grant-Moris ruisselante de pierreries, lady Goldsmid et ses manières d'un autre siècle, entourée de gigolos qu'elle rémunérait, ne s'étaient pas aperçues que la vieillesse les avait frappées de plein fouet. Les maquillages et le coiffeur ne masquaient pas la décrépitude. Victor fréquentait maire, député, banquiers, starlettes, entrepreneurs. Le délégué du festival du film lui présenta Diana Dors dont il était l'amant, des chroniqueurs, des journalistes du septième art. Leur conversation portait sur les artistes prestigieux qui seraient présents à la prochaine édition tels que Susan Hayward, Humphrey Bogart ou le peintre Picasso dont il présenterait cette année un documentaire explosif.

— 1956 sera une année fabuleuse !

Victor mémorisait ces propos. Qui était qui ? Qui fréquentait qui ? Qui était l'amant ou la maîtresse de qui ? Les dames le pressentaient différent de leurs fréquentations masculines et le considéraient comme original. Le condottiere les entraînerait-il dans des folies extravagantes, loin de la lassitude engendrée par leurs légitimes maris ?

Emilie tapa trois petits coups à la porte de la chambre et prononça avec son accent aux consonances portugaises : « Le petit déjeuner de Monsieur. » Elle déposa le plateau sur la table de nuit et ouvrit en grand les rideaux. Une pluie douce s'accordait avec le frémissement voluptueux des massifs du parc. Victor restait blotti sous l'édredon. Il n'aimait pas que la bonne le découvre au saut du lit, la tignasse embroussaillée et les yeux rougis. Landru, le chat, s'étira, sauta sur le canapé, se roula en boule afin de commencer une seconde nuit. La bonne fit couler un bain, pas trop chaud, juste ce qu'il fallait pour se délasser, récupéra le linge de la veille et disparut à la buanderie. Victor avala un bol de café noir et se demanda comment il occuperait cette journée aux allures monotones. Il sentait poindre au fond de lui une gaieté inaccoutumée. Ses relations achevaient leurs soirées au cabaret de Juliette et jamais il n'avait été invité à les y rejoindre. Une sorte de mystère planait sur cette institution si discrète. Cet endroit de débauche, situé sous le clocher de l'église Notre-Dame-d'Espérance, n'était pas une annexe du monastère de Sainte-Marguerite. Une curiosité aiguë le titillait. Il devait savoir ce que cet établissement cachait. Ernest Levoit lui avait confié quelques anecdotes avec une mine malicieuse. Victor n'était pas un homme à se laisser promener par des balivernes croustillantes et restait sur sa faim. Lorsqu'il revenait le soir après de brillantes soirées, il longeait les boulevards intérieurs et se retrouvait face à des créatures qui l'interpellaient et dévoilaient leurs impudeurs. La tentation était grande mais Victor ne se voyait pas satisfaire ses ardeurs dans d'obscures impasses.

— Juste un billet... avançaient-elles.

Victor discutait avec ces filles. Les corps déchus de ces putains éreintées aux joues dégoulinantes de maquillage étaient impossibles à posséder... Il ne pouvait embrasser une gorge flétrie par la salive séchée d'un ancien client. Son désir ne pouvait être perverti de cette façon. La misère humaine possédait le visage d'un horrible carnaval. Ces poupées vénales aux sexes gonflés de sang noir n'étaient que les jouets de souteneurs peu scrupuleux. Les lèvres de Victor frémirent. Une violence terrible l'envahissait. Il retrouvait sa brutalité. Victor des montagnes n'était pas tout à fait enterré. Alors, il rentrait, la rage au ventre, à la villa des Roses. Il ne pouvait se battre contre le monde entier ! Il percevait Emilie à l'étage supérieur qui attendait son retour.

La Buick roulait sur une chaussée luisante d'humidité. Le comptoir de marchandises, le quai Saint-Pierre... il se gara sous le phare. Un rayon de lumière se glissa entre les accastillages et patina les coques en bois précieux. La porte d'enceinte du Suquet rongée par le sel et l'iode était une bouche béante qui avalait ses habitants. Les pêcheurs surnommaient la vieille ville « le Poussiat ». Ce dôme dominait le marché et les boulevards. Des rues raides et étroites, rarement lavées, créaient un étrange labyrinthe hachuré d'impasses. Il fallait suivre un fil d'Ariane pour s'en dépêtrer. Des fontaines consolaient la tristesse des façades décrépies. Tout était couleur rouille ou grise et décrivait la pire des pauvretés. Les impasses empestaient l'urine, le poisson séché, la mangeaille réchauffée. Les femmes s'occupaient avec leurs langues. Le Poussiat, domaine des naufragés de l'âme, des marins, des chrétiens épris de pinard de messe ! Ici, on ne discutait pas ! Des familles occupaient ce quartier de génération en génération. Pas besoin de policiers ni de juges, le doyen rendait son verdict et les comptes étaient réglés à coups de surin. Au croisement de la rue Louis-Perrissol et de la rue de la Miséricorde se blottissait le cabaret de Juliette, à côté du Vénitien, un troquet et hôtel borgne, repaire de combinards qui jouaient gros aux cartes ou aux dés, dont la vitrine était tellement sale que l'on ne pouvait voir l'intérieur. La distraction favorite de ces pochtrons était de plumer les matelots américains lorsque les navires mouillaient dans le golfe. Des entraîneuses, pas de première main, conduisaient leurs proies dans les étages afin d'achever le travail. La victime regagnait son navire en se demandant ce qui lui était arrivé. Victor arpentait tranquillement ces rues pavées que Mérimée, Louis Blanc, Dumas, Maupassant avaient empruntées. Des bouffées d'air tiède baignaient sa gorge. Il avait choisi pour cette balade intéressée le dimanche matin, jour où la majorité de la population était à l'office. Il pouvait ainsi se promener à son aise. Les bicoques alignées se ressemblaient toutes. Le cabaret de Juliette... une institution bien connue des coquettes esseulées, des veuves en mal de conversations, des mondaines que l'oisiveté poussait hors de leurs villas. Une exaltation inouïe le conduisait vers ce lieu de plaisir. Il croisa une impotente, édentée, un foulard serré sur les joues, un sac à main de bigote, assise sur une pierre rectangulaire. Elle ne lui porta aucun intérêt. Une gagneuse sur le retour faisait les cent pas. Le regard de Victor se posa sur elle avec commisération. Des jambes gonflées par les piétinements incessants tiraient le maillage de ses bas filés. Nulle indication. Ce lieu ne semblait s'ouvrir qu'aux initiés. Victor poussa un portillon, pénétra dans le gourbi du Vénitien, traversa une salle longue et étroite, sur un tapis de sciure, entre des tables de formica délavées. Les jeux de cartes et de dés cessèrent aussitôt. Un pachyderme à la face congestionnée lavait des verres. Victor demanda le cabaret. Du menton, l'ivrogne pointa l'impasse attenante.

Victor s'engagea dans un passage étroit entre deux masures brinquebalantes. Plusieurs entrées de dimensions discrètes, peintes en gris, enrichies de grilles carrées en fer forgé noir, portaient un médaillon en bronze gravé du patronyme *Juliette,* suivi d'un numéro. Plus loin une pancarte indiquait : *Maison de mode. Mannequinat. Auditions. Sur rendez-vous.* Un coup de sonnette. Le judas découpa une gueule antipathique aux cheveux roux coiffés en brosse. Un nez court et aplati, de petits yeux obliques rougis par l'insomnie et l'alcool, des pommettes larges et saillantes ne prêtaient guère à la confidence et lui donnaient l'air d'un rat d'égout.

— Nous n'ouvrons pas avant vingt heures.

Victor eut la lumineuse idée d'avancer le nom d'Ernest Levoit. La figure parut soudain moins agressive et plus humaine.

— Les gens de bonne tenue sont les bienvenus ! Désirez-vous jeter un coup d'œil sur notre décor et prendre la carte de membre, indispensable à nos soirées ?

Deux tours de clé et l'imposante porte tourna sur ses gonds.

— Nous n'acceptons que des gens de qualité. Le haut de gamme de Cannes vient s'y divertir. Nous refusons les macaques, les militaires en bordée, les quidams à l'allure négligée. Nos hôtesses sont les plus raffinées de Cannes. Madame Juliette les choisit elle-même.

L'employé s'escamota dans l'encoignure afin que Victor puisse passer et lui tendit la main :

— Enrico, l'homme de confiance de madame Juliette.

— Qui est cette pauvresse qui traîne près du Vénitien ? demanda insidieusement Victor.

Le rouquin éclata de rire.

— Sucette ! Cinquante ans qu'elle bat le même pavé. Culs blancs, chleuhs, ritals, ricains, négros, malades, handicapés, jeunes ou vieillards… elle ne fait aucune différence, ils ont tous le même goût ! Deux pièces trouées et elle vous conduit en enfer. Elle sert d'indic pour la police des mœurs quand elle n'est pas saoule et ronfle sur le béton ! Cette pauvre vieille n'est jamais sortie du Suquet !

Victor pénétra dans une longue salle haute de plafond et voûtée. Le comptoir en aluminium situé en demi-sous-sol était chargé de bouteilles de toutes les formes et de toutes les couleurs. Des tabourets de bois vert, des ampoules à dominante rose, des tentures qui se déroulaient cachaient des alcôves feutrées. Un billard, une odeur tenace d'eau de Javel et de désinfectant… Victor découvrait l'ambiance souterraine de Cannes. Des tentures de velours épais et de larges divans épousaient les murs. Des miroirs entouraient la piste de danse. On ne pouvait cacher aucun geste, aucune attitude. Le rouquin vanta la possibilité de louer des chambres de luxe à la décoration exotique, d'une propreté exemplaire. Une corbeille sur une table ronde à l'entrée, chacun y déposait son obole… Juliette s'y retrouvait. Ces messieurs n'étaient pas regardants. Ils devaient démontrer que leurs comptes en banque étaient plus garnis que ceux de leurs voisins.

— Les starlettes de Cannes fréquentent ces canapés et côtoient le monde du cinéma. Elles espèrent la rencontre avec un riche producteur qui leur proposera un rôle de second plan…

Enrico lui racontait des salades. Victor n'était pas dupe.

— Et madame Juliette ?

— Vous apprendrez à la connaître si jamais vous adhérez au club. Il faut être parrainé par deux membres bienfaiteurs.

Ernest Levoit favorisa l'adhésion de son voisin de la villa des Roses à ce club.

— Les soirées du mardi sont éblouissantes, lui conseilla-t-il.

Sa carte acajou sertie d'un bord doré dans sa poche intérieure, Victor fut adoubé avec bonheur. Lors de la première soirée, il reconnut James Lin, le directeur des chantiers navals de la Bocca, divers banquiers de la ville, des élus municipaux, le député qui appréciait les demoiselles à peine sorties de l'adolescence, aux cheveux très blonds, portant des socquettes d'écolière et des dessous en coton… des magistrats et même un dignitaire de l'Eglise fréquentaient cet Eden artificiel. Ces relations importantes se réjouissaient de la qualité du nouvel affilié et entrevoyaient des associations d'intérêt. Ces messieurs en costumes et cravates, parfumés, trinquaient en levant haut leurs coupes, offraient le champagne même s'ils ne connaissaient que vaguement les invités. Les hôtesses soignaient leur présentation. Chaque client, homme ou femme, devait trouver son bonheur. Les conversations brillantes étaient appréciées. L'instant d'une soirée, les clients oubliaient leurs tracas. Juliette leur tendait ainsi un piège d'une rare sensualité.

27

Le mardi, Juliette choyait particulièrement ses hôtes. Cocktails, cadeaux, elle mettait en relation les jouvencelles et ceux en mal d'extases charnelles. Elle distribuait les clés, comptait discrètement l'argent des locations. Les invitées se débridaient et participaient à de folles bacchanales. Victor aborda ainsi les méandres de cette société chic dont il partagerait les fruits du désir et du divertissement. Galas, réceptions, festivals, sous des apparences distinguées et convenues, n'étaient que des broutilles. Cette faune aisée s'encanaillait jusqu'à l'aube, puis le quotidien reprenait avec ses politesses, ses exigences et ses discrétions. Le cabaret de Juliette représentait pour le gratin local une institution réservée où l'on parlait le même langage, où l'on se reconnaissait. Si on questionnait ces membres d'une discrétion absolue, ils s'offusquaient qu'on leur posât une question sur le cabaret, la tenancière... Qu'iraient-ils faire au Suquet, un quartier si malfamé ? Ce matin-là, les tempes de Victor n'étaient qu'une grosse caisse frappée par de puissants marteaux. Sa tête était lourde et sa langue chargée. Emilie lui apporta, avec le café, une aspirine et un verre d'eau. L'anniversaire chez Ernest Levoit s'était terminé par un luxe d'alcools. Des connaissances féminines peu vertueuses avaient agrémenté le salon de cet épicurien et lui avaient fait perdre la raison. Victor n'avait pu éviter cette invitation et s'en voulait d'avoir enfreint sa retenue légendaire. Il appréciait Levoit, le trouvait agréable mais un peu envahissant et inquisiteur. Même après des mois de résidence à Cannes, Victor ne voulait prêter le flanc à aucune critique. Le silence mettait en ordre ses idées. Il s'apprêta d'un costume prince-de-galles, d'une chemise blanche au col empesé, d'une cravate unie, scruta dans la glace le défaut qui nuirait à sa tenue, se parfuma d'une eau de rose et d'encens. Un dernier coup d'œil de biais dans le miroir, la journée commençait dans une harmonie appréciable. Les moineaux piaillaient sur les branches du grand chêne. Les soucis étaient loin de son esprit. Victor descendit l'escalier tournant quatre à quatre, rejoignit le hall d'entrée, caressa les lions en céramique bleue qui montaient la garde, admira les tableaux accrochés de part et d'autre du vestibule. Emilie l'attendait le manteau et le feutre sur les bras. Giulietta, la petite chienne en laisse, capricieuse, s'impatientait. Il ouvrit la porte aux deux mains de bronze, tira le portail de la villa des Roses et emprunta le trottoir de gauche où l'animal avait ses repères. Il l'avait baptisé ainsi en l'honneur de Giulietta Masina, l'héroïne des *Nuits de Cabiria* de Fellini où elle avait obtenu le prix d'interprétation féminine. Cette artiste portait une élégance assumée, un visage à couper au couteau. Il la comparait à Astrée, fille de Zeus et de Thémis. Sa photographie figurait au cœur de sa collection de portraits. Son image irisait des rêves extravagants. Il la cherchait près de lui, la serrait dans ses bras. La divine l'avait frappé en plein cœur.

La chienne le devançait, s'arrêtait, l'interrogeait, un bâton dans la gueule, la queue trémulant de joie. Elle reprenait sa course en quête d'odeurs subtiles et recommençait son manège. Il traversa une placette, acheta le quotidien local au kiosque, répondit à quelques interrogations banales du vendeur. Giulietta tirait sur la laisse, pressée de retrouver sa pelouse favorite. Une paix étonnante enveloppait Victor. Il n'échangerait pas ce rituel matinal. Sa compagne lui offrait tant de joie et de sincérité. Pas à pas, il trouvait l'équilibre qui lui permettait d'aborder sereinement ses journées. Il longea la vieille route de Vallauris et fit une halte à la chapelle du Souvenir, dernière étape avant le chemin du retour. Il prit Giulietta dans les bras et pénétra dans le lieu de culte. Quelques cierges pâlissaient la pénombre et atténuaient l'odeur des relents d'humidité. Au fond de la travée, le Christ d'un artiste inconnu exprimait la puissance du marbre, la haute vertu du toucher et de la grâce. L'harmonie des lignes concordait avec l'intimité et l'intelligence de la foi. L'atmosphère de la nef révélait la force de ce corps inerte, martyrisé, dont la tête s'inclinait dans un mouvement à la fois viril et tendre. La pierre ni froide ni tiède recelait une douceur charnelle. Tant de choses ne peuvent s'expliquer ! Victor n'était ni croyant ni pratiquant mais les symboles et l'opacité de la religion lui convenaient à certains moments. Laissons à l'art sa noble nudité, ses mystères et ses tentations… conclut-il.

Giulietta, peu disposée à rentrer, planta les quatre pattes sur le sol puis céda aux injonctions. Victor lâcha sa compagne dans l'allée et regagna ses appartements. Il ôta son manteau, ouvrit le premier bouton de la chemise, s'installa dans un spacieux fauteuil en cuir et alluma le poste de radio. *Iphigénie en Tauride* de Gluck, chanté par la Callas, se diffusait dans une atmosphère de recueillement. Ses oreilles engrangeaient toutes les finesses de la voix de la miraculeuse cantatrice. Il fredonna l'aria du deuxième acte : *O silenzio feral*, puis entreprit la lecture de la feuille de chou qu'il achetait sans trop savoir pourquoi. Les habitudes ne se changeaient que difficilement. La platitude des potins locaux l'exaspérait. Victor Cousin reprit ses esprits lorsque l'horloge tinta onze coups. Il peigna ses cheveux en arrière et les plaqua afin qu'aucune mèche ne dépasse.

— Monsieur rentrera-t-il pour déjeuner ? demanda Emilie.

— Je n'en sais encore rien... dit-il d'un ton évasif.

La bonne conclut qu'un en-cas froid suffirait si jamais le maître changeait d'avis. Elle ne pouvait se faire une raison. Elle s'attachait à lui, aux paroles qu'il pourrait prononcer lors d'un réveil amoureux. Quand il rentrait le soir, souvent tard, elle oubliait ses troubles. A l'intérieur de la villa des Roses, les portes closes, fermées à double tour, son âme lui appartenait. S'il le désirait, elle se plierait à ses quatre volontés ! Avant de s'aliter, elle entrebâillait la porte de sa chambre et, dans un demi-sommeil, attendait. Les marches en chêne de l'escalier ne craquaient jamais.

Boulevard de la République. Pont du chemin de fer. Victor musardait sur cette artère qui le conduisait sur la Croisette. Le nez en l'air, il s'extasiait sur les immeubles de facture anglaise, aux toits vernissés, aux avancées cloquées de nids d'hirondelles. Il fit un crochet par le Port Canto, admira les affiches qui annonçaient le prochain festival du film. Le directeur ne lui avait pas menti. Les photographies des principales vedettes trônaient sous des panneaux dans le hall d'entrée : Cousteau, *Le Monde du silence*... Alfred Hitchcock, *L'homme qui en savait trop*... *Le Mystère Picasso* réalisé par Henri-Georges Clouzot... Il dévisagea le portrait de Brigitte Bardot, une jeune starlette aux mensurations parfaites et affolantes, puis continua sa promenade par une galerie de prestigieux bijoutiers, de boutiques de mode et de souvenirs. Il était en admiration devant ces hommes et ces femmes de tempérament qui avaient gagné leur place au soleil même s'ils ne portaient pas comme lui le patronyme d'une grande famille.

Une légère brise éveilla Victor de son oisiveté. Midi approchait. La gare maritime, les navettes pour les îles de Lérins, les barcasses de pêcheurs, les quais lavés à grande eau, les filets étendus... Il complimenta les bouquetières des allées, traversa la place Lord-Brougham, apprécia les boulistes puis entra dans le Pantièro, un restaurant où dînaient les célébrités et ceux en mal de reconnaissance. Les serveurs le saluèrent. Il s'installa au premier étage à sa table réservée, face à la mer. Le maître d'hôtel connaissait en tous points les désirs et les goûts de Monsieur. Il lui servit, en carafe, un vin rouge des collines de Bellet. Le repas, constitué le plus souvent d'un poisson grillé, convenait parfaitement à ses vœux. Victor n'aimait pas se remplir la panse au point d'avoir l'estomac qui gonfle. Il dévisageait la Méditerranée, les îles et l'Esterel, les pierres rubicondes. Le paysage changeait de luminosité à chaque instant de la journée. Victor restait des heures rivé à ce panorama et ignorait totalement l'agitation autour de lui. Personne n'osait interrompre ses contemplations. Les molles spirales de son cigare s'évadaient sous les boiseries du plafond.

Des aguicheuses espéraient une table proche de la sienne. Elles prenaient des poses alanguies, voire audacieuses, lançaient des regards enflammés. Un bonjour de monsieur de Salèse, un sourire relevaient de prouesses extravagantes. Des soupirantes connaissaient ses heures de balade, épiaient la Buick sur la Croisette. Toujours seul, le regard porté vers l'insaisissable, Victor voyageait au-delà du monde terrestre. Il glissait un généreux pourboire et repartait par la rue d'Antibes. Cinémas, théâtres, magasins, salles de jeux, librairies, dont celle du galeriste Robaudy, occupaient son après-midi. Une foule déambulait dans cette artère. Il n'était pas rare de rencontrer des connaissances, même celles que Victor ne souhaitait pas croiser, de se saluer, de boire un verre. Puis il remontait à la villa des Roses pour se préparer. Il prenait un bain, se parfumait, choisissait un costume de soirée. Le mardi, il commandait un taxi et ne rentrait qu'à l'aube.

Emilie détestait ces soirées où son patron s'encanaillait avec sa bande de dévergondés. Le paradis des possédés ! La bonne se signait, implorait la Vierge Marie qu'elle l'absolve de ses péchés ! Son comportement amusait Victor. Un mardi, il l'inviterait. Elle n'oserait pas refuser sa proposition, mettrait la robe du dimanche, son collier de vieilles perles et du rouge à lèvres. Il lui offrirait des bas noirs et des escarpins à hauts talons. Emilie dans les tourments de la débauche… Il se réjouissait déjà à l'avance. Ses amis n'en croiraient pas leurs yeux !

Une musique dansante, des chansons modernes et romantiques berçaient la clientèle du cabaret. Victor avait ses habitudes. Il se fondait dans une pénombre qui lui ressemblait, répondait d'un hochement de tête aux salutations, dégustait un champagne à la température idéale ou un cognac ambré. Juliette se montrait courtoise envers ce personnage distingué, ami du président Ernest Levoit, qui ne se mélangeait que très rarement avec les différents clients. Elle l'imaginait de descendance princière et lâchait parfois des « Son Excellence ». La flatterie hissait Victor sur un piédestal. Juliette le scrutait. Ce monsieur ne lui était pas totalement inconnu. Lorsque leurs regards se croisaient, elle cachait ses yeux derrière l'éventail. Avait-il traversé sa vie ? Dans quelles circonstances ? Juliette avait l'impression qu'un démon sorti de sa boîte venait la rejoindre. Elle ne pouvait pas entretenir le doute ! La crainte de l'offenser et de perdre un client influent lui interdisait de le questionner. Victor ressentait aussi de bizarres impressions. La maigreur de la tenancière, la silhouette fluette, le profil que les années n'avaient pas effacé, la repartie, la façon de rire... La peau fanée, même maquillée, dévoilait un masque forgé par les secousses de l'existence. D'étranges voix de gamins résonnaient dans ses oreilles. Fébrile, entamé par des brûlures qui remontaient du fond de son être, ses épaules se raidissaient. Des effeuilleuses honoraient la clientèle, badinaient avec les épouses égarées. On ne distinguait pas les artistes des invitées, ce qui apportait du sel dans les échanges. Juliette scrutait avec attention les arrivants. Un signe, et Enrico raccompagnait à la porte un indésirable. Un spectacle avec des poses suggestives, des accessoires variés, une première consommation lançait la soirée. L'enchantement de la nudité, les fantasmes accomplis à quelques centimètres de son toucher, les amours lesbiennes, les odalisques aux actes crus et poussés, les Vénus corsetées... la folie charnelle s'emparait du fêtard. La nuit serait longue de plaisirs et de fausses joies. L'ébriété, la chaleur, la fatigue, le bruit, l'impatience œuvraient pour les filles qui minaudaient sur le choix des clients, surtout si l'âge était affirmé. Une invitation à dîner : Juliette imposait le restaurant afin qu'on ne perde pas de vue l'accompagnatrice. Des relations l'informeraient sur le déroulement de la soirée. Elle prodiguait à ses filles des conseils afin que le partenaire se montre très généreux. L'obligation d'achever la soirée dans les chambres du cabaret était impérative. Victor observait cette cour d'amour s'agiter discrètement sur un amas de coussins ou au creux de fauteuils capitonnés, dans une tendre obscurité. Une invitation à danser, des étreintes dans des alcôves dérobées conviaient au plus simple divertissement, aux caresses spontanées, au caractère énigmatique des rencontres imprévues. Les couples s'engouffraient dans la boîte de Pandore, réinventaient le langage des sens, de la poésie amoureuse. La conspiration de l'interdit permettait tant de choses inaccessibles, ouvrait les métaphores de l'art et de la perversité.

Le président siégeait avec ses compères près du billard. Le divertissement qui se déroulait autour d'eux ne semblait pas les atteindre. Il était trop tôt. Pour eux la fête commençait bien après minuit. Ces oiseaux nocturnes attendaient l'événement extraordinaire qui déclencherait leur fougue. James Lin accompagné de son épouse, un loup sur le visage, une robe de velours mauve, des cheveux noirs ornés d'un ruban de satin perlé, se fondait dans la tiédeur de la soirée. Victor adorait les formes de cette femme. La courbe d'un sein dévoilé par transparence, la silhouette fine qui ne portait aucun sous-vêtement, la nuque droite sous un chignon parfaitement modelé éveillaient le désir. Elle amenait au comble de l'excitation. Elle avait avoué à son mari qu'elle adorait jouer à la pute. Ce dernier y trouvait son compte. Parfois, entourée d'un cercle de femmes, elle disparaissait au fond d'une loge. Ses gémissements la rendaient encore plus attrayante. Au bout d'un moment d'hystérie charnelle, elle se blottissait contre son mari et lui prodiguait de perfides caresses sous les reflets des immenses miroirs ovales du plafond. Ses gestes étaient lents, précis, circulaires. Le sexe tendu et vibrant de James s'immobilisait entre ses lèvres. Elle l'enveloppait. Elle était à lui, tout entière. Il n'existait que par les mouvements sulfureux de sa légitime et à présent amante soumise. La bouche entrouverte, de longs soupirs s'échappaient. Les doigts crispés dans la chevelure appuyaient en cadence sur la nuque.

En Italie, Victor s'était diverti avec des inconnues inspirées qui refusaient de montrer une totale nudité et éprouvaient de la honte à la fin de l'acte. Il n'avait jamais ressenti de profondes satisfactions. Les femmes n'étaient que des prétextes à apaiser la soif du stupre. L'émotion et la complicité étaient exclues de tous les rapports. Le cabaret n'était qu'une arène plongée dans l'éternité par des rites bestiaux. Victor était le témoin mais aussi son propre spectateur avec ses acceptations et ses refus. Il désirait mais ne pouvait pas. Les passions et les effusions devaient rester secrètes. Il se sentait fragile et ne partageait pas ces extravagances où l'homme nu, dépouillé de son statut, réduit à l'état primitif, sans préjugé ni règle, s'exhibait. Pourtant des libertines, des putains, des femmes libres, il en avait connu !

Sa tête devint lourde. La sueur suintait de ses tempes et de son front. Il perdit conscience de ce qui l'entourait. Plus de bruits de verre, plus de musique, seule une fumée légère et entêtante. Il se sentit aspiré par une vague brûlante. Des visions surnaturelles parcouraient son esprit. Son âme s'échappait. Des milliers de bouches s'ouvraient. Des langues vampirisaient son corps. La piste de danse se couvrait de sang. Qui était donc Victor Cousin de Salèse ? Un mutisme baroque bourdonnait à ses oreilles. Des marionnettes burlesques de chair et d'os, aux collants en filet noir, fardées de teintes très pâles, portaient d'amples robes longues profanes, translucides, riches en dentelle. Juliette les menait au fouet. Elles écartaient les cuisses et laissaient entrevoir une toison fine, ébène ou dorée, et le lilas d'une chair de cire qui s'ouvrait lentement sur un bouton de rose. Qui es-tu, Victor Cousin de Salèse ? résonnait dans sa tête. Un univers si rare… La mort et lui s'unissaient dans un rituel fantastique. Victor touchait aux confins de la douleur. Il suivait un guide mystérieux qui le promenait sur une frange fragile.

Combien d'heures ou de minutes s'écoulèrent ? Une longue léthargie se dilua. Aucun client ne s'inquiéta de son étourdissement, sauf Juliette. Il sortit du cabaret, avala à grands poumons l'air frais et salé, et plongea vers la Croisette déserte. Il regagna la villa des Roses à pied ; une longue promenade où il tenta d'oublier ses hallucinations. Emilie l'attendait avec la moue d'une mégère en colère. Avant de s'endormir, l'image d'un personnage vêtu d'une aube blanche, serrée à la taille par une ceinture de cuir, suivi par les pilotes de l'avion écrasé sur les flancs de Fremamorte, lui traversa l'esprit. Ces soldats venaient-ils le chercher ?

— Pas maintenant, murmura-t-il.

28

Victor ne comprenait pas le malaise absurde qui l'avait envahi. L'étourdissement de la veille lui révéla le côté obscur de son être qu'il était obligé de supporter qu'il le veuille ou non. Il s'enferma une bonne quinzaine à la villa des Roses, dînait sans appétit. Emilie lui concoctait des mets à la hauteur de ses goûts mais rien n'y faisait. Il négligea le restaurant du Pantièro, sa promenade habituelle, remisa ses habitudes de vieux garçon. Il arpentait le parc, les mains dans le dos, à pas lents, la tête baissée, les lèvres serrées, accompagné de Giulietta. Il pensait à Beppo, à la ferme des Clots, à la grande plaine, au notaire Laugier… L'existence était plus simple là-haut, sans mensonges. Victor ne pouvait remettre en cause ses choix. La nostalgie devenait le pire de ses ennemis et masquait une lointaine vérité.

Il sortit de la propriété sans veste, en bras de chemise, un bout de cigare refroidi entre les dents, et erra sans but, comme s'il s'échappait d'un enfermement volontaire. Libre, sans cravate, ni chapeau, ni gilet, un air de négligé foisonnait dans ses cheveux. Des sons tantôt légers, tantôt aigres, des notes lointaines d'un piano l'accompagnaient. Il ne voulait pas rencontrer le président du cercle, modifia son itinéraire et s'engagea vers le quartier Montfleury. Giulietta le devançait en trottinant sur ses pattes courtes, remuant une queue touffue parfaitement peignée. Victor découvrait un aspect différent de Cannes, presque caché, jalonné jadis de terres agricoles, de cabanes de mendiants ; un désert entre les quartiers rupins et la misère. Ici on mourait avec abandon, dépouillé, sans Christ ni bénédiction. Victor haussa les épaules sans compassion. Giulietta tirait une langue de six pans et n'avait pas l'intention de retourner dans ses pénates. En fin de compte, il passait et repassait par les mêmes artères sans s'éloigner de son domicile. Non loin de la villa des Roses s'éclairait un monde insoupçonné.

De petits pas mesurés résonnèrent sur les pavés délavés. Des claquements de talons. Une personne légère approchait lentement. Elle tourna à l'angle de la rue. Il se trouva face à une passante sur le même trottoir. Un parfum ordinaire embauma le promeneur. Un imperceptible sourire accompagnait l'ingénue. Elle paraissait innocente, très jeune. Une veste légère au col de dentelle noire couvrait une poitrine à peine nubile. Des jambes parfaites, finement moulées dans des bas bon marché, une jupe écossaise agrafée sur le devant par une épingle à nourrice couvrait juste les genoux. Une large ceinture enserrait la taille et lui donnait l'allure d'une petite main qui se rendait à son travail. La nature brute et candide de cette ingénue la rendait désirable. Elle s'arrêta, pencha la tête de côté, un instant suspendu, énigmatique, qui désarma Victor.

— Bonjour, souffla-t-elle.

— Mademoiselle...

Cette simple rencontre ébranlait Victor. Cette fillette sortie de nulle part un matin de flânerie le débarrassait de toutes les convenances. Il désira causer de tout, de rien, de banalités, se sentir apprécié, l'accompagner... Elle était si jeune !

— Mon patron n'apprécie pas les retards, dit-elle. A bientôt peut-être. Je m'appelle Eléonore ! Tous les matins à la même heure, je passe par ici !

Elle s'évanouit dans une contre-allée cavalière. Il se sentit stupide. Giulietta se coucha à ses pieds.

La soirée avait commencé plus tôt que d'habitude. Le cabaret bondé, une chaleur animale montait sous les décors du plafond. La femme de James Lin se démenait au centre de la piste de danse. Son corps vêtu de mousseline ample ondulait telle une liane. Les clients se serraient sur les divans, disparaissaient dans les alcôves. Les mains s'égaraient, les doigts se croisaient, les bouches butinaient, les lèvres buvaient, les langues se mêlaient dans une spirale vertigineuse... Juliette dévisageait Victor, surpris par la débauche collective qui s'agitait sous ses yeux.

— Quelle mouche les a piqués ? lança-t-il.

— Le changement de lune, rit le président.

Juliette sanglotait et cachait son visage. Enrico tenta de la consoler. Elle le repoussa avec brutalité et essuya ses larmes avec un torchon. Ce qui se déroulait autour d'elle ne la concernait plus. Juliette sombrait dans une foule de souvenirs épars. C'était lui ! Elle en était certaine ! La déchirure, la passion, l'attente la poussaient à ouvrir un coffre trop longtemps scellé. Sa poitrine rugissait. Grâce à lui elle avait connu ses premiers émois d'adolescente. Vittorio Lombardo était là, tout près, à portée de geste. Son profil, son nez légèrement écrasé comme celui des Italiens du Nord, ses cheveux légèrement bouclés et cette voix ! Elle ne pouvait se tromper.

— Vittorio, épela-t-elle.

Il ferma les paupières. Il rencontrait de nouveau ce qu'il désirait oublier.

— La Grive… La fille de Quintilia et de Marino.

Puis il ajouta distraitement :

— La cour du 21 de la rue du Malonat.

Ils restaient cloués à leur place. Victor lut dans son visage la tristesse d'une femme encore superbe, aux traits marqués par une existence de patachon. Elle décrocha une clé et lui demanda de la suivre. Ils se faufilèrent dans l'étroit passage extérieur. Juliette ouvrit la chambre 2.

La pièce se resserrait autour d'un lit aussi large

que long, recouvert d'un plaid en fourrure. Les murs étaient tapissés de papier vert, des rideaux mauves ornaient une fenêtre borgne. Une moquette épaisse amortissait les grognements d'extase, une armoire avec un oreiller et quelques jouets utiles aux messieurs en quête de sensations fortes. Un lavabo blanc aux robinets brillants, une cuvette, un bloc de savon complétaient les accessoires indispensables à l'hygiène préconisée par la maison. Une pancarte clouée derrière la porte indiquait le prix de la chambre à l'heure, en plus des prestations des demoiselles du cabaret. Juliette ôta l'écharpe qui entourait son cou puis sa perruque. Ses cheveux parsemés de gris ressemblaient à de l'herbe jaunie. Les ridules froissaient le bas de sa gorge. Elle prit la main de Victor. Ils s'allongèrent côte à côte et parlèrent sans s'interrompre, sans autre mouvement d'affection. Ils se rencontraient après tant d'années. Ils ne se mentaient pas, prisonniers de leurs histoires. Victor se confessa à mi-voix, parfois imperceptible. Il n'omettait aucune péripétie, aucun détail, parlait sans confusion… une interminable litanie. Son éternelle fuite, Rose, l'assassinat d'Antoine… Victor évita de se prononcer sur sa fortune. Il ne fallait pas exagérer. Juliette n'était pas un modèle d'honnêteté et ses fréquentations pas des enfants de chœur.

— Voilà comment je suis devenu Victor Cousin de Salèse.

Pendant quelques minutes, ils restèrent muets,

profitant de leurs présences. L'épopée de Juliette fut tout autant mouvementée :

— Nous avons fui la rue du Malonat le lendemain de ton départ. Notre seule issue fut l'Italie. Ma mère et moi sommes retournées au village natal. Bill et Jojo sont partis pour Naples. A la mort de Quintilia, je me suis retrouvée dans un patelin déserté par les jeunes. Seuls des vieillards résistaient au temps entre les pierres qui servaient déjà de tombes. Je décidai de rejoindre mes frères, mais en vain. Où les trouver dans cette immense cité ? J'abandonnai mes recherches. Disparus ! Je n'ai plus entendu parler d'eux. Je gagnais ma vie comme je pouvais. Un mac m'a prise sous son aile et j'ai exercé pour lui dans une maison de passe. Je débutais mon travail de pute. A l'armistice, les patriotes l'ont fusillé. J'en ai profité pour passer la frontière. Nice ne me convenait pas. Trop de souvenirs négatifs. J'ai rencontré Enrico, un paumé comme moi, et nous avons monté un petit commerce discret. Lui faisait le rabatteur et racolait les matelots américains. J'exerçais dans un réduit de l'avenue des Hespérides, proche des embarcadères.

Elle tremblait de tout son être.

— Ne me méprise pas, souffla-t-elle. Je suis toujours perdue. Je pleure. Je bois. Je m'enivre jusqu'à ce que je perde connaissance. Je te vois, t'espère… Et puis, tel un signe du divin, tu as débarqué dans mon établissement.

Après la guerre, Juliette sentit qu'elle pouvait profiter d'affaires plus rentables que le tapin. Alors pourquoi ne pas se lancer ? Associée à Enrico, son compagnon de la première heure, et à un adjudant américain responsable des entrepôts, elle organisa un trafic juteux d'essence et de marchandises détournées des magasins des armées. Les dollars rentraient à flot. Son autorité écartait les magouilleurs. A la fermeture des maisons closes, la Grive créa des clandés pour militaires de seconde classe dans des appartements réquisitionnés. Les femmes sans argent se présentaient d'elles-mêmes pour bosser. Elles devaient nourrir la famille ! Le mari mort dans les camps ou disparu, aucune aide de l'Etat, pas de travail, comment s'en sortir ? La Grive soulageait une misère noire. Ensuite elle se lança dans les bars à hôtesses et la prostitution de luxe dans les palaces. Ses relations avec les concierges, les barmans, les portiers établirent sa réputation sur la place de Cannes. Elle acquit grâce à de lointaines connaissances nocturnes un tripot fermé depuis la fin de la guerre, repaire de collaborateurs et d'officiers allemands. Cette maison de standing, baptisée le Cabaret, bénéficia de l'indulgence de la police. Le réseau de protection de la Grive s'agrandit. Ses employées glanaient des renseignements dans l'intimité d'une passe ou au comptoir. L'établissement devint une institution dans la région. La qualité des filles, leur jeunesse établirent la réputation des soirées. La chair fraîche faisait marcher le commerce et inspirait la perversité de nombre d'individus aux apparences très respectables. Le mélange d'accompagnatrices dévouées, d'occasionnelles sans a priori s'avérait détonant. Telle était l'idée de génie de Juliette. Les participants ne savaient plus qui était qui.

Juliette se leva, fouilla dans une table de nuit, en tira une bouteille de whisky et deux verres. Elle trinqua avec Victor et s'allongea à nouveau près de lui.

— Voilà comment la Grive est devenue Juliette.

Elle se colla contre Victor et chercha sa chaleur.

L'automne arrivait. Les touristes avaient déserté la Croisette. La nuit tombait tôt. Victor appréciait les promenades en solitaire. Il possédait les rues pour lui tout seul. La Méditerranée se parait d'un gris aux reflets verdâtres. Il ne pensait à rien. Ses pas allaient dans n'importe quelle direction, une errance agréable. Il s'endormait avec cette saison et ne se réveillerait qu'au printemps quand le soleil attiserait ses sens. Victor rentrait plus tôt à la villa des Roses, se confinait dans son cabinet de travail, rédigeait sa correspondance avec Edouard Laugier, son notaire, qui ne lui donnait que de bonnes nouvelles, ou avec Beppo à Salèse, histoire d'entretenir les liens. Giulietta sur le tapis, le chat étiré sur les papiers, Victor feuilletait des ouvrages sur le cinéma, l'architecture, les atlas qui s'ouvraient sur un monde d'aventures, ou parcourait les pages des romans photographiques.

Emilie se pliait en quatre pour satisfaire son patron. Elle vivait là avec lui et ne se considérait pas comme un bibelot ou un meuble. Son corps bouillait intérieurement. Elle se perdait dans de longues espérances. Elle voulait être aimée par lui. Victor devenait une montagne inaccessible. Pourtant elle se persuadait qu'un jour ou l'autre il faiblirait. Une révolte secrète sourdait dans sa poitrine. Elle se débattait, voulait lui avouer ce qu'elle ressentait mais les mots expiraient sur ses lèvres. Le soir, devant le miroir de sa chambre, elle déboutonnait sa chemisette légère, à petits plis, avec les gestes délicats d'une maîtresse qui se prépare pour une rencontre. Elle tremblait, la respiration haletante, se dévêtait lentement avec des gestes méticuleux, percevait le reflet de l'amant espéré. Il était là. Il l'admirait. Les épaules nues, elle caressait ses bras fins, faisait glisser sa jupe à terre, ôtait ses bas. Le désir, mêlé à une confusion poignante, brûlait son bas-ventre, les flammes de Satan la dévoraient. Ses doigts devinaient les moindres recoins de son intimité, glissaient vers le buisson épais et touffu qu'elle gardait vierge pour son maître. Ses caresses devenaient une danse frénétique. Elle n'existait plus, ne retenait pas ses halètements ni ses cris.

Les mardis s'écoulaient routiniers. Les adhérents ne semblaient pas intéressés par les approches lascives des protégées de Juliette. Le propriétaire des chantiers navals de la Bocca n'amenait plus son épouse qui, selon ses dires, fréquentait un club de l'autre côté de la Pointe Croisette, interdit à la gent masculine. Le président et ses acolytes discutaient entre eux, fumaient d'énormes cigares, sirotaient en toute décontraction. Le maire, l'adjoint au budget, le commissaire venu en célibataire, un ecclésiastique de haut rang rejoignirent l'assemblée des édiles. Victor ressentait une sorte de malaise. Il était admis de par sa particule mais ne faisait pas partie intégrante du cénacle. « Les aristocrates du bordel ! » osa-t-il dans ses élucubrations. Le cabaret ressemblait à un club anglais policé où l'atmosphère de gentlemen prévenait de tout débordement au-delà des bonnes mœurs. Les filles sur les banquettes se limaient les ongles, se poudraient le visage, fumaient cigarette sur cigarette, se moquaient des éventuels clients. Leurs comportements reflétaient la passivité. Victor participait aux papotages puis regagnait sa place réservée face à Juliette qui tirait une moue pas possible.

— Il y a des soirs comme ça ! Si ça continue, je mets la clé sous la porte ! Les bavardages ne m'apportent pas un kopeck ! Je ne loue même plus une chambre !

— On se lasse toujours des belles choses… lâcha Victor.

Elle eut un sourire teinté de dépit.

— Quand les filles n'ont rien à croquer, elles

vont ailleurs ! Certaines ont déjà fugué ! Enrico les a ramenées au nid manu militari. Débaucher une fille, cela peut déclencher des hostilités qui finissent toujours par des drames de sang. A la moindre étincelle, les porte-flingues font le ménage ! Moi je ne souhaite que la paix et qu'on n'empiète pas sur mon territoire !

Enrico écarta sa veste et montra son calibre à la ceinture.

— Si elles tombent dans la nasse de maquereaux sans scrupules, elles dégusteront. Dès qu'elles vieilliront, elles finiront à l'abattage au Maroc, en Egypte ou au cul des camions de chantier.

Juliette esquissa un sourire amer.

— Elles pourraient s'en aller si elles me rachetaient leur liberté... Elles sont si jeunes et bien éduquées...

La patronne cessa de geindre et demanda à Enrico de monter le volume de la musique, offrit une tournée générale et se tortilla au milieu de la piste de danse. Ses coquines en firent autant. Le prélat se signa et se réjouit de participer à la farandole. Elle brisait l'endormissement, entraînait les clients à sortir leurs portefeuilles et réveillait les instincts endormis. Le déhanchement de ses protégées, les caresses qui s'égaraient avec une ruse animale... le sexe prenait tout son pouvoir, sa magie, et devenait obsessionnel. Le cirque de Juliette n'étonna pas Victor. Gamine, elle débordait d'imagination. Les règles et les lois n'avaient pas de sens. La Grive créait une folie soudaine et transformait le plus timide en joyeux luron débauché.

Victor quitta le Suquet et, sous un lampadaire du quai Saint-Pierre, ferma les yeux. De petits points rubiconds sautillaient devant ses paupières closes. Le ressac des vaguelettes lui apporta les capiteuses fragrances de l'iode. « Je suis si bien ici. Ce qui me fait vivre me fait aimer… » répéta-t-il plusieurs fois. L'horizon lui semblait à sa convenance. Il remonta le col de son manteau, serra son écharpe, enfouit les mains dans ses poches. Il évita le carrefour des putains et des travestis, les bancs où cuvaient les ivrognes, les plages où ronflaient les clochards, les désespérés ruinés au casino. Victor rentra à la villa des Roses.

Emilie l'attendait en robe de chambre déboutonnée au col. Les effluves de café embaumaient la cuisine et le salon. Giulietta restait dans son panier et ne vint pas à sa rencontre. Landru ronronnait sur le buffet. Victor fut surpris de la présence de la bonne et la renvoya à son étage. Elle mit un temps infini à se lever du tabouret. Il ne se laissa pas apitoyer par ces simagrées. Elle n'était qu'une femme de chambre, complice parfois, mais il gardait ses distances. Certes ça lui aurait été facile de la culbuter, de lui voler un moment de plaisir, mais ensuite, quelles auraient été ses exigences ? Les ennuis commenceraient. Il ne souhaitait pas tomber dans un piège sordide.

— Je mène une existence futile, libertine, l'argent ne me colle pas aux doigts. Je fréquente des gens peu sincères, voire hypocrites. Qui peut compter sur moi ? Je suis imprévisible ! Tout le contraire du brave homme qui vous épousera et vous procurera de petits bonheurs tout simples...

Victor lui échappait. Emilie se sentit stupide et entortillait un mouchoir autour de ses doigts.

— Il ne faut pas vous mettre dans des états pareils, asséna-t-il. Si vous n'êtes pas bien à mon service, je règle votre solde, vous rédige une lettre de recommandation et ne vous en tiendrai pas rigueur.

Emilie ne tenait plus sur ses jambes. Elle s'appuya au dossier d'une chaise.

— Jamais je ne trouverai un maître comme vous, répondit-elle d'une voix rauque.

L'incident fut clos. Dès le lendemain la vie reprit son cours. Monsieur promena Giulietta avec l'espoir de croiser la divine Eléonore. Ensuite le déjeuner au restaurant du Pantièro. Victor reçut une invitation sur carton glacé à une soirée privée. Seuls les membres masculins et honorables étaient souhaités, précisait Juliette. A cette occasion elle dévoilerait une énorme surprise. La tenue de gala serait exigée. De prime abord, Victor n'y prêta que peu d'attention. Mais ce geste le toucha. Que manigançait la Grive ?

29

La salle du cabaret ressemblait à un long corridor voûté en pierres taillées. Les meubles déménagés, on foulait des carpettes en cordes tressées qui conduisaient sur les rivages de la dépravation et de l'enfer. Des lampes éparses multicolores, nichées dans les corniches, tachetaient d'auréoles les murs laqués de blanc. Une atmosphère épicée imprégnait l'esprit d'une ambiance confidentielle. Victor attendit plusieurs minutes avant de distinguer les complices de Levoit engoncés dans des costumes sombres, chemises blanches, nœuds papillons. Enrico, en tenue d'apparat, guidait les arrivants vers le billard tiré au centre de la piste de danse, chamarré d'une tresse de fleurs entêtantes et de papillons artificiels. Un projecteur tombant du plafond illuminait d'un cercle le tapis vert. Des miroirs ovales aux cadres roses s'orientaient vers l'énigmatique scène. Une musique à peine audible accompagnait des murmures impatients. La fébrilité gagnait les spectateurs. Juliette avait préparé son affaire. Le gratin de Cannes semblait se réjouir à l'avance de la prestation insinuée. Le président, au premier rang, éprouvait une certaine satisfaction. Les filles de Juliette défilèrent silencieuses dans l'enceinte, une par une, en robes de soirée et chapeaux qui couvraient leurs fronts. Elles s'installèrent sur les banquettes et entourèrent les hôtes. Victor connaissait mieux que quiconque le double jeu de la Grive, prête à tout pour transformer ce qui brille en or. Le billard, le projecteur, l'attente, le champagne, le mystère composaient une ambiance surfaite. Il imaginait la suite, pourtant il n'avait pas la force de s'esquiver.

Le rideau rouge d'une alcôve glissa sur sa tringle. Soudain, le noir total. La *Marche nuptiale* éclata si fort que les tympans des auditeurs vibraient. Le projecteur au plafond éblouit la surface du billard. Une très jeune fille, à peine pubère, monta par un escabeau sur le tapis vert. De fines chaînes argentées reliaient ses chevilles aux poignets et au cou. Une double rangée de perles dessinait une gorge nacrée. Coiffée d'un diadème à cerceau, maquillée, une robe de dentelle dévoilait une exquise silhouette. La poupée tremblait et fixait un point quelque part au loin, dans la pénombre. Une tempête de soupirs montait à ses tympans. Une folie démesurée la cernait. Juliette avait pénétré son esprit, profité de son inexpérience de la vie. Elle lui obéissait, devenait sa chose. De fines larmes coulaient sur ses joues, striaient le fard. Cela importait peu. Les persécuteurs libidineux appréciaient de consoler les jeunes femmes en détresse. La fragilité des êtres les comblait. Victor remarqua la finesse de ses jambes, ses bottines à talons hauts, à lanières, en fine peau bleutée. Ses cuisses étaient enserrées par des jarretières à froufrous ornementées de roses en percale. De longs gants noirs montaient jusqu'aux coudes. Le reflet des glaces dévoilait la perfection de la jeunesse. Elle tenta de se protéger de la lumière. Juliette la rappela à l'ordre. Elle poussa un petit cri et serra les poings.

— Si jeune… maugréa Victor.

Juliette la déchaussa, débarrassa ses épaules des légers voiles de tulle qui soutenaient une poitrine légère et ferme. La forme des seins apparaissait enfantine sous l'éclat violent d'une lumière blanchâtre. Elle la déshabilla lentement, la fit tourner sur elle-même. La marâtre livrait son esclave à des loups flétris et affamés. Elle ôta la dernière lingerie intime d'une blancheur virginale. Les jambes un peu écartées, la sacrifiée n'opposait plus aucune résistance. Impuissante, déchirée, sans consistance, tout espoir était mort. Elle devenait une putain haïssable comme celles qu'elle avait croisées dans les servitudes du cabaret. Entre les griffes de prédateurs, sa jeunesse valait très cher ! Elle n'existait déjà plus. Le regard de Victor passa au-delà de l'apparence d'une égarée offerte à un misérable chantage. Le front, les joues, les pommettes… Un frisson glacé parcourut sa nuque.

— Eléonore…

Il se faufila entre les contemplateurs. Le président se rapprocha de lui :

— Alors, mon ami ?

— Que fait-elle ici ?

— Un monsieur « de Salèse » s'abaisserait-il à contenter les filles du peuple ?

Victor considéra la réplique d'Ernest Levoit comme une piètre moquerie. Le président avait tendance, par une sorte de sympathie apparente, à l'appeler par son prénom, ce qui était courant dans les traditions du petit cercle de Juliette. Le menton dressé, Levoit se pavanait dans son uniforme de gala.

— Eléonore était ma bonniche, récupérée dans une famille d'indigents qui loge au camp de caraques. Des gens sans morale ni religion ! Elle a toujours refusé mes avances. Son ardeur pour le travail s'est délitée de jour en jour. Elle se planquait pour ne pas exécuter les tâches qui lui incombaient ! Je l'ai surprise en train de fouiller dans les tiroirs de la chambre. Elle volait argent, babioles, objets d'art, que son père revendait. Je l'ai supportée trois années durant. Puis un jour j'en ai eu marre. Je lui ai proposé de gagner de l'argent facile, d'être en sorte une artiste. J'ai invité Juliette à la maison et nous avons conclu une bonne affaire.

— Vous l'avez vendue ! s'exclama Victor.

— Juste cédée.

Victor espéra dans l'instant que le cabaret s'écroule. Il tenta de se calmer mais tout son être grondait d'une fureur extrême. Le prix du sang, de la lâcheté, de la misère ! La malheureuse était livrée en pâture à de vils jouisseurs qui attendaient le moment favorable pour la chevaucher et l'humilier ; un tourbillon vertigineux d'où elle ne pourrait pas sortir. Comment stopper cette infecte cérémonie, prendre le président et Juliette par le col et les assommer ? Il retint sa colère et jura qu'il n'en resterait pas là.

— Ce soir sera un grand jour pour cette mignonne. Elle goûtera aux joies de la bonne société... ajouta Levoit.

La tenancière ordonna à Eléonore de s'allonger sur le tapis du billard. Elle ressemblait à un gisant de marbre blanc, à plat dos, sans veines battantes ni souffle. Elle se pétrifiait avant le supplice. Les voyeurs se serrèrent encore plus. Ils abusaient du regard de ce corps vivant, inerte, presque chaud. Cette traînée leur obéirait au doigt et à l'œil. Il suffisait d'allonger les billets. Juliette exigea de la retenue et précisa que cette beauté se méritait.

— La soirée est loin d'être achevée, dit-elle avec un ton plein de promesses.

La musique cessa. La patronne grimpa sur le billard. Elle releva Elénore avec fermeté et la présenta à nouveau sous tous les aspects favorables. Le groupe se resserra. Elle vanta les atours de sa favorite : les cheveux si fins, le visage parfait, les yeux en amande, la bouche pulpeuse prémice à de fabuleuses gâteries, le galbe de ses bras, la courbe délicate de son cou, le ventre où mûrissait une toison bouclée, les fesses rebondies, les jambes fuselées, la finesse des chevilles... Eléonore percevait les relents d'alcool et de cigare froid. Juliette était satisfaite de son prélude et provoquait une terrible excitation. Elle rhabilla lentement sa protégée avec une malice redoutable et, se tournant vers son public, annonça d'une voix triomphante :

— Je vous avais promis du spectacle... Cette vierge a seize ans. Aucun mâle ne l'a étrennée. Je lui ai enseigné les subtilités de l'amour et de l'obéissance. La chambre numéro 2, la plus belle, est prête pour toutes les folies que vous imaginez. Eléonore consentira à tous vos jeux. Qui aura la chance de posséder son pucelage ? Donc, messieurs, je la mets aux enchères pour une inoubliable nuit, et plus si le cœur vous en dit. La mise de départ sera de mille francs. Celui qui veut enchérir glissera à chaque fois cent francs dans l'urne avant de se prononcer. Enrico veillera sur la bonne marche des opérations.

Ceux dont le portefeuille était aplati reculèrent en catimini vers le fond de la salle. Les offres dépassaient leurs possibilités. Ils attendraient quelques semaines qu'elle se range au même titre que les autres prostituées. Il ne resta que les flambeurs qui ne comptaient pas leur argent.

Juliette sublimait les atouts d'Eléonore et ne

laissait à quiconque le temps de réfléchir. Les invités se battaient à coups d'annonces extravagantes. Les bras se levaient, agitaient des billets. Les bouches gueulaient les offres. Le prêtre, le commissaire, le magistrat abandonnèrent rapidement. Un banquier satisfait suivait le mouvement. Il ne se montrait au cabaret que pour les grandes occasions. Les comptes des uns et des autres n'avaient que peu de secrets. Son air pincé, ses yeux plissés, ses lèvres fines ne présageaient rien de bon pour Eléonore. Le maire persistait. L'adjoint demandait à des connaissances de lui avancer du liquide. L'argent circulait d'une poche à l'urne. L'ensorceleuse emmenait son public là où elle le désirait. Le sens commun de la raison était aboli. Eléonore : un oiseau tombé du nid ! L'art raffiné de la chair était souillé. On lui volait sa dignité. Déchiquetée, pressée, vidée, étripée, elle n'était plus qu'une coquille souillée jetée aux ordures, un amas de viande écartelé, une cavité tiède et enflée à la disposition de n'importe qui. Aveugle, sans joie ni existence, sa vie ne lui appartenait plus.

James Lin, électrisé par l'enjeu, brandissait une liasse de billets dans chaque main. Une démence peu ordinaire l'animait. Il était prêt au plus grand délire afin de transformer cette déesse en femme. Sur une chaise afin d'être plus haut que les autres, la cravate défaite, les cheveux ébouriffés, il révélait la fange de son âme. Juliette gagnait son pari. Ce qu'elle avait expliqué à Victor se vérifiait : « La putain, aux ordres de son protecteur, n'est qu'une débauchée qui ne peut s'atteler à un vrai métier. Toujours disposée à la fornication, elle ne doit jamais se refuser ! Quel poltron peut affirmer les yeux dans les yeux qu'il ne soit jamais allé au bordel ou avec les promeneuses du trottoir ! J'en ai vu passer de toutes les couleurs, de tous grades, de toutes les positions sociales ! Des pauvres, des riches, de ceux qui risquent leur paie pour un coup qui ne dure pas cinq minutes ! Des timorés qu'il faut initier, des fanfarons, dont les poches sont trouées, qui jouent les grands messieurs ! » Elle avalait un porto et continuait sur un ton trivial : « La prostituée est habituée à des plaisirs que personne ne soupçonne. Elle est comme la terre, elle aime qu'on la retourne, qu'on la laboure ! Elle est élevée pour ça ! Son vice n'est pas une vocation mais un apprentissage sévère. »

Victor se dégoûtait de lui-même. La bile affluait dans son gosier. Comment pouvait-il assister à ce simulacre de plaisir où ces indigents se repaissaient de la fragilité d'une enfant ? Pourtant il n'était pas l'apôtre de la morale ! La Grive, insensible à la douleur de l'autre, démontrait toute l'étendue de sa dépravation. La vie avait modelé un être de granit. Peu importait le mal qu'elle provoquait. Enrico se chargeait de faire rendre raison à celui ou celle qui mettrait des bâtons dans les roues de son entreprise. Un mystère froid tempêtait dans le crâne de Victor. Les belles sociétés se ressemblaient tant ! Il se sentait trahi et dévisageait avec colère les poltrons qui s'agitaient autour de leur proie. Le religieux qui le dimanche prêchait en chaire communiait avec le diable ! Le juge, en robe noire, condamnait les pauvres types qui se faisaient alpaguer pour un vol de poules. Aucun remords ! Le mensonge de soi-même ! L'imposture ! Quant au commissaire, rien de bien flamboyant, il était à l'image du clan et voulait ressembler à ces gens qu'il admirait ! Mais son salaire ne suffisait pas. Petit fonctionnaire ne sera jamais grand ! Il couvrait et négociait sans scrupule leurs combines. Ces donneurs de leçons intouchables établissaient la morale dans la cité. La loi c'était eux ! L'argent, la puissance, la délation remplaçaient l'honneur et la conscience. Un tumulte désordonné germait dans l'esprit de Victor. Il redevenait Victor Cousin, le simple paysan, avec ses idées de droiture et de justice. Il s'octroyait le droit de dénoncer le mal. Maudit celui qui oserait entraîner Eléonore dans la débauche !

— Ils méritent tous l'enfer, maugréa-t-il.

La soirée s'éternisait. Juliette en voulait toujours plus. Le cercle autour du billard s'était clairsemé. Les gens assistaient à un combat sans merci. Le banquier s'amusait follement. James Lin, exalté, n'en démordait pas. Il proposait presque sa société contre l'hymen d'Eléonore. Le maire misait systématiquement un billet de plus sur n'importe quelle offre. Son adjoint le suivait. Ils se concertaient par signes, échangeaient une complicité puérile. Victor se demanda s'ils ne préparaient pas une opération à deux, voire à trois avec le président observateur des débats. Victor s'avança vers le billard. Juliette ne put soutenir son regard. Quelque chose d'étrange la traversa. Le maire et l'adjoint comprirent que le moment fatal arrivait. L'urne était bourrée de billets. Eléonore épuisée attendait que son sort se déclare. Ce que Victor proposa dépassait tout entendement. Son audace glaça Juliette. Eléonore ne leva pas la tête. Son crâne bourdonnait. Elle avait envie d'en finir pour toujours. Le silence qui ponctuait les grands événements emplit les voûtes du cabaret.

— Je n'en attendais pas moins de lui, confia le président au garde-chiourme de Juliette. Un vrai prince.

James Lin quitta le cabaret dépité. Il arracha du vestiaire son pardessus, grimpa quatre à quatre les marches et sortit dans la ruelle en claquant la porte. Il alluma une cigarette et disparut vers les quais. Victor ne prêta pas attention à la mine ironique du président. Juliette prépara Eléonore pour le grand soir et la livra au vainqueur des enchères avec les recommandations d'usage.

Victor soutint Eléonore jusqu'à la chambre 2. La pauvrette ne tenait plus sur ses jambes. Il l'allongea sous les couvertures, remonta l'oreiller, posa délicatement la nuque, couvrit la lampe de chevet d'un foulard et s'assit sur le rebord du matelas.

— Que m'est-il arrivé ? demanda-t-elle dans une sorte de délire.

— Un mauvais rêve...

Parfois elle émergeait d'un trouble profond. Ses traits se détendaient puis elle retombait dans la somnolence, se réveillait en sursaut, se débattait contre l'étouffement, cherchait ses mots, se confiait à Victor, puis le cycle infernal recommençait.

— Où suis-je ?

— Dans l'antre d'un bordel, répondit sans réfléchir Victor.

Eléonore parcourut le décor de la pièce sordide. Peu importe ce qui devait arriver. La nuit devait s'achever.

— J'espérais me réveiller ailleurs !

Elle repoussa les couvertures, déchira ses habits et provoqua Victor.

— Dépêchez-vous, qu'on en finisse !

Victor remonta le cache de l'abat-jour. Dans un rai de lumière, Eléonore devina les traits de son visage.

— Le monsieur de la promenade avec sa petite chienne.

— Giulietta... souffla-t-il.

Elle tendit la main vers lui. La providence se penchait-elle sur ce lit sordide ? Ses yeux perdaient leur expression hagarde et inquiète. Cet homme paraissait sincère. Même s'il n'était qu'un client comme les autres.

— Ma tête tourne.

Avec son mouchoir, Victor humecta les joues et le front.

— J'ai chaud, j'ai froid... La liqueur de Juliette amère et sucrée, délira-t-elle. Je ne voulais pas. Elle m'a jetée à terre et forcée à boire. Enrico jouait de la trique là où ça faisait mal. Il m'a fait comprendre que je n'étais là que pour obéir.

Victor ouvrit la minuscule fenêtre, tira le rideau. Un air d'accordéon flottait dans l'air, puis une chanson triste, la mélopée d'un pêcheur reprise par les pochtrons du Vénitien. Des bruits de chaises que l'on entasse l'une sur l'autre, le glissement du balai sur le bitume, les bruits de la nuit, le murmure de la brise, le cri perçant d'une mouette... Peu à peu le sommeil envahit Eléonore. Elle se sentit en sécurité. Le scintillement orangé du phare tranchait la ruelle. Victor s'allongea à ses côtés et lui serra la main. Les veines de la jeune fille battaient au ralenti. Sa respiration était régulière.

30

De douces lueurs illuminaient le petit matin. Victor déposa un baiser sur le front d'Eléonore. Eléonore se tourna sur le côté. Victor devina son dos extraordinairement fin. Ses yeux ne se détachaient pas de la silhouette alanguie. Son doux parfum le transporta hors de cette pièce destinée aux passes. Il eut le désir de la caresser et ressentit un trouble profond. Il ne pouvait profiter de la situation.

— Je te sortirai de là, murmura-t-il.

— Les filles comme moi s'oublient vite…

Victor ne savait que faire pour se justifier. Eléonore devait croire en ses paroles. Elle dévisagea ce bonhomme qui se dressait entre elle et ses bourreaux. Il mettait sa vie en jeu. Juliette ne plaisantait pas sur le sujet.

— Je ne suis plus pucelle depuis belle lurette, avoua-t-elle. Je n'avais que onze ans lorsque mon père et mon frère se sont occupés de ma virginité.

L'un ou l'autre selon les jours se prêtait à l'exercice, parfois les deux ensemble. J'écartais les jambes et attendais qu'ils aient fini leur besogne. Plus vite l'épreuve était achevée, plus vite ils décampaient de ma couche. Ma mère était au courant. Que pouvait-elle dire ? Le père a failli plusieurs fois la tuer dans ses crises d'ivrognerie. Dans les roulottes au bout du terrain vague, il s'en passe de drôles, vous n'imaginez pas... Tous les beaux messieurs que vous côtoyez se pourlèchent de gamines qu'ils glanent aux alentours du campement. Une robe, un bijou de pacotille... l'affaire est conclue. C'est comme ça que le président m'a trouvée. Promesses et châteaux en Espagne... Je me suis toujours refusée à lui. Cette racaille avec ses attitudes supérieures m'écœure. Alors, il s'est vengé.

Elle marqua une pause.

— Je n'ai pas bien saisi leur conversation lorsqu'ils m'ont enlevée. Mais votre nom revenait souvent...

Victor ne fut guère étonné. Un piège fomenté par un cercle de crapules ! Il s'apaisa, réfléchit les mains jointes devant la bouche. Une idée diabolique germa dans son esprit.

— Ce que je vais te confier, nul ne doit le savoir !

Eléonore ouvrit de grands yeux.

— Tirez-moi de là, je vous en supplie.

Victor lui détailla ce qu'il attendait d'elle. Les clients sous l'empire de l'alcool lâcheraient de précieuses confidences. Elle devrait récolter leurs adresses, leurs horaires, leurs habitudes. Cela pouvait prendre des semaines, mais il était là, près d'elle, et veillerait sans relâche.

Juliette frappa à la porte de la chambre 2 et interrompit leurs échanges :

— Encore au lit !

Elle tira Eléonore sans ménagement de la tiédeur des draps.

— La fête est finie. Rejoins les autres filles et prépare-toi pour l'ouverture de ce soir. Ça va se bousculer au portillon !

La Croisette se réveillait dans une matinée grise. Une traînée d'anonymes barbouillés de nuit se pressait vers leur travail. On lisait sur leur figure une fatigue engrangée depuis la veille. Victor contempla les palmiers agités par la brise. Les branches décharnées, aux extrémités épineuses, se balançaient avec lassitude. Ses pensées ne résidaient plus dans cette ville surfaite. Les images de Salèse, les Clots, la grande plaine, Beppo et ses brebis, Garibaldi le chien… défilaient comme un vieux film sépia. Il s'enfonça dans un parc ceinturé par une luxuriante végétation. Un bassin jaspé de verts dégradés, de mousse brillante, de pierres plates turquoise aux reflets bleutés se mélangeait en un tableau digne de la brosse d'un impressionniste. Victor se laissa porter par le parfum frais et pénétrant des jasmins. Il aspira une goulée d'air marin. L'existence pénétrait ses pores, irriguait ses poumons.

Il trouva la villa des Roses trop grande et froide. Il imagina une présence, une voix qui s'affairerait au salon ou dans la cuisine. Il ne rencontra que la bonne qui constata l'état négligé de Monsieur : les vêtements froissés, la cravate défaite, les relents d'un lupanar. Victor disparut dans l'escalier et s'allongea sur le lit. Il n'arrivait pas à s'assoupir. Impossible de fermer les yeux. La journée n'était pas faite pour dormir. Il s'installa dans le grand fauteuil et se laissa submerger par ses songes. Les années avaient défilé à une vitesse prodigieuse. Il réalisa l'insupportable vieillesse qui le minait. Pourtant sa peau n'était pas fripée et ses muscles obéissaient à ses volontés. Devant la glace, il tapota le dessous de la gorge, se sentit digne, présentable, pas trop vieilli.

Le mardi suivant, Victor ne dérogea pas à ses habitudes. Sa place à l'angle du comptoir, un cognac ou deux, jamais plus, ensuite il réservait la chambre 2 avec Eléonore. Il restait assis face à elle. La nuit serait longue. Il ne quittait pas du regard cette beauté lunaire. Eléonore se frotta les yeux et bâilla. Elle se défit de sa robe, de ses escarpins, détacha le bandeau qui enserrait ses cheveux et faufila sa nudité entre les draps. Dans les bras l'un de l'autre ils se réconfortaient. Leurs peaux se frôlaient. Eléonore chuchotait les bizarreries des clients, leurs empressements. Certains ne se déshabillaient pas ou se contentaient de poses suggestives. L'adjoint pliait son pantalon sur la chaise, n'ôtait ni les chaussettes, ni la chemise, ni la cravate qu'il envoyait à l'arrière du cou. La maigreur de ses cuisses, son caleçon à rayures provoquaient ses rires. Elle le considérait comme une larve. Le temps de grimper sur le matelas, l'affaire était conclue. Il ne laissait jamais un billet sur la table de nuit. Le maire gloussait comme un dindon et transpirait d'une sueur infecte. Le prélat priait avant de déboutonner sa braguette et se signait. Le magistrat était encore vert. Chacun apportait son lot de péripéties. Victor écoutait avec tristesse. Eléonore tournait son drame à la dérision. Un moyen de se défendre et d'expier le malheur.

— Seul le président n'est pas venu, déclara-t-elle, du moins pas encore.

Son plan fonctionnait diaboliquement. Les renseignements fournis par Eléonore se révélaient de tout premier ordre et permettraient à Victor d'organiser parfaitement les agressions sans que l'on se doute qu'il s'agissait de crimes prémédités. La mort devait être considérée comme naturelle ou accidentelle, ce qui exigeait une préparation très méticuleuse. Il refit maintes fois les itinéraires, repéra les rues sans éclairage, les impasses aux heures où chacun regagnait en catimini son domicile, les chemins de repli, les immeubles à double issue, sans concierge, le parking où il garerait la Buick. Il sonda les endroits susceptibles de cacher les cadavres et vérifia sur le calendrier des postes les nuits sans lune. Mis à part James Lin, les opérations ne présentaient pas trop de difficultés.

Aucun imprévu ne lui était autorisé. Il en était ainsi. Son tribunal l'avait décidé. Lui seul possédait le pouvoir de les bannir de la cité. Ils n'existeraient plus et leurs consciences erreraient pour l'éternité.

Victor ne dérogeait pas à ses habitudes. Il causait avec Juliette, plaisantait avec Enrico, réservait sa nuit avec Eléonore, ensuite il rentrait à la villa des Roses. Ernest Levoit, l'adjoint, le maire, James Lin revenaient sans cesse à son esprit. Par qui commencer ? Devait-il agir dans un ordre établi à l'avance ou laisser faire la providence ? Les indications précieuses glanées par Eléonore lui facilitèrent la tâche. Le président, en proie à des problèmes rénaux, sortait régulièrement sur les quais et se soulageait derrière des entassements de troncs. Il finissait son cigare, le jetait dans le port et regagnait le cabaret en sifflotant. L'adjoint retenait une chambre où une fille l'attendait. Une bonne demi-heure après, il réglait la note, un dernier verre, rentrait chez lui avenue de la Reine-Astrid face au casino d'été, retrouver femme et enfants. Le maire offrait des aspects favorables à l'homicide parfait. A chaque effort il avait du mal à reprendre sa respiration. Un taxi le conduisait parc Paul Mero puis il se rendait à son immeuble impasse Bellevue. Les médecins lui avaient conseillé des cures thermales à Bargemon, ce qu'il faisait chaque automne. De retour, il reprenait de plus belle les fêtes. James Lin, son cas était plus ardu car il n'avait aucune heure, n'était réglé que sur ses délires et les divagations de son épouse. A la fin de chaque soirée, ils rentraient séparément, elle avec sa voiture après une dernière tournée dans les bars de la Croisette, lui directement à la Bocca où ils logeaient dans une villa proche des chantiers navals. Victor négligea le commissaire, le prêtre, le magistrat qui ne présentaient que peu d'intérêt. Chaque mardi, Victor offrirait une nuit d'épouvante à ces bonshommes de papier. Ils redouteraient les pas qui résonneraient dans la nuit, les rues désertes, les couloirs à peine éclairés… Leurs estomacs se retourneraient. Ils éviteraient leurs ombres, se barricaderaient dans leurs appartements, attendraient le petit jour afin de retrouver un calme précaire. Juliette perdrait ses clients. La rumeur se chargerait de la publicité de son club. Elle n'en avait pas fini avec Victor ! Le bordel et ses âmes noires devaient disparaître.

Le plan s'exécuterait à partir de la chambre 2, réservée jusqu'au petit matin. De la fenêtre légèrement entrebâillée, Eléonore et Victor percevaient les entrées, les sorties, reconnaissaient les démarches. Eléonore se sentait prête, Victor aussi. Le mardi suivant, la chance fut avec eux. Alors que Victor garait la Buick sur un emplacement parfaitement étudié, il aperçut le président et le maire se diriger vers le quai Laubeuf, pas très loin des embarcadères des îles de Lérins. Victor se faufila entre les ballots de marchandises et s'approcha d'eux. Ils urinèrent gaiement dans les eaux du port en usant de plaisanteries graveleuses, se reboutonnèrent et rallumèrent des cigares. Le président sifflotait. Le maire paraissait joyeux. La soirée ne pouvait être plus tranquille et agréable. Ils rejoindraient leurs amis, puis iraient visiter Eléonore avant que ce « de Salèse » en profite. La vie était finalement belle. Victor se saisit d'une rame. A deux pas de Levoit et du maire, il les interpella. Il désirait qu'ils voient leur bourreau.

— Président, monsieur le maire, entendirent-ils.

Ils se retournèrent :

— Victor ! s'étrangla Levoit.

— Une rame ? s'étrangla le maire.

Ils tentèrent d'esquisser un pas. Le plat de l'aviron les atteignit l'un et l'autre en pleine face. Ils vacillèrent et chutèrent dans les eaux froides. Victor se rapprocha du bord. Des bulles remontaient à la surface. Le maire coula aussitôt. Levoit ressurgit, la bouche grande ouverte, appela au secours. Sa voix étranglée ne portait pas plus loin que le peu de souffle qui lui restait. Il s'enfonçait, remontait, exécutait des gestes désordonnés. Victor faisait durer son plaisir, le maintenait sous l'eau, relâchait la prise. Levoit reprenait une courte respiration, toussait :

— Pourquoi ? bafouillait-il.

— Eléonore, lâcha Victor.

Les yeux de Levoit tournaient, devenaient vitreux.

Le président tentait de résister au sort qui lui était destiné.

— Je te la donne, souffla-t-il dans un hoquet désespéré.

— Elle n'appartient à personne !

Victor partit d'un rire qui glaça l'atmosphère.

— Tu n'es qu'un porc !

Levoit tenta de s'accrocher à un anneau de cordage. Le manche s'abattit sur les mains et brisa les doigts d'un coup sec. La mort tétanisait ses membres et grimpait sournoisement dans tout son corps. L'agresseur scruta sa montre et se rendit compte qu'il était plus de neuf heures et qu'il avait rendez-vous avec Eléonore.

— Adieu, président. On se reverra en enfer.

La tranche s'abattit de haut en bas. Le crâne de Levoit éclata. Il flotta un instant dans une auréole sanguine et coula dans les eaux brunâtres. Les hélices des bateaux déchiquetteraient le corps. Le courant entraînerait les morceaux de bidoche au large. Les murènes se repaîtraient de chair faisandée. « Deux à la fois ! Une bonne chose de faite... » Il ne ressentit aucune panique. La facilité d'un tel acte l'émut. Il éprouva une jouissance intérieure et se félicita de son courage.

Il rejoignit Eléonore, joyeux, presque volubile. Elle sentait Victor si fort, si sûr de lui, inébranlable.

— Le président et le maire ont pris un bain de minuit habillés... chuchota-t-il d'un air désinvolte.

A la moindre réflexion il riait aux éclats. Il commanda du champagne et réserva son égérie pour deux jours, peut-être plus. Juliette accepta la proposition. La somme était conséquente. La maquerelle lui octroya sa confiance après une avance supplémentaire. Eléonore constata ainsi que sa liberté se limitait aux quatre murs du claque et aux billets que lâcheraient les courtisans. La réalité se dévoilait crue et sans artifices. Les autres filles jalousaient sa jeunesse et sa beauté et ne la ménageaient pas. Elles aussi souhaitaient être repérées par le généreux mécène mais le sort en décidait autrement. Eléonore s'endormit contre Victor. Leurs peaux se frôlaient dans une passion intime. Ils attendaient que l'aurore les libère de leurs étreintes.

La disparition du président et du maire intrigua les adhérents du Cercle nautique et l'entourage de Juliette. Ce Cannois, si estimé, n'avait pu s'envoler d'un coup de baguette magique ! Quant au maire... Le commissaire restait sans réponse. Les deux à la fois ! Il ne pouvait ouvrir une enquête. Aucune plainte ! Pas de cadavre ! Juliette essayait de relancer son établissement mais personne n'avait le cœur à s'amuser et à fréquenter les filles. Le mystère des disparitions restait tenace et faisait l'objet de supputations extravagantes. On imaginait la démence, le remords, le suicide, la fuite, les détournements d'argent, les abus de pouvoir fréquents chez les hommes de pouvoir.

Quelque temps après, Victor avec l'assentiment de la Grive réserva Eléonore pour la journée.

« Ne tombe pas amoureux, ce n'est qu'une putain... » avait prévenu la tenancière.

Bras dessus, bras dessous, ils flânaient sur les boulevards, allaient au cinéma, déjeunaient dans les meilleurs restaurants, fréquentaient les magasins de mode. Ils s'enchantaient sur des curiosités maintes fois observées. Les parcs leur proposaient une trêve délicieuse.

Ils s'installèrent sur un banc au dossier arrondi. Ces instants suspendus, pleins de grâce, protégeaient les âmes des amants enchantés. Les treilles suspendues aux portiques fléchissaient vers le gazon en longs éclats d'une infinité verte. Des fleurs en corbeille, des œillets s'accordaient avec des statues camouflées dans les feuillages. Le murmure d'une fontaine rappelait les pleurs d'une femme à genoux. Des branches caressaient les balustres de marbre. Un paradis se colorait dans leurs yeux où les détails possédaient une importance légitime ; le décor de l'églogue à l'infini. Une lumière égale, pure, adamantine se faufilait dans leurs pupilles. La nuit n'existait plus.

— La terre de Virgile, confia Victor.

Ils reprirent leur escapade et se dirigèrent vers le haut de la ville. Eléonore connaissait ces rues depuis son enfance où elle chapardait ce qui lui tombait sous la main par jeu ou par nécessité. Elle vivait l'instant présent, s'accrochait à la manche de son mentor, lui signifiait ainsi qu'elle existait à ses côtés. Victor ne pouvait pas se moquer d'elle. Son cœur était brûlant. Elle se laissait porter par une journée où la paix se posait tranquillement sur ses épaules. Elle s'inventait un avenir qui ressemblait étrangement au bonheur. Le couple traversait une foule pimpante, envieuse, qui se retournait à son passage. Le bellâtre, élégant, aux airs cavaliers, tiré à quatre épingles, pourrait être le père… Il portait en lui une force obscure. L'élégance brune d'Eléonore ne laissait pas indifférent. Victor voguait dans l'insouciance légère d'un après-midi ensoleillé. La rue d'Antibes, les immeubles au crépi pastel, les plants d'orangers offraient recueillement et sagesse.

L'instinct de prudence ralentit le pas de Victor. Le métronome de semelles aux bouts ferrés détruisait la sérénité présente. Victor s'attarda devant une devanture. Le reflet d'un vitrage lui renvoya une masse rousse qui s'esquivait dans un recoin. Il serra Eléonore contre lui. Portée par ce geste de tendresse, elle ferma les paupières.

— Suis-moi, murmura-t-il.

Ils se rencognèrent sous le porche d'une résidence à l'architecture vieillotte et cossue. Les brillances d'une double entrée d'acier et de verre martelé couvraient leurs silhouettes d'une cape diaphane.

— On nous espionne…

Enrico passa devant eux. Il suivait la ligne du trottoir qui se déroulait droit devant lui. Le couple ne pouvait que remonter l'avenue. La foule était dense et serrée. Il ne devait pas se faire repérer. Les ordres de Juliette étaient formels : discrétion ! Elle n'avait qu'une confiance relative en son ami. La vie avait effacé la spontanéité de l'enfance. Chacun pour soi ! En affaires, la complaisance ne possédait plus aucun sens.

Victor et Eléonore s'engouffrèrent dans l'immeuble. Ils étaient loin du tumulte du boulevard. Nul ne pouvait les deviner. « Qu'est-ce que tu fous, mon pauvre Victor ! » marmonna-t-il. Un silence hors du temps les saisit. Ils étaient bel et bien suivis par l'homme de main de la maquerelle. Eléonore tremblait. Victor lui assura que le marché conclu avec la patronne était en règle. Cette journée merveilleuse gâchée par un incident de la sorte lui restait en travers de la gorge. De quoi se mêlait cette crapule ? Le rouquin voulait savoir, ensuite rendre compte à sa patronne, il allait être servi.

L'imprévu… Pas de traces, pas de bruit… Juliette devrait s'expliquer ! Il cacha Eléonore dans l'entresol et lui ordonna de ne plus bouger. Il entrebâilla la porte du hall d'entrée, laissa le pêne reposer sur le montant de la serrure de l'ascenseur puis grimpa jusqu'au dernier étage. Un épais tapis amortissait ses enjambées. Il ouvrit en grand la cabine, bloquant ainsi le mécanisme au rez-de-chaussée.

31

Enrico tomba dans le piège, fouilla l'entrée du regard et s'engagea dans l'escalier. Des fleurs, des tablettes de marbre, des sonnettes électriques en cuivre, l'odeur de la javel... Le fouineur se tournait dans tous les sens. Le couple ne pouvait être qu'ici ! Victor louait-il un pied-à-terre dans cet immeuble ? Le courrier dépassait des boîtes aux lettres, des noms aux consonances russes et anglaises, aucun de Salèse ! Les plaques des appartements ne portaient que des numéros... Il ne pouvait toquer à toutes les portes ! Encore un étage. Le troisième. Le dernier. Autant avaler le poison jusqu'à la fin. Il avouerait à Juliette qu'il les avait perdus. Il se trouva face à la grille ouverte en grand sur le puits vertical. Disparus. Envolés.

— Enrico, entendit-il.

Des frissons glacés parcoururent son dos jusqu'à la nuque. Le nervi de Juliette n'eut pas le temps de se retourner ni d'ouvrir la bouche que Victor le poussait fermement dans le vide. Un geste précis, direct. Tout en bas, de hauts boudins métalliques amortisseurs pointaient leurs dents d'acier. Le scélérat ne put s'accrocher aux ferrures. Il perdit l'équilibre, gigota en avant, tenta de se stabiliser. Son corps ridicule se tordait dans tous les sens. Un cri étouffé. La vitesse prodigieuse d'une masse qui ne plane pas. Un choc mou. La tripaille transpercée par les ressorts en ferraille. Un faible hoquet. Un sursaut. Sans confesseur ni prière, Enrico vomissait sa fourberie. Le crime était simple, une question d'équilibre... Victor se sentit satisfait.

— Celui-là n'était pas au programme... déclara-t-il sans compassion.

Victor rajusta son col et sa cravate, coiffa ses cheveux, boutonna sa veste, épousseta les manches d'un revers de paume, et se sentit apte à prolonger sa flânerie. Le casino des Princes face à la plus belle plage de la Croisette lui conviendrait pour achever l'après-midi. Il siroterait un porto et se laisserait confondre par un délicieux farniente. Eléonore, pâle, les yeux rougis, ressemblait à un automate qu'il sortait de sa boîte. Il essuya son visage des traces de maquillage et la maintint droite sur ses jambes oscillantes. Secouée de sanglots, elle posa le front sur la poitrine puissante du justicier.

— Un bruit flasque et lourd, bégaya-t-elle.

— Juste une chute...

Elle voulait ne plus bouger, ne plus rien voir ni entendre. Ce que Victor avait accompli était déjà oublié. La rue d'Antibes les illumina. Ils se détournèrent de l'artère passante et se dirigèrent vers la Croisette. L'immensité du large, la symphonie des vagues les rassérénaient. A cet instant rien ne pouvait les atteindre. Le soleil maquillait de sang l'horizon. La brise prodiguait des caresses tièdes. Leurs doigts se croisèrent. Ils ne se parlaient pas. Qu'importe !

Ils étaient seuls au cœur d'une folle tempête.

A l'heure du soir, l'ombre fauve du crépuscule les couvrit d'un voile béni. Leur mutisme en disait long. Eléonore se perdait dans les dédales d'une existence complexe. Victor ne s'épanchait pas en confidences. Renvoyer la pauvrette dans la rue ou auprès de Juliette signifiait la rendre à l'état d'esclave. N'était-elle qu'une rencontre ? Après tout, il ne lui devait rien ! Ce qui se profilait dépassait son entendement. Il ne résistait plus aux charmes sournois que lui proposait la jeune incrédule. Les idées absurdes se bousculaient et l'épuisaient. Il ne savait plus ce qu'il voulait. Victor se heurtait à un mur. Il arrivait à un âge où l'on s'attache sans trop de raison, où l'on n'a plus envie de vivre seul, où l'on cherche un motif pour se lever le matin, où la Faucheuse débarque sans prévenir au plus mauvais moment. On a besoin de l'autre. On cherche Dieu dans ses erreurs. Eléonore était présente avec sa spontanéité, sans calcul, sans prétentions, débordant de tendresse. Le fruit du hasard ! Alors, pourquoi pas…

— Nous allons chez moi, dit-il.

Victor héla un taxi.

Emilie s'étonna du grincement du portail. Elle sortit sur le perron. Victor arrivait fringuant, à une heure indue, avec une poulette à la villa des Roses. Habillée avec un goût douteux, une jupette légère au-dessus des mollets, une haute ceinture enserrant la taille, coiffée comme une dame du monde, perchée sur d'impressionnants talons, elle se tordait les chevilles sur le gravillon de l'allée.

— Une pin-up de chez Juliette ! rugit-elle.

Le sourire de Victor la désarma. Giulietta renifla l'invitée, se dressa sur les pattes arrière, gratta ses genoux pour qu'elle la prenne dans ses bras, Landru se faufila dans un buisson. Emilie contint une humeur qui devenait fracassante. Eléonore ouvrait grand les mirettes devant le décor du hall, l'élégance des meubles et des tapisseries. Pantoise au milieu de la pièce, elle n'osait pas un mot. Chez le président, ce n'était qu'un entassement d'objets baroques et de mauvais goût. Un désordre que les femmes de ménage haïssaient.

— Parle-t-elle, votre sauterelle ?

— Ne soyez pas sévère ! Vous lui préparerez un bon repas, une chambre et nous aviserons pour vêtir cette jeune fille décemment. Eléonore ne devra pas mettre le bout du nez dehors. Sa vie en dépend. Si l'on me demande, vous raconterez que je ne suis pas rentré à la villa depuis deux jours.

Emilie entraîna Eléonore à la cuisine.

— Aide-moi à dresser la table. Couverts et assiettes sont dans le buffet. Soupe et gratin, cela conviendra-t-il pour une dame de la haute ?

La jalousie sortait par tous les pores de la femme. Eléonore préféra s'en moquer. Elle connaissait bien les travers des bonniches qui pensent être les maîtresses de maison ou les maîtresses tout court.

Victor ressentit le besoin de s'isoler. Il n'arrivait pas à prendre une décision ferme... Si par malchance un témoin se présentait à la police et l'accusait ? Le commissaire, le magistrat, l'adjoint au maire étaient de ses fréquentations et n'oseraient pas prendre au sérieux des accusations loufoques. Que craindre ? Victor considérait ses crimes comme des péripéties. Il ne se rappelait plus les visages de ses victimes, preuve qu'elles n'avaient jamais existé. Alors pourquoi se perdre en de telles conjectures ? Il devait retrouver son rang, sa noblesse, se débarrasser des faiblesses inutiles. Victor se trouvait un peu trop sentimental. Il lui restait trois nuisibles à supprimer mais cela en valait-il la peine ? Il avait fait couler le sang de relations qui l'avaient aidé, de façon intéressée certes, mais tel était le pari de cette assemblée d'élégants messieurs. Il ne pouvait pas l'ignorer. Au fur et à mesure de l'avancée de la nuit, il écartait les misères qui l'encombraient et raisonnait de façon lucide. Il écrivit deux lettres, la première à Edouard Laugier, le notaire de Saint-Martin, lui faisant part de l'urgence de vendre la villa des Roses au meilleur prix : « … j'ai fait le tour d'une société miséreuse dont la prétention n'a d'égale que la perfidie et le mensonge… Les amis ici n'existent pas ! Cannes, la belle endormie au cœur de granit, sans pitié ni clémence, m'indispose. Je ne peux plus compter sur son éclat et ses illusions. Tout est surfait ! Tout n'est que reflets dépravés, miroirs ébréchés ! Les réceptions ont un goût de rance, les duchesses vieillissent, les comtes se décatissent… une ville agréable pour les touristes et les Parisiens qui posent sur les marches du Palais des festivals ! Après, le vide… le luxe sans argent, les sensations sans risque. Les rayons du soleil se glacent devant l'hypocrisie mondaine. Je compte sur votre habileté dans l'art des affaires pour conclure assez vite. » Il acheva ainsi sa missive. La seconde, adressée à Beppo, lui annonçait qu'il regrettait Salèse et ses montagnes : « … la vacherie du Collet, les neiges éternelles de la Palu, la cime du Piagu me manquent. Là-haut tout est vérité. Ici seul le mensonge et la trahison sont de mise ! Je désire rejoindre la maison de mes parents Adèle et Philémon Cousin si cela ne te dérange pas. Me ferais-tu une petite place près de la cheminée ? Une chambre me suffirait. En compensation, je garderai les brebis, travaillerai la terre. Garibaldi aurait aussi une copine : Giulietta. Le repos de l'esprit, la survie sont là-haut dans ces montagnes que l'on ne peut tromper. »

Alors qu'il éteignait les lampes de chevet, il

entendit un frôlement sur les marches. La porte s'ouvrit laissant apparaître dans une faible luminosité la nudité d'Eléonore. Elle resta immobile dans l'entrebâillement afin qu'il perçoive son exaltante candeur.

— Je ne pouvais m'endormir sans vous.

Il contempla ce corps qui avançait jusqu'au pied du lit et se dévoilait dans sa plénitude. Un frisson terrible l'enveloppa. Sa respiration s'accéléra. Il désirait cette fille. Eléonore écarta draps et couverture et s'allongea à ses côtés. Sa chaleur se colla à la sienne. Victor devenait fou et partait pour un long voyage. Les cheveux d'Eléonore couvraient sa gorge. Sa main glissa sur son ventre, sur sa cuisse, remonta paresseusement, caressant chaque parcelle de sa peau. Il se contractait, semblait s'évanouir, perdait pied. Les lèvres d'Eléonore entreprirent le même parcours. Ses seins frôlaient sa poitrine. Son ventre se creusa et en demanda encore plus. Ses doigts cherchèrent les siens et les conduisirent vers sa douce intimité. Elle exhalait de doux gémissements. Jamais une pareille sensation n'avait bouleversé Victor. Il se laissait emporter dans un long voyage sans itinéraire. Le ballet des caresses s'acheva au petit matin. Eléonore s'endormit épuisée. Lorsqu'elle se détacha du corps de Victor, une sorte de froideur glaça la peau de l'amant. Il resta un long moment assis au bord du lit, la tête vide. Il enfila un peignoir et compléta la missive adressée à Beppo : « Je ne serai peut-être pas seul… »

Juliette bouillait derrière le comptoir. Enrico aurait dû rentrer, faire son compte rendu ! Serviable mais peu malin, il ne pesait pas lourd face à Victor, ruminait-elle. Elle maudissait ce frère, plus rusé qu'une belette. Emmènerait-il Eléonore loin de cette ville où elle ne les retrouverait jamais ? Il en était capable. Quelle idiote ! Elle se reprocha sa faiblesse, de s'être laissé berner par des sentiments obsolètes. Les rumeurs allaient bon train depuis la disparition du président et du maire. Les journaux excellaient dans l'art du fait-divers et éditaient dans leurs colonnes des dossiers sortis tout droit de l'imagination des journalistes locaux : complicité, fuite à l'étranger, espionnage… Le Suquet devenait peu fréquentable. Les clients s'éloignaient de ce lieu sulfureux. Ils s'achetaient une nouvelle légitimité, préféraient leur intérieur moelleux, leurs épouses légitimes ou les promeneuses tarifées de la Croisette. Les soirées étaient longues et désespérantes. Les curieux venaient boire un verre pour se donner le frisson. Les filles trouvaient une protection dans des clubs plus modernes. Des mandataires les sollicitaient sur le lieu même de leur exercice et leur garantissaient monts et merveilles. Un vent mauvais circulait sur le Poussiat. Juliette imaginait le pire. Ses concurrents voulaient-ils la rayer définitivement du milieu cannois ? Trop compromettante, les édiles désiraient-ils l'écarter du monde nocturne et des affaires de Cannes ? Elle ne se sentait plus en sécurité. Sans protection politique, sa perte était inévitable. Son cabaret passerait dans des portefeuilles ennemis. Corses ou Italiens emploieraient la force pour la mettre à genoux. Elle ne voulait pas se promener avec eux au bord des falaises de Théoule et ressentir l'effroi du dernier crépuscule. Elle n'écartait aucune hypothèse. Les ennuis continuaient de plus belle. Des dénonciations virulentes et anonymes prévinrent l'administration, qui se mêla de ses déboires. Juliette reçut la visite des inspecteurs du fisc, puis une délégation des services d'hygiène et de sécurité. Impuissante, elle se tourna vers ses relations. Le commissaire ne voulut pas la recevoir et la menaça de représailles. Le magistrat fit la sourde oreille et ordonna aux huissiers de l'écarter de ce lieu républicain. Le premier adjoint, qui bavait sur la probité du maire, la repoussa sur le perron et lui signifia de ne plus se présenter dans les parages de l'hôtel de ville. Le malheureux élu fut renversé le soir même par une camionnette de légumes qui roulait à vive allure sur la place du marché Forville. Il ne restait que James Lin, l'armateur…

Finalement le hasard aidait Victor.

Juliette ne savait plus comment se sortir de ce bourbier. Elle coulait au plus bas. Aurait-elle encore la force de se refaire ? Enrico l'avait-il abandonnée ? Les ennuis avaient commencé dès que cette fille avait posé le pied au cabaret. Eléonore portait le malheur sur elle. En maquignonne avertie, Juliette l'avait décelé. Mais la beauté piquante de cette créature lui avait donné des frissons dans le dos. Sa nature dégageait un fluide insaisissable. L'idée de la vente aux enchères avait illuminé la tenancière. Ce lot peu commun séduirait ses habitués. Juliette devait lutter ou périr. Il était trop tard pour se morfondre sur son sort. Le mal était fait. Juliette sourcilla. Personne ne la contraindrait ni ne toucherait à son établissement. Elle détruirait son œuvre s'il le fallait.

Eléonore se réveilla dans une maison vide, le cerveau embrumé par quelques heures de sommeil. Elle se tournait dans tous les sens, chiffonnait les draps, ne trouvait pas sa position. Landru pelotonnait l'édredon. Victor s'en était allé avec Giulietta à sa promenade matinale, Emilie partie pour les courses, le moindre craquement emplissait les pièces. Un café tiède sur la table de nuit, une brioche, de la confiture… Servie avec attention, elle en rit amèrement et eut du mal à comprendre sa présence en cette demeure. Elle avait récompensé son chevalier servant mais ne tenait pas à en faire autre chose qu'un merveilleux souvenir.

— Après, murmura-t-elle… Que se passera-t-il ? Je me sens si étrangère…

Elle balbutiait un futur trouble. Elle ne trouverait pas tous les jours un mentor comme Victor qui se sacrifiait pour une inconnue. Elle se leva, ouvrit la fenêtre, offrit sa peau à la brise matinale. Au loin, une fumée épaisse s'élevait sur les toits du Poussiat. Les camions des pompiers, sirènes hurlantes, filaient à toute allure sur la Croisette. Un carcan écrasait sa respiration. Eléonore se sentit écartelée entre l'affection envers Victor et le désir de fuite. Les promesses n'étaient-elles pas que des mensonges déguisés ? Elle eut le pressentiment d'une prison dorée. Elle ne voulait pas s'attacher. Aucune chaîne ne pouvait entraver la fille du vent. Elle désira le remercier du fond du cœur, obtenir son pardon, griffonner un billet, mais elle ne savait pas écrire. Elle déposa alors un petit bracelet, une mèche de cheveux sur la table de nuit afin qu'il lui garde une petite place dans ses pensées. Eléonore s'habilla lentement, serra son chignon avec un ruban, descendit les marches, admira une dernière fois les tableaux dans l'entrée. Elle refoula des sanglots, traversa le parc et courut en direction du campement de caraques.

Victor revint de sa balade. S'accommoderait-il d'Eléonore ? Accepterait-il une amie qui partagerait souffrances et bonheur, qui se mêlerait de ses affaires ? Les femmes se lassent de la tranquillité établie. Victor gérerait le quotidien comme il l'entendrait. Eléonore et lui s'accrocheraient l'un à l'autre, combattraient la lassitude et l'épouvantable vérité des couples.

Emilie ne lui donna pas le bonjour, le café était

presque froid. Il s'inquiéta qu'Eléonore traînasse encore sur l'oreiller. Il eut le désir de la surprendre au réveil. Il monta au premier étage en prenant garde de ne pas faire craquer les marches. La porte de la chambre était entrouverte. Un froid glaça ses épaules. Le visage serré, fixé sur la forme du corps imprégnée dans les draps, il feignit de ne pas comprendre. Il n'avait jamais envisagé cette probabilité. Une folle impression d'abandon marquait la chambre. Emilie à la cuisine chantonnait près du fourneau.

— La bécasse s'est-elle envolée ? murmura-t-elle.

Victor ne répondit pas et scruta le parc par le fenestron.

— J'ai préparé une merveilleuse blanquette. Monsieur déjeunera-t-il avec moi ?

— Ne m'appelez plus Monsieur. Victor suffira...

Emilie n'osa pas lui faire répéter. Elle devint rubiconde. Victor en bout de table, le menton sur les paumes de la main, la regardait bizarrement, comme s'il la découvrait. Emilie n'osait plus tourner la tête vers lui.

— Emilie, demain vous préparerez les valises, nous partons.

Elle avala sa salive et avança :

— Où irons-nous, monsieur Victor ?

— Loin d'ici, dans la montagne, au pays où j'ai grandi.

32

Spatio brevi, spem longam reseces.
A la brève durée de la vie,
retranche le long espoir[1].

La Buick suivait les rives du Var. Emilie à côté de Victor, Giulietta sur le siège arrière, Landru dans une cage remontaient le temps. L'horloge s'était arrêtée. Le voyage à l'envers. Les années défilaient à rebours, à une vitesse vertigineuse. La route, le crissement des pneus sur le bitume, les odeurs de caoutchouc brûlé, un soleil de plomb, Victor quittait l'enfer et retrouvait la sensation d'exister et d'être. Les personnages sans consistance ni fierté s'évaporaient de sa mémoire. Victor s'était trompé dans ses croyances. Il n'imaginait pas tant de fausseté et de mal ! L'argent, la puissance, la gloire, quelle dérision !

Victor Cousin, comte de Salèse, se départait d'une mue hypocrite et artificielle et redevenait Vittorio

1. Horace, *Odes,* I, 11, v. 6-7.

Lombardo, fils d'un Piémontais qui avait traversé, avec sa femme Maria, un jour d'automne, le col de Cerise à la recherche d'un bonheur introuvable. Sa peau hâlée se craquelait. Ses paumes devenaient calleuses. Il redevenait l'homme des montagnes. Il retroussa au-dessus des coudes les manches de sa chemise, alluma un bout de cigare mâchonné. Le Piémontais revenait à son point de départ. Son visage se détendait et portait le sourire d'un homme libre. Il allait retrouver les Clots, Beppo, la plaine, les brebis, la maison... Il pensa à la cheminée, aux soirées languissantes, à la chaleur qui montait dans les corps et qu'il gardait toute la nuit sous l'édredon de plumes... Il avait le désir de s'endormir, d'oublier des années d'illusion, de forfaitures et de ne se réveiller qu'au pied des neiges éternelles.

DU MÊME AUTEUR (*suite*)

TÉMOIGNAGE

L'Homme qui aurait dû être roi, Le Cherche Midi, 2016. En collaboration avec Hélène Grosso et François Graftieaux

DOCUMENTS

Saint-Cézaire au fil du temps, Un Autre Regard-Prestance, 2013

LITTÉRATURE JEUNESSE

Terre est une vague amoureuse, Editions Grandir, 1991. Illustrations Haruhiko Kawasaki

L'Enfant de nacre, Editions Grandir, 1991. Gravures Elbiot Mazet

Le Chapeau de Myrtille, Editions Grandir, 1992. Illustrations Kota Tanuichi

Le Fil d'Ariane, Editions Grandir, 1994. Gravures Elbiot Mazet

Jérôme le fantôme, Editions Grandir, 1994. Illustrations Françoise Malnuit

Les Deux Frères et la Pierre de miroir, Editions Grandir, Alain Sèbe Image, 1994

Le Buveur d'étoiles, Editions Lo Païs, 1997. Illustrations Joly Guth

Marie et l'Etoile perdue, Editions du Ricochet, 1998. Illustrations Joly Guth (Prix 83 du livre jeunesse 1998)

Poemios au vent méchant, Pluie d'étoiles Editions, 1999. Illustrations Joly Guth

Dis Pierrot, c'est quand la récré ? Editions Lo Païs, 1999. Illustrations Joly Guth

La Nuit des abeilles, Albin Michel, 2000

Graine de lilas, Editions du Ricochet, 2000. Illustrations Joly Guth

La Gazelle aux yeux d'or, Albin Michel Jeunesse, 2002. Illustrations Nathalie Novi

Sagesses et malices du Touareg qui oublia son chameau, Albin Michel Jeunesse, 2003. Illustrations Renaud Perrin

Les Jardins de l'île, Editions du Rocher, 2003. Illustrations Joly Guth

Marie Poulpin's, Editions de l'Envol, 2004

Miloko, Editions du Rocher, 2004

La Complainte de Brindebout, Editions de l'Envol, 2005

Aména, la légende du vent doux, Editions du Rocher, 2005

Le Danseur de lumière, Editions du Jasmin, 2011

Les Fantômes de Saint-Jean, Editions Un Autre Regard-Prestance, 2012

Le Grand Voyage de Martin, Encres de Siagne, 2014. Illustrations Audrey Garnier

La Légende du Titivilius, Prestance, 2017. Illustrations Lobé

Alioth le Croqueur de nuages, Encres de Siagne, 2019. Illustrations Mendy Raynaud

Livres d'art et de photographies

Nice 360°, Editions Priuli-Verlucca, Turin, 2001 (français – italien – anglais)
Garde fou, Editions lithographiques Georges Point, 1984

Poésie

Non-initiation, Les Paragraphes littéraires, Paris, 1978
La Mort de José Luis, Editions La Table rase, 1980
Maux dire, Editions Le Temps parallèle, 1982
Equinoxe du silence, Editions Le Temps parallèle, 1983
Du rouge sous les ongles, Editions Le Temps parallèle, 1986. Préface Jean Bouhier
Les Mains de pierre, La Bartavelle Editeur, 1988
L'oubli est un nuage silencieux, La Bartavelle Editeur, 1992

Théâtre

Les Braises de la liberté, La Bartavelle Editeur, 1989
Le Corps qui parle, Les Cahiers de l'Egaré, 2001
Une journée avec des anges, Radio France, 2002

Théâtre joué

La Mort de José Luis, Compagnie du Rocher. Mise en scène Gilbert Lyon, 1980
Du rouge sous les ongles, Compagnie du Rocher. Mise en scène César Gattegno, 1982
Les Braises de la liberté, Label de la mission du bicentenaire. Mise en scène Claude Mismaque, 1989
Il Viaggio, Théâtre de la Méditerranée. Mise en scène André Neyton, 1990-1998
Marie et l'Etoile perdue, Théâtre en Vrac. Bordeaux. Mise en scène Cécile Lacherie, 1996

Musique

La Mort de José Luis, oratorio. Compositeur Henri Jarrié. Radio-télévision grecque, 1983. Direction Jacques Wolfman

Composition et mise en pages
Nord Compo à Villeneuve-d'Ascq

MIXTE
Papier
FSC FSC® C003309

Imprimé en France par EPAC Technologies
N° d'impression : 4550414335319
Dépôt légal : janvier 2020